# 孤独な令嬢は狼の番《つがい》になり溺愛される

登場人物紹介
アイル
ライラック王国の公爵で、
狼の獣人。
ルミナを一目見て
番《つがい》だと認識し、
花嫁にすることを決める。
冷酷な一面を持つが、
ルミナの前では
物腰柔らかな紳士。
ルミナ
ユーレリア王国の
子爵家の娘。
整った容姿をしているが、
義母たちに虐げられて
育ったため、
自分に自信がない。
アイルに見初められて、
彼の花嫁になることに。

マリウス
見た目が豪奢な、やり手の商人。
獣人に対して中立とのことだが……？
レオン
フェルズの部下。
騎士のような見た目ながら、
豪快な戦い方をする。
フェルズ
アイルの従者。
まんまる尻尾がかわいい
うさぎの獣人だが、
暗殺もこなす凄腕。
セリーネ
フェルズの部下。
魔法を使い、ルミナたちの
護衛を務める。

# 第一章

朝、目が覚めるといつも通りの饐《す》えた匂いがした。

日当たりが悪くカビが生えやすい私の部屋は、いい香りがするとは言い難《がた》い。

硬いベッドの上で身を起こし、薄い上掛けを体から剝《は》ぎ取る。部屋に唯一存在する小さな窓から外を見ると、まだ朝焼け空にもなっていない薄暗い空だった。私の一日はこの刻限からはじまる。

私はルミナ・マシェット。美しい峰々《みねみね》に囲まれたユーレリア王国にある、マシェット子爵家の娘だ。

……だけど、その生活は貴族の娘にふさわしい、華美なものとはほど遠い。

「また、一日がはじまるのね」

一日のはじまりに絶望を覚え、私は思わずつぶやいた。しかし物思いに耽《ふけ》る時間なんて許されていない。手早くメイド服に着替えると、鏡の前で自分の姿を確認することもなく階段を下りていく。

階下では使用人たちが業務を開始しようとしている。私はいつものように彼らに挨拶《あいさつ》をした。

「おはよう」

「おはようございます、ルミナお嬢様」

「おはようございます、お嬢様」

皆は口々に私に挨拶《あいさつ》をするけれど、親切にしてくれる一部の人を除いて、その瞳には私を小馬鹿にする色が浮かんでいる。特に義母のお気に入りのフットマンやメイドたちはその態度が顕著《けんちょ》だった。

「じゃあ、部屋の掃除に行ってくるわ」

私は近くにいたメイドにそう声をかけた。

「ほんと、お嬢様は頼りになりますねぇ」

そう言ってあからさまに嫌な笑い声を立てるのは、十五歳のそばかす顔のハウスメイドだ。私よりも三つ下の彼女は、私の粗相を義母や義姉に告げ口することで自分の立場を確立しているらしい。

――きびきびと仕事をしないとまた告げ口をされて、嫌なお仕置きが待っているわね。

私は気を引き締めると掃除道具を抱えて、各部屋を回った。カーペットを掃き、丹念に調度品を拭き、最後に窓を磨き上げていると……背後から強い力で押された。

「きゃ！」

予期せぬ出来事に小さく叫びながら窓枠に頭をぶつけ、私は地面に倒れ込んだ。

だけど突っ伏したままではなにを言われるかわからない。私はふらつく身を懸命に起こし、背後の人物に顔を向けた。

「残念。ガラスには突っ込まなかったのね」

背中を押したのは予想通り――義母のガーネット・マシェットだった。

義母は黒髪黒目で整った顔をした、豊満な体つきの美女で……とても苛烈《かれつ》な性格だ。

私が二歳の頃、実母が流行《はや》り病《やまい》で亡くなった。それからしばらくは、父から特に可愛がられるわけでもないけれど、平和な生活が続いていた。しかし四歳の時。義母と二人の義姉がやってきたことで、私の生活は一変したのだ。

出会った頃から私が気に食わなかったらしい義母は、義姉たちと私を明確に差別した。義姉二人には令嬢として贅《ぜい》を尽くした生活を。そして私には使用人のように義母や義姉にかしずく生活を。

物心がついた頃にはそんな日々が日常になっていた。

使用人のように扱われるだけならまだいいのだ。

義母と義姉たちは私に毎日のように暴力を振るった。頬をぶたれ、腹を蹴られるくらいは生温《なまぬる》い方だ。時には真冬の池に突き落とされ、時には三日間食事を与えられずバルコニーに放置されたこともある。

もともと子供に興味がなかった父は義母に私のことを任せっきりで、顔を合わせる機会が減っていた。だから父に助けを求めるなんて、一度も考えたことはない。

「お義母様《かあさま》、おはようございます」

私は義母に向き合うと使用人のように丁寧に礼をした。そんな私を見て、義母は汚らわしいと言わんばかりに顔をしかめる。

そして唐突に頬を強くぶたれた。ビリビリと痺《しび》れるように頬が痛み、涙がじわりと溢《あふ》れそうになる。けれど私は一生懸命に涙をこらえた。私が泣かないのがつまらないのか、義母は続けて数度平手を見舞った。今日は平手だからまだマシだ。鞭《むち》や焼けた火箸《ひばし》でいたぶられる日の方が何倍も辛い。

「相変わらず醜《みにく》い子ね。ガラスで顔がズタズタになった方がまだマシだったんじゃないの？」

私を叩くのに飽きたらしい義母は手を止めて、口角を上げながら笑った。

私はたしかに、義母や義母にそっくりな義姉たちのように美しくない。

父に似た藁《わら》のようにぱさついた金色の髪、薄い青の瞳。栄養状態が良くないので、肌はかさつき青白い。鏡は、近頃もう見ないようにしていた。幽鬼《ゆうき》のような姿など、見ても仕方がない。

「……醜《みにく》い不出来な娘で、申し訳ありません、お義母様《かあさま》」

深々と頭を下げる私に、義母はふんと小さく鼻を鳴らして立ち去ろうとしてから……足を止めた。

「今日はお客様がいらっしゃるから、お昼になったら部屋に引っ込んでいなさい。醜《みにく》いお前を見られたら、我が家の恥ですからね」

そう言い去る義母に、私はさらに深々と頭を下げた。

各部屋の掃除を終えた私は、使用人用の食堂へ行く。使用人たちはすでに食事を終えた後らしく、食堂には誰もいなかった。冷えたスープとパンがテーブルに残されている。

一日一度の私の大事な食事。美味《おい》しくもないそれを命を繋《つな》ぐためだけに咀嚼《そしゃく》する。

食事を終えたら針仕事をしてから、階段の掃除をしないと。私の一日はこうして労働にはじまり労働で終わっていくのだ。

そうして、昼も近くなった頃だった。

「今日来るお客は、獣《けもの》らしいわよ。ルミナ」

「汚らわしいわねぇ。お前と獣《けもの》、どちらが醜《みにく》いのかしら」

階段の掃除をしている私に、そう声をかけてきたのは義姉たちだった。

長女のリオナと、次女のカルナ。どちらも母親にそっくりな容貌をしている。今日も義姉たちは豪奢《ごうしゃ》なドレスを身に着けていて、私と同じ家の娘だなんてとても思えない。

「獣《けもの》でございますか？　お義姉様《ねえさま》」

首を傾げる私に、義姉たちは小馬鹿にするような目を向けた。

「獣《けもの》といえば獣人のことじゃない！　そんなこともわからないの？」

「ルミナは学がないから仕方ないわよ、リオナお姉様」

義姉たちの言い方が紛《まぎ》らわしいのだと思ったけれど、私は反論しなかった。反論をするとぶたれるのは、わかりきっている。

――そして、私に学がないのは当たり前だ。家からはほとんど出してもらえず、なにかを学ぶことが禁じられているのだから。私は皆が知っている当たり前のことをほとんど知らず、読み書きは子供の時に習ったっきり。この国の人間の誰しもが使える『魔法』の使い方もわからない。そんな私を義姉たちは「バカだ、のろまだ」と日々なじるのだ。

（それにしても、獣人のお客様なんて）

隣国のライラック王国は獣人たちが住まう国だ。人間も住んではいるのだけれど、その数は圧倒的に少ない。だからライラック王国は『獣人の国』と周辺諸国から呼ばれている。

彼らは体に獣《けもの》の特徴があり、人よりも力が強い。そして、人の姿だけではなく四つ足の獣《けもの》にもなれるのだ。……ということを私はメイドやフットマンたちの噂話で知っていた。

恐れを多く含む口調で話すメイド、差別的な内容を攻撃的な言葉で紡《つむ》ぐフットマン――彼らの話す内容はさまざまではあったけれど、皆は口をそろえて「獣人は野蛮で恐ろしい種族だ」と言っていた。

だから私も「獣人は恐ろしいものだ」という漠然とした印象を抱いている。

「獣人は人間と違って魔法を使えないんですって。うちにも魔法が使えない子がいるけど、まさか獣人……じゃないわよねぇ」

そう言ってカルナが私を嫌な目で睨《ね》めつけた。

「ふふふ。ルミナのお母様が獣人と浮気をしてできた子だったりして」

リオナもカルナの言葉に乗って下世話なことを言う。

「そんな……」

あまりの言葉に私は思わず涙目になった。自分のことを悪く言われるのは慣れている。だけど、生みの母のことを悪く言われることだけは耐えられなかった。

そんな涙目の私を見て、義姉たちは楽しそうに笑った。

「このお耳は本当に、人間のお耳なのかしら。実は獣《けもの》の耳なんじゃない？」

そう言いながらリオナが容赦ない力で私の耳を引っ張った。その痛みに私は思わず小さくうめきを漏らす。

「リオナお姉様。ルミナは獣人にしても頭が悪すぎよ」

「そうね、カルナ。ルミナは獣《けもの》以下の出来損ないなんだわ」

そう言うと義姉たちはまた笑った。

「獣人は人間を生きたまま食べるんだって噂もあるのよ」

「ふふ。怖いわね、本当にケダモノなのね」

義姉たちはかしましく話した後に、「怖いわぁ」と口をそろえて言う。

――人間を生きたまま食べる？

それが事実なら、そんな危険な種族がこうやって隣国になんて来られないと思うのだけれど。

「あの……本日はなぜ、獣人の方がいらっしゃるんでしょう？」

「ライラック王国では今年麦が不作だったから、買いつけらしいわよ。ほら、うちの領地の特産品でしょう。マシェット子爵家は獣人に対して中立派だしね」

ここまで悪し様《あざま》に獣人のことを言う家でも『中立派』なのか。私はそのことに驚いた。

「まぁなんにしても……あんたは部屋でお留守番だから。関係ない話よねぇ」

長女のリオナはにやりと嫌な笑いを浮かべると、階段を拭くために用意した水の入った木桶を手に取る。そしてそのまま私に投げつけた。木桶は私の顔にガツリと鈍い音を立てながらぶつかった。中には当然汚水が入っている。雑巾を何度も洗った汚水を頭からかぶり、私は痛みとやるせなさで呆然と立ちすくんだ。

「獣《けもの》に会うためにおめかししろってお母様に言われてるんだったわ」

「ルミナにかまってる暇なんてないわね。急がないと」

そう言ってケタケタと笑いながら義姉二人は廊下を歩いていく。

「お嬢様、始末は私がしておきますので、お部屋に戻ってお着替えをどうぞ。……まぁ、血が！」

義姉たちが見えなくなった後、声をかけてきたのは、この屋敷では珍しく私に好意的な人——メイド長だった。彼女はエプロンのポケットからハンカチを出すと、私の額《ひたい》を丁寧に押さえる。すると白いハンカチに赤い染みが広がるのが見えた。

「傷自体は浅いようですね。けれど頭の傷は血がたくさん出ますから、しばらくはハンカチでしっかり押さえていてください」

「ありがとう、メイド長」

そう言って微笑む私に、メイド長は悲しそうな目を向けた。

こうして私と話しているのを義母に見られたら、メイド長までひどい目に遭うかもしれない。私は会話を切り上げると、そそくさと自分の部屋へと向かった。

血が止まるのを待ってからびしょぬれになったメイド服を脱ぎ、水差しの水で濡らした布で汚水にまみれた髪や体を拭《ぬぐ》う。そうしながら、私はふっと息を吐いた。

(——この屋敷は、地獄だわ)

自分の体に目を向けると、義母や義姉につけられたさまざまな傷が残っている。

(逃げたい。だけど……)

ここから逃げようにも、私は外の世界のことをなにも知らない。

いずれ父が選ぶのだろう嫁ぎ先が、ここよりもマシであることを祈るしかないけれど、義母がそんな嫁ぎ先を許すとも思えないので難しいだろう。

ちくちくする麻布のワンピースに袖を通して壁時計に目を向ける。すると時刻はちょうどお昼になる頃だった。

（お義母様《かあさま》には部屋から出るなと言われたし。お客様が帰るまでのんびりしよう）

そんなことを考えながらベッドに横になった時。

屋敷の前に馬車が停まる気配がした。

（きっと例の獣人のお客様ね。一体どんな見た目なんだろう）

一度湧き上がった気持ちを押し止めることは難しい。私は、好奇心に負けて部屋の小さな窓に近づいた。義母や義姉たちにバレないよう細心の注意を払いながら、こっそりと窓から外を覗《のぞ》き見る。

すると馬車から一人の青年が降りてくるのが目に入った。

その青年の頭には、犬や狐のようなふさふさした耳がついている。トラウザーズの後ろには穴が空いているらしく、大きな尻尾が飛び出して愛らしく揺れていた。

お顔立ちはよく見えないけれど……耳と尻尾以外は普通の人間と変わらないように思える。

（なんだ、ちっとも怖くないじゃない）

そう思いながら好奇心を満たせたことに満足し、窓から身を引こうとした瞬間。

——彼がこちらに目を向けた。

青年の瞳と視線が絡む。

……ああ、あの人に囚われてしまう。なぜだかそんな気持ちが心を支配した。

青年はこちらの方を指差しながらなにかを言っている。そして大股の急ぎ足で屋敷の入り口へと向かった。

(どうしよう。醜《みにく》い私が見ていたから、怒ってしまったのかしら。取り引きに支障をきたしたら、私は何度鞭《むち》で打たれればいいんだろう)

心臓がバクバクと音を立てる。何度ぶたれても、痛みには慣れないものだ。

怖い、怖い、怖い、怖い。

外なんて見なければ良かった。そう思いながら部屋の隅でうずくまっていると、部屋の扉が乱暴に開かれる。そちらに目線を向けると、先ほど遠目で見た青年が扉の側に立っていた。

銀色の髪が薄暗い部屋の中で煌《きら》めいた。綺麗な形の頭には、髪と同じ色の犬のような耳が揺れている。トラウザーズから飛び出た太くて大きな尻尾は、なぜかぶんぶんと激しく左右に揺れていた。

青年の顔は今まで見たことがないくらいに美しくて、私はそれに驚いた。

高い鼻梁《びりょう》、引き締まった頬、切れ長の綺麗な形のオレンジ色の瞳。唇は薄く、意志の強さを表すように引き締められている。年の頃は二十代半ばだろうか。

身に着けている衣服は見るからに高価なもので、彼が高位の貴族であることを知らしめていた。

青年は長い足を大股に動かして、私の方へ急ぎ足気味で近づいてきた。

「ひっ！」

私は思わず身を縮こまらせた。遠くから見るぶんには怖くないと思ったけれど、未知の種族の接近に恐怖心がこみ上げてくる。

『獣人は人間を生きたまま食べるんだって噂もあるのよ』

そんな義姉の言葉が脳裏をよぎり、恐怖をさらにかき立てた。

青年は私に近づくとじっと顔を覗《のぞ》き込んでくる。薄く開いた綺麗な唇からは二本の大きな牙がちらりと見えて、それで噛まれるときっと痛いのだろうと私は体を震わせた。

大きな手がゆっくりとした動きでこちらに伸びてくる。義母よりもずっと大きな男の人の手だ。

「ぶ、ぶたないで！　お願いします！」

思わずそんな、悲鳴のような言葉が口から漏れていた。

この青年にぶたれたら、義母や義姉たちにされるよりずっとずっと痛いに違いない。私は目を閉じて、震える体を庇《かば》うようにきゅっと身を丸めた。

「君はいつも、家人にぶたれているのか？」

青年は静かな声でそう訊《たず》ねてきた。私は恐る恐る目を開ける。するとそこには、心配そうに眉を下げる彼の顔があった。

ふと扉の方に目をやると、焦った表情の父と義母の姿が見える。義母の顔は怒りで赤くなり、醜《みにく》く歪んでいて、余計なことは言うなとその表情は言っていた。

「ぶたれてなんておりません。いつも優しくしてもらっています」

義母から目を逸らし、声が震えないように気をつけながらそう言う。すると彼は突然、私の腕を取り袖を捲《まく》った。

そこには……昨日義姉たちに鞭《むち》で打たれ、じわりと血が滲《にじ》んだままの蚯蚓腫《みみずば》れがくっきりと残っていた。それを見た青年の目がきゅっと激しくつり上がる。

「――この娘は、私の番《つがい》だ」

彼がその言葉を発した瞬間、父と義母から息を呑む音が聞こえた。

……番《つがい》？　それはなんなのだろう。

私は首を傾げながら、青年の顔を見つめる。すると彼は蕩《とろ》けるような笑みをこちらに向けた。そんな顔を人から向けられたのははじめてで、私は困惑するあまり固まってしまう。青年は私の手を優しく取ると、ゆっくりと手の甲に口づけした。

「大事な番《つがい》を、傷つける存在がいる場所に置いてはおけない。彼女は今ここで花嫁としてもらい受ける」

そう言って彼は私を抱き上げた。急な浮遊感に驚き、私は思わず彼の首にすがりつく。するとふっと笑う気配が耳元でした。

(番《つがい》？　花嫁!?　一体どういうことなの！)

知らない男性に花嫁と言われ、いきなりこんな風に抱き上げられるなんて。とにかく腕から逃れようと身を捩《よじ》っても、力強い腕は離してくれない。

「可愛い番《つがい》。少しだけ我慢をして？」

甘い口調で囁《ささや》かれ、私の混乱はさらに深まってしまった。

「アストリー公爵、そのようなことを急に言われましても……」

大量の汗をかきながら父が言う。

公爵。想像していたよりもずっと高い身分に、再び体が固まってしまう。

彼はアストリー公爵というのね。窺《うかが》うように公爵を見ると、優しく笑まれてまた頬に口づけされた。

……本当にわけがわからないわ。

それにしても、父の姿なんて数年ぶりにまともに見た。私は父を見つめてみたけれど、なんの感慨も感傷も生まれなかった。

「そんな娘、あげてしまいましょうよ」

義母が下卑《げび》た笑みを浮かべながら言う。獣《けもの》の嫁がお似合いね、とその瞳は明白に語っていた。

「番《つがい》って、なんですか？」

先ほど彼が口にした聞き慣れない言葉が気になって、私は誰ともなしに訊《たず》ねた。

「後で詳しく教えてあげるよ。愛しい私の番《つがい》。今は花嫁のようなものだと思ってくれればいい」

公爵が私の腕の傷に舌を這わす。そのぬるりとした感覚に、私はびくりと身を震わせた。

な、舐められた！　はじめての感触に呆然とする私に、公爵は頭上の獣耳を揺らしながら悪戯《いたずら》っぽい笑みを向けた。

「後ほど使者を送る。今回の取り引きに限り麦は倍の値で購入しよう。その代わり、彼女とはもう二度と関わらないという証書を書いてもらう」

「ば、倍！」

先ほどまでは渋る様子だった父だが、金のことを持ち出されたとたんに目の色が変わった。しょせん、父の私への愛情はそんなものなのだ。

この家族に――私に対する愛情なんかあるはずがない。

「では、この子は連れていく。可愛い番《つがい》、名前は？」

「ル、ルミナです」

甘い声音で名前を訊《たず》ねられたものの、絞り出すように小さな声で名乗ることしかできない。

「ルミナ、綺麗な名前だ」

そう言って、アストリー公爵は嬉しそうに笑った。

こうして私はその日のうちに、獣人の国のアストリー公爵家にお嫁に行くことになった……らしい。

☆　☆　☆

身一つで今まで住んでいた辛い思い出ばかりの家を出て、今日会ったばかりの獣人の青年に優しく手を引かれて――私は先ほど窓から見ていた、立派な家紋がついた大きな馬車に乗せられた。

こんな立派な馬車になんて乗ったことがない。そもそも前に馬車に乗ったのはいつだっけ。義母は私を家から出すのを嫌がったから……

……本当に私、こんなに立派な馬車を用意できる家にお嫁に行くの？

あの家から逃げられるのならそれはとても喜ばしいことだけれど……どうしてこんなことになったのかがまったく理解できない。

情報の整理がつかず、私は思わず百面相してしまう。

そんな私をアストリー公爵はなぜか嬉しそうな表情で見つめていた。

……獣人は野蛮で怖い種族、とさんざん聞いていた。だけど彼はとても上品で穏やかな人物に見える。

(見た目通りの人だと、いいのだけど)

私はそう思いながら小さく息を吐いた。

「ルミナ、こちらに座って」

アストリー公爵はそう言うと私を手招きした。

正面ではなく隣に座れってことかしら？　彼に近づくと……腰を引かれ、あっという間に膝の上に乗せられる。

「アストリー公爵！」

驚き離れようとしたけれど、馬車が発車する振動に体が跳ねてアストリー公爵のお膝に再び着席してしまう。そのまま彼に抱き込まれ、身動きが取れなくなってしまった。

「ルミナ。アイルと呼んでくれ」

ぎゅっと抱きしめられ、耳元に優しい声を吹き込まれる。その甘い声音に心臓が大きく跳ねた気がした。

「アイル、様？」

「うん。番《つがい》に名を呼ばれるのは、とてもいいね」

そう言いながらアイル様は私の体を横抱きに抱え直す。アイル様の美貌と間近で向き合うことになり、私はつい凝視してしまった。

先ほども綺麗な人だと思ったけれど、間近で見るとなおさらだ。真っ白な肌、際立って整った顔立ち。長い銀色の睫毛《まつげ》に囲まれた、透明感のある美しいオレンジの瞳。アイル様の動きに合わせて白に近い銀色の髪がふわりと揺れる。頭についた大きな犬のようなお耳は、絶世の美貌に愛らしいアクセントを添えていた。

「もしかして、緊張してる？」

アイル様が首を傾げながら訊《たず》ねてくる。私はコクコクと首を縦に動かした。使用人以外の男の人と二人きりになるのも、こんな風に膝に抱き上げられたりするのも、すべてが私にははじめてだ。しかも相手は私にとって謎の多い種族の獣人である。緊張しないわけがない。

「では緊張が解《ほぐ》れるように、少し話をしようか」

アイル様はそう言うと優しい笑みを浮かべた。

父と義母に対する彼の態度は毅然《きぜん》としていて少し怖かったけれど、私と話す時のアイル様はとても優しい雰囲気だ。屋敷にいた頃に家族にされていたようなことはなさそうだと、私は少し安堵した。

「な、なにを話しましょう？」

「うーん。じゃあ君の好きなものでも」

「好きなもの……」

その問いに私は思わず考え込んでしまう。

物心ついた頃にはすでに下働きの日々で、自分の趣味嗜好《しゅみしこう》を突き詰める機会がまったくなかったからだ。

「あ」

私は一つのものに思い当たる。私は家人が誰もいない時に屋敷の図書室でこっそり本を読むことがあった。といっても私は読み書きが子供並みだから、挿絵を眺めてばかりだったのだけれど。

その時に見た一冊の本の中の、雪原の中に佇《たたず》む美しい獣《けもの》の絵。私はあれがとても好きだった。

堂々とした体躯《たいく》、美しい被毛《ひもう》。あんなに綺麗な生き物が本当にいるなんてと、何度も何度も見返したものだ。メイド長からその生き物は『狼』というのだと後に教えてもらった。

「狼が、好きです」

私がそう言うと、アイル様の白い頬が淡い赤に染まる。

そしてなぜか――額《ひたい》や頬に口づけが降ってきた。

「や、え!?」

どうして突然こんなことになったのかわからずに、私は目を白黒とさせた。

「ああ、なんて可愛いことを言うんだ。ルミナ……」

アイル様は熱のこもった瞳で私を見つめる。その熱がなんだか怖くて、私は思わず逃げようとした。けれどアイル様の大きな手に腰を抱き込まれ、彼のお膝の上に後ろから座り込む体勢になってしまう。

「待って、アイル様」

私の制止の声は彼に届かず、アイル様の唇は何度も耳に口づけをする。そして舌を往復させるように耳裏をスリスリと舐められ、耳の中に舌を差し込まれた。

くちゅくちゅと、耳の奥でいやらしい水音がする。それがなんだかひどく大きく聞こえて、私を動揺させる。

私、なにをされてるの……？

「やっ！　アイル様っ」

身を捩《よじ》らせると、銀糸を引いてぬるり、と耳から出た舌が、今度は首筋を舐める。

「や……ぁあ」

なんだか、体がぞくぞくとする。私が人生で一度も感じたことがない感覚。なにこれ、怖い。嫌だ。

唇が首筋に押し当てられた感触がしたと同時に、軽い音を立てて皮膚を吸われる。アイル様は繰り返し首筋の皮膚を吸いながら、大きく熱い手で服の上から胸を探った。

「なんでっ、なんで胸なんか」

碌《ろく》に食べさせてもらっていない割に大きな胸が、ぐにぐにと揉みしだかれアイル様の男らしい手の中で形を変える。胸を揉まれながら首筋に軽く歯を立てられ……

犬歯がぷつりと軽く肌に埋まる感覚に、私は激しく混乱した。

『獣人は人間を生きたまま食べるんだって噂もあるのよ』

あの義姉の言葉は……もしや本当だったのだろうか。やっぱり獣人は怖い種族なんだ。

「アイル様、食べちゃや、ですっ。私、痛いのが得意ではっ。食べちゃ嫌ぁっ」

ポロポロと、とめどなく涙が零《こぼ》れる。嫌だ、嫌だ。

義母に義姉に、鞭《むち》でぶたれ、頬を叩かれ、腹を蹴られ、毎日痛い目に遭わされて。

あの家から逃げられたのかもしれない、と希望を抱いた瞬間に、今度は肉を裂かれ食べられてしまうのだ。こんなのひどい。私がなにをしたっていうの。

「ああ、すまない。君があまりに愛らしいものだから、つい歯止めが……」

アイル様のなだめる言葉に、私は首を横に振った。

「可愛かったら、食べちゃうんですか⁉　それに私は可愛くないです！　毎日醜《みにく》いって言われてましたから知ってるんです！　からかわないでください！　それに私のお肉は美味《おい》しくないです。むしろ一日一食しかもらってなかったからガリガリで激マズです！」

私は叫んで、子供のようにわんわん泣いた。すると焦った顔のアイル様に、お膝の上でお姫様抱っこをするような形に抱き直される。

アイル様は私の涙を舌でどんどん舐めていった。うう、これも味見されてるの？

「獣人は人を食べないよ。怖がらせてすまない、ルミナ」

アイル様は綺麗なお顔を心底済まなそうな表情にして、私の頭を胸に抱き込みなだめようとする。今までされたことがない優しさで頭をふわふわと撫でられ、胸の奥がぎゅっとなる。

でも涙が止まらない。もう嫌だ。

「馬車から降ろしてください。私、もう怖いのも痛いのも嫌なんです」

「それだけはできない！　やっと見つけた私の番《つがい》なんだ。もう怖がらせないから、そんなことは言わないでくれないか」

しゅん、とアイル様の獣《けもの》のお耳が垂れる。ちょっと可愛い。

「あの……番《つがい》って、なんですか？」

私は、屋敷でもアイル様が口にしていた言葉の意味を訊《たず》ねた。

「獣人はね、生涯でただ一人しか愛せないんだ。それを番《つがい》と呼ぶんだよ。その相手は出会えば感覚でわかるようになっていて、君を見た瞬間……番《つがい》は君なんだって私にはすぐわかったんだ」

子供に言い聞かせるように、アイル様が噛み砕いて説明してくれる。

「アイル様にとっての、ただ一人の運命の相手ってことですか？」

こくり、と赤い顔でアイル様は頷いた。彼の動きに合わせて、綺麗な銀色の髪が揺れて白い頬を流れていく。

「君はやっと見つけた、私の半身なんだ」

そう言ってアイル様は優しく私の頬を撫でた。

「大事にするし、優しくする。毎日愛してると言うし、絶対幸せにする。なにからだって守ってみせるから、どこにも行かないで欲しい」

アイル様がまた私を抱きしめる。それは、まるで溺れる人が一枚の板を掴《つか》むような必死さだ。

どこにも行かないって言った方がいいのかしら。私、番《つがい》で、お嫁さん……なのよね。だけど、アイル様は本当に守ってくれるの？　私は誰かに傷つけられるのは、もう嫌なのだ。

「私、お義母様《かあさま》にも、お義姉様《ねえさま》にも……アイル様にだって。もう、誰にだって傷つけられるのは嫌なんです」

ここはもうあの屋敷ではないからと歯止めが利かなくなったのか、今まで口にしたことがなかった、義母や義姉への不満が一気に口から零《こぼ》れだす。

アイル様は私の言葉を聞いて、そのオレンジ色の瞳をまんまるに開いた。

そして私の肩を掴《つか》み、揺さぶった。うああ、酔いそうですアイル様！

「君はあの家でどんな扱いを受けていたんだ。傷つけられて、ご飯も一日一食？　それに君は可愛いよ!?　自分たちが醜《みにく》いからってなにを言ってるんだ！　ルミナをあの家から引き剥《は》がすのが先決だと思ったんだけど、あいつら……殺しておけばよかったな」

「こ、殺すのは犯罪だから、ダメです！」

「ああ、私のルミナはなんて優しいんだ！　早く三ヶ月閉じ込めて抱き潰したいな。まぁあいつらにはいつか報復を……」

抱き潰す？　意味はよくわからないけれど、なにか恐ろしいことを言われている気がする。

「あの、食べないのだったら、さっき……私はなぜ舐められたのですか？」

こてん、と首を傾げて訊《たず》ねると、アイル様の目が再びまんまるになる。

「ルミナは、いくつだい？」

「先日十八になりました、アイル様」

「……子作りの方法は、知っているのかな？」

「男女がベッドに一緒に入ったら、できると」

私も正式にお嫁さんになったら、アイル様と一緒のベッドで毎晩寝るのよね？　そうしたらいつの間にか子供ができる……のか。

なんだか照れてしまって私は思わず、えへへと笑った。一方のアイル様は、顔を両手で隠してなぜか苦悶しているようだった。

「私は……無知な番《つがい》になんて無体を……」

アイル様はぶつぶつとつぶやきながら、尻尾をばったんばったんさせている。分厚いお耳も、さっきよりもっとぺたんとなっていた。

アイル様は犬の獣人さん、で合ってるのよね？　……あのもふもふした尻尾に、いつか触らせてくれないかしら。

やがて彼はなにかを決めたらしく、決然とした瞳を私に向けた。

「えーっと。ルミナに、本当の子作りを、教えようと思います」

「本当の、子作り……ですか？」

ベッドに二人で寝ていたら子ができるわけではなかったの？

首を傾げて疑問符を浮かべる私に、アイル様は少し困った顔で笑う。皆は当然知っていることなの？　呆れられてしまったかしら。

「うん。少しずつ教えさせて。君がいいと言うまで最後まではしないから」

「最後……」

最後ってなんだろう。ますます謎だ。

教育の機会を与えられなかった私の知識は、穴だらけだ。

だけど子作りの知識は、子供がいる年配のメイドから聞いたのだから、間違いないと思っていたのに。

正確な内容ではなく濁《にご》して伝えられたんだとすると、それは苦痛や恐怖が伴う行為なのかもしれない。優しい女性だったから、きっと私を怖がらせたくなかったんだ。

「あの。子作りって、痛かったり怖かったりするんですか？」

おずおずと私が訊《き》くと、アイル様はさらに困った顔をして眉を下げた。

「そうだね、慣れないうちは痛かったり怖かったりするかもしれないね」

やっぱりそうなんだ……

「痛いのは嫌い、です」

思わず、そんな言葉が口から出てしまう。

でもお嫁に行くのなら、やらなきゃいけないことなのよね？

……殴られたり、蹴られたりより痛くない行為だといいのだけれど……

「子作りは、痛くて怖いだけじゃないよ。気持ち良くする行為も含まれるんだ」

「気持ち良く、ですか？」

「そう。それだけじゃなくて、たくさん互いを触ることで気持ちを通じ合わせることもできるんだよ」

いまいち想像がつかない。互いに触る？　私もアイル様を？

つい、近くにあるアイル様の顔をじっと見つめてしまう。すると彼は頬を染めながら、私を見つめ返した。アイル様のオレンジ色の瞳がキラキラと輝いてる光景は、いつまでも見ていられるほど綺麗だ。

「ルミナさえ良ければ、今から私が君をたくさん触って気持ち良くさせてあげたいのだけど、いいかな？　痛いことはなにもしないから」

アイル様が私の手を取って、その甲をそっと親指の腹で撫でる。

「私に触られるのは、嫌かな」

触られている手の甲を、じっと見る。そして私は口を開いた。

「ちょっと、嫌です」

私がそう言うとアイル様のお耳がしゅん、と下がる。その様子を見て私は慌てた。

正直な気持ちだっただのだけれど、言葉が足りなかった。

「私、傷だらけなので、触られるのが恥ずかしいんです」

そう。今触られている手の甲も、さっき舐められた首筋も、私の体には薄いものから濃いものまで、さまざまな傷が残っている。

手は、叩くと私が特に痛がるからことさらに鞭《むち》で打たれた。だから手の甲や指にはよく見るとわかるくらいの細かい傷がたくさん残っている。

義姉たちが女性で力が弱いから、これくらいの傷で済んだのだろう。

不幸中の幸い、なんて言葉が頭をよぎる。

「……ルミナ。この傷は君が今まであの家で戦ってきた証《あかし》だ」

アイル様はそう言いながら私の手の甲に唇を落とし、次に傷をなぞるように舌を這わせた。

彼の赤い舌が傷を舐める様《さま》は……目を逸らしたくなるようで、逸らせない。見ていると、なんだかいたたまれない気持ちになる。

「綺麗だよ、ルミナ。愛しい番《つがい》。いっぱい私に触らせてくれないか」

そのオレンジの瞳の妖《あや》しい輝きに操《あやつ》られるように……私は頷いていた。すると心底安心したように、アイル様が笑う。

私よりも年上だろう彼のその笑顔はとても無防備で、可愛らしくて。胸の奥がきゅっと、締めつけられた。

アイル様の顔が近づいてきた、と思ったら、その柔らかい唇で唇を塞《ふさ》がれていた。

ああ、これが……口づけなんだ。そんな感慨に耽《ふけ》る暇もなく、次々と口づけが降ってくる。

最初は啄《ついば》むように、軽く何回も。回数を重ねるにつれ唇を食《は》まれ、軽く吸われ、舐められて、だんだん息が上がってしまう。

「口を、少し開けて？」

口づけしながら囁《ささや》かれたアイル様の優しい声につられて口を開けると、にゅるりと生き物のようななにかが口中に入ってきた。

「——っふぅ！」

それがアイル様の舌だと認識した瞬間、思わず手で彼の胸を押し返そうとした。けれど手で後頭部を押さえられて逃げ場がなく、顔の角度を変えてもっと深く口づけられる。

歯列を丁寧に舐め上げられ、少しずつ侵入してくる舌に戸惑い、どうしていいのかわからない。

ざらざらとした感触の彼の舌で私の舌がねぶられ、奥の奥まで口中を舐め回される。息が苦しくなって、私は必死に鼻で呼吸し空気を肺に入れた。

「ふっ、んっ。やぁ……っ」

頭の奥が痺《しび》れるような感覚に、意識がぼうっとしてしまう。口からは自然に甘ったるい声が漏れ、それがなんだか気恥ずかしい。

——頭がふわふわする。これがアイル様が言う『気持ちいい』なの？

どれくらい、唇や口内を弄《もてあそ》ばれていたんだろう。ちゅっという音を立ててアイル様が唇を離すと、銀糸が口と口の間を伝った。

「あいりゅ、さまぁ」

口の中が痺《しび》れたみたいになってうまく喋《しゃべ》れない。アイル様の胸にそのまま倒れ込んで、私は荒い息を吐いた。

「ああ、可愛い。私のルミナ」

熱っぽく言われ、ちゅっと頭のてっぺんに口づけされた気配がする。

「もっともっと、気持ち良くなって」

アイル様は囁《ささや》くように言うと、互いの唾液で濡れた唇をぺろりと舐めた。

ワンピースの前ボタンが外され、肌に空気が触れるひやっとした感触がした。そしてワンピースの前が開かれ、ずり下げられる。すると胸がぷるりと揺れながら飛び出して、アイル様の目の前に晒《さら》されてしまった。

私は下穿《したば》きは身に着けているけれど、アンダードレスは人前にはどうせ出ないのだという理由で義母から与えられていなかった。なのでワンピースを脱ぐとその下はもう素肌で、胸がすぐに露出してしまうのだ。

「大きくて、綺麗な胸だね」

うっとりと胸を見つめられながらアイル様に言われ、顔に血が上る。どうして私、胸を見られているの？

「恥ずかしいです、アイル様。見ないで……」

胸を手で隠そうとしたけれど、アイル様の大きな手が私の手を包んで、優しく、でも確実な力で胸から引き剝《は》がした。

「隠しちゃダメ。たくさん触って気持ち良くさせるって、私は言ったよね？」

にっこりと優しい笑顔でアイル様は言う。

胸を人前に晒《さら》すのですら恥ずかしいのに、これから触られてしまうんだ。

アイル様の笑みは優しいけれど、なんだか目が怖い。目の奥に妖《あや》しい熱がこもっているというか。

「怖いです、アイル様……」

「ごめんね。未知のことをされるのは怖いよね。でも君を気持ち良くするために大事なことだから」

心底申し訳なさそうに謝られたけど、そうじゃない、怖いのは貴方の目です。……と私は言えなかった。

アイル様は私が知らないことをたくさん知っている。そのアイル様がこれが大事だと言うのなら、きっとそうなんだ。覚悟を決めて胸を隠すのを止めると、アイル様は蕩《とろ》けるような笑みを浮かべた。

その笑顔を見てほっとしたのも束の間、アイル様の片手がすっと伸びて、私の胸を掴《つか》んだ。

「やっ!?」

先ほど服の上から触られたのとは違う、生々しい手の感触に、体がびくりと反応した。

片手で体を支えられ、空いた片手でやわやわと胸を触られる。ゆっくりと優しく揉みしだかれ、軽く引っ張られる。

その様子を見ていると、自分自身の胸のはずなのに、大きな手で見たことのない歪《いびつ》な形に歪められて怖くなる。思わずアイル様の胸にすがりつくけれど、その手は止まらない。

「……君の胸は私の手では収まらないね」

「――っ！　アイル様っ。そんなこと言わないで」

アイル様の手と直接触れ合っている部分が熱くて、体の奥がムズムズする。

胸を触られているだけなのに。どうして？　これはなんなの？

「この体勢じゃ、触りづらいな」

膝から下ろされて、離れていく体温を少し残念に思っているうちに、馬車の椅子に座らされた。

アイル様は私の目の前に立ち、少し身を屈めて……

「っふぅ！」

正面から、大きな両手で包み込むように胸に触れた。

見つめられてる。アイル様に見られながら、胸に触られている。オレンジの瞳と目が合って優しく微笑まれるけれど、恥ずかしくてたまらないし、頭の奥が痺《しび》れるしで、笑顔を上手く返せない。

「ここも触るね」

アイル様が私の胸の頂《いただき》を、きゅっと摘まんで優しく指先で擦《こす》った。

「きゃうっ!!」

そのとたん、背筋に強いぞくぞくする感覚が走って、私は体を跳ねさせた。

「可愛い声だ」

アイル様が興奮を含んだ熱い吐息を漏らし、つぶやいた。

そしてピンクの頂《いただき》を摘まんだり捏《こ》ねたりしながら、私の顔を覗《のぞ》き込む。

「わたしっ、いま、体がへんでっ！　ふわふわしてっ。みないでっ……あいるしゃまっ」

「ああルミナ、可愛い顔をして……胸をいじられただけで、そんなに感じているんだね」

呂律《ろれつ》が回らず、言葉がどんどん不明瞭になって、触られるたびに体がビクビク震える。

アイル様は目を合わせたまま逸らしてくれない。その目を見ているとお腹のあたりが甘く疼《うず》いた。

「ルミナ、大丈夫。ふわふわするのは気持ちいいからなんだよ」

あやすように言われ、ちゅうっとキスをされ、唇をやわやわと食《は》まれる。

もっと欲しくなって、私も彼の唇を食《は》むとアイル様が優しく目で笑った。

「ルミナ。感じるって、気持ちいいって言って？」

「あいるさまっ、かんじますっ、きもちいいですっ！」

アイル様からねだられた言葉をオウム返しに口にすると、その言葉に煽《あお》られるように体がまた熱くなる。

ギュッと強く胸の頂《いただき》を引っ張られた瞬間、目の前がチカチカして、私の意識はプツリと途絶えてしまった。

☆　☆　☆

アイル様に『気持ちいいこと』をされて気絶してしまった私は、気がついたら彼に膝枕をされた状態で頭を撫でられていた。

サラサラと髪を梳《す》くように撫でるアイル様の手は気持ちいいけれど、自分のパサパサに荒れた髪のことを思うと恥ずかしくていたたまれない気持ちになる。

それにアイル様に出会うまでこんなに慈《いつく》しむように優しく撫でられた記憶がない私は、なんだかひどく動揺して……馬鹿みたいにぽかんとした顔で、アイル様の端麗な美貌を見つめてしまった。オレンジの瞳や銀色の髪が、馬車の窓から差し込む陽光を反射して煌《きら》めいている。ふっと彼が微笑むと周囲の空気が華やいだような気がした。

「どうしたの?」

形の良い唇から漏れる声まで綺麗だなんて。

――本当に、美しい人。

どうしてこの人の番《つがい》が私なのかな。私、醜《みにく》い上に取《と》り柄《え》なんて一つもないのに。なんだか彼に詐欺を働いている気持ちになる。

そんなことを考えながら、ぼんやりとアイル様のお顔に見入っていると――

「すまない。もしかして……嫌だったかな」

アイル様は獣耳をシュンと下げて、困ったように言った。謝罪の言葉や、申し訳なさげな顔を向けられることに慣れていない私は戸惑って瞳を揺らしてしまう。

嫌だったかって……さっきされた『気持ちいいこと』のことよね?

されたことは恥ずかしかったけれど、アイル様は最初にしてもいいかと訊《たず》ねて私の意志を尊重してくれたし、アイル様の手は優しくて怖くなかった。触られたところから広がっていくような、頭がふわふわする感覚も嫌じゃなかった。

――そう。嫌なんかじゃなかったのだ。

私が思考に浸《ひた》り沈黙していると、アイル様はその間を勘違いしたらしく、私を抱き起こしてぎゅうぎゅうと抱き締めてきた。

「ルミナ、君が嫌ならもうしないから。私を許してくれないか」

抱く力を強めながら必死な声音でアイル様は懇願する。彼の高めの体温はとても気持ちいいのだけれど、こうも強く抱き締められると……！　ただでさえ栄養失調気味で脆《もろ》い私の体は砕けてしまいそうになる。

ああ、腰が変な音を立ててる！　お、折れるっ！

「アイル様、苦しいです！　されたことは嫌じゃなかったなって考えてて、返事が遅れました！」

私が必死にそう伝えると、アイル様は腕の力をゆるめて私の顔を覗《のぞ》き込んだ。

「本当に嫌じゃなかった？」

「はい、すごく気持ち良かったですし」

「――っ！　ルミナ！」

尻尾をぶんぶんと振るアイル様の腕に、あっと思う間もなく私は再び抱き込まれる。

アイル様は嬉しいと尻尾を振るのかしら？　そういえばはじめて対面した時も、尻尾がすごい勢いで振られていた気がする。

今度は力加減をちゃんとしてくれているようで痛くない。

（……人の体温って気持ちいいのね）

そんなことをしみじみと考えていたら、額《ひたい》に、頬に、唇の端に、どんどん口づけを浴びせられた。

「嬉しいな。ちゃんとルミナは気持ち良かったんだね。もっと気持ち良くさせてあげたいから、今からまたしようか」

そう言ってアイル様はうっとりとした色香溢《あふ》れる笑みを浮かべた。

「ちょ、ちょ！　ちょっと待ってください！」

むにっと手でアイル様の唇を遮《さえぎ》ってキスを止めようとすると、ぺろんと手を舐められた。

ひぎゃっ！　にゅるっとした！

「私、アイル様のことをなにも知らないんです！　獣人の国がどこにあるのかも、どんな文化の国なのかも。アイル様の口からちゃんと聞きたいんです。だからまた気持ちいいことをする前に、お話がしたいです！」

「お話？」

ちょっと残念そうな顔をするアイル様に、力強く頷いてみせる。

ここで粘らないと、アイル様に触られてくたくたになって気絶してを繰り返しているうちに、獣人の国に着いていた……なんてことになりかねない。

先ほどの行為は嫌いじゃないけれど、嫁ぐ相手や国のことはもっと知っておきたいのだ。

「アイル様のこと、教えてください！」

「私のこと、知りたいって思ってくれるんだ。なにを訊《き》きたい？」

ふにゃっと、アイル様が嬉しそうに笑う。ああ、可愛い。この人は素敵なだけじゃなくて可愛くもあるのね。

「はい、まずは確認なのですけど。アイル様はお犬様の獣人さんですか？」

私は確信を持ってこの言葉を口にした。屋敷の庭師が飼っていた犬も、こんなお耳をしていたもの！

「狼だよ！　狼族だよ！」

しかしアイル様からはびっくりするほど間髪容《かんはつい》れずに、否定の返事が返ってきた。

「ルミナ、あのね。獣人は自分の種族……狼だとか、猫だとかのカテゴリーに誇りを持っているから、他の種族と間違えられるのは、その、ちょっと嫌なんだ」

ちょっとどころじゃなく嫌なんだろうな、というのが伝わる苦い顔をしてアイル様が言う。人間にはわかりづらい感覚だけれど、そうなのね、気をつけよう。

「さっきルミナが『狼が好き』って言ってくれて嬉しかったんだけど、私が狼だと気づいていたわけじゃなかったんだね」

そう言いながらアイル様は元気なく尻尾を揺らした。

……たしかにそう言った。もしかしなくても、私がそんなことを言ったから、アイル様は気分が高揚して、急にさっきみたいなことをしたのだろうか。

なんだか気の毒なことをしてしまった気がする。でもお耳と尻尾だけで種族が判別できるほど、私、動物に詳しくないの！

「狼様ですね、わかりました」

もう間違えないようにしようと心に誓いながら私が神妙に頷くと、アイル様も満足そうな顔で頷き返した。

「次はなにを訊《き》きたいの？」

「じゃあ、アイル様のお年は……？」

「ルミナよりも七つ上の、二十五歳だよ」

アイル様はおっとりとした笑みを浮かべながら答える。

大体想像していた通りの年齢だ。これくらいのお年のことを、男盛りと言うのだっけ？　メイド長がそんなことを言っていた気がする。

「獣人の寿命はおいくつくらいなんでしょう？」

「大体百五十年くらいかな。長生きな人だと二百年は生きるけれど」

アイル様の返事を聞いて、私は目を丸くした。

「人間は七十年くらいしか生きられないから……半分以下ですね」

「大丈夫だよルミナ。番《つがい》同士が結ばれると、寿命が長い種族の寿命が短い種族に分け与えられて、ちゃんと同じくらいの寿命になるからね」

「それってアイル様の寿命が短くなるんじゃないですか……」

自分が短命なせいでアイル様の寿命が短くなるなんて。とても申し訳ない気持ちになる。

「番《つがい》と等しい時間を生きられるなんて、嬉しいことでしかないよ」

アイル様はそう言って幸せそうに笑うのだけれど。……種族が違うからなのか、私が恋をしたことがないからなのか、自分の寿命を削ってまで誰かと同じ時を生きたいという感覚は、私にはまだわからない。

それからもアイル様は私の質問に答えてくれた。

獣人の番《つがい》が平民だなんてこともよくあるから、公爵家と子爵家という身分の差は誰も気にしないということ。

アイル様のお勤め先があるライラック王国の王都には様々な種族……それこそ獣人だけじゃなくて人間もいるということ。

獣人は力は強いけれど、人間と違って魔法が使えないということ。

私は魔法を勉強していないので、人間だけれど魔法がちゃんと使えるかわからないと言うと、アイル様は興味があるなら教師を雇ってあげるね、と言ってくれた。

いろいろなことを訊《き》いて、感心したり、聞き入ったり。

アイル様はとってもお話がお上手だ。教養に溢《あふ》れているってこういう人のことを言うのかしら。

一通り話を聞いた後、私はアイル様に訊《たず》ねた。

「アイル様、その！　その立派なお耳と尻尾に触りたいと思うのは、いけないことでしょうか？」

これは、実はもっとも訊《き》いておきたかったことだった。

あんなにふさふさした耳や尻尾を目の前にして、訊《き》かないほうがおかしいと思う！

「……ルミナは、これ、気持ち悪くないの？」

アイル様は恐る恐る訊《たず》ねてきた。

気持ち悪い？　どうして？　と私は一瞬目を丸くしたけれど、ユーレリア王国では、獣人への偏見や差別があるのだということを思い出した。

「気持ち悪くないですよ？　むしろ立派なお耳と尻尾は素敵だと思います！　ふさふさで気持ち良さそうです。触りたいです」

力説する私の手をアイル様がそっと取る。

「ルミナが望むなら……いっぱい触って？」

そう言うアイル様の頬はなぜか上気し、その瞳にはうっとりとした熱がこもっていて。

目を思わず逸らしたくなるくらいになんだか色っぽかった。

な、なんでそんな顔を！

「耳や尻尾はね、弱点でもあるんだけど、私たちが気持ち良くなってしまう部分だから……番《つがい》にしか触らせないんだ。ルミナが私を気持ち良くしてくれるのなら、私に断る理由なんてないよ。さぁ、触って？」

そう言ってアイル様はふさふさで大きな尻尾を差し出してきた。

でも、なんだか私の思っていた、もふもふ！　ふさふさ！　気持ちいい！　では済まない気がして――

今日は触るのを、遠慮しておいた。

☆　☆　☆

アイル様は私を膝に乗せた状態で、地図を広げて旅程の説明をしてくれた。

……こんな遠くに、連れて行かれるんだ。

美しい指先が地図の上の道をなぞるのを見ながら私はとても驚いた。

これまでほとんど家からも出たことがないのに、はじめての遠出が獣人にお嫁入りするためだなんて。今さらながら不思議な気持ちだ。

獣人の国『ライラック王国』への道のりは馬車で三日と少しだとアイル様は教えてくれた。マシェット子爵家から国境までは他領を挟みつつも割合近くにあるので、短い日程で済むのだそう。

三日でも短いのかと私が目を丸くすると、アイル様はくすくすと笑った。

「今日はフォルトという土地に泊まる予定なんだよ。そこの領主は親獣人派だから安心なんだ」

「親獣人派？」

聞き慣れない言葉に私は首を傾げた。

「このユーレリア王国には、反獣人派という、獣人に悪感情を抱く人も多いのだけれど、そうでない人々もちゃんといるんだ」

そう言ってアイル様は優しく私の頭を撫でてくれる。その手のひらの心地よさに、私は思わずうっとりと目を閉じた。

「お義姉様《ねえさま》たちが、マシェット子爵家は中立派だと言っていました」

「うん、うん。よく知っているね。中立派は単純にどちらの派閥につくかを様子見している者たちが多いのだけれど、敵対していないだけでもとてもありがたいんだよ。交易もちゃんと持てるしね」

……なるほど、なんだか複雑だ。理解しようと眉間に皺《しわ》を寄せながら考える私の頭を、アイル様

は また優しく撫でた。

「フォルトに着いたら可愛い服を買おうね。あの忌《い》まわしい家で与えられた服なんて捨ててしまおう。美味《おい》しいものもたくさん食べてゆっくりしよう。フォルトは海が近いから海沿いを歩くのも楽しいと思うよ。ルミナがフォルトを気に入るのであれば滞在を延ばすのもいいね」

街に着いたら私としたいことを語るアイル様は、とても楽しそうだ。

それを聞いていると、嬉しい気持ちと、むず痒《がゆ》い気持ちと、不安な気持ちで心がそわそわとする。

——大事にされてもいいのかな。彼を信じていいのかな。愛されてもいいのかな。

そんな期待をしてしまう私と、

——大事にされると思うの？　血の繋《つな》がった父すら私を見捨てたのに？　本当に私を愛してくれる人なんているの？

期待をするなと警告する私と。

相反する気持ちで心が左右に強い力で引っ張られている感じがする。

無条件に与えられる愛を信じるということは、家族にすら愛されなかった私にはなかなかにハードルが高い。

「ルミナ？」

私はいつの間にか不安げな表情のアイル様に覗《のぞ》き込まれていた。

「なにか不安なのかな。言ってみて、私の大切なルミナ」

後ろから抱きしめられながら優しく囁《ささや》かれる。その言葉と体温はまるで甘い蜜のようで、まだ一日も一緒にいない人なのに、私の心の硬い部分が蕩《とろ》けそうになる。

「……少し、不安で。すべてが急で心が追いついていないのかもしれないです」

今の気持ちをどう表現していいのかわからなくて、眉間に皺《しわ》を寄せながら私は言った。

するとアイル様は柔らかく微笑み、私の頬に自分の頬を擦《す》り寄せた。

「そうだね、急に君を攫《さら》ってしまったから。突然すぎて戸惑うのは仕方ないことだよ」

そこでアイル様は、言葉を切って沈黙した。なにか言い辛いことを言おうとしている、そんな重い沈黙だ。私は次の言葉を促《うなが》すようにアイル様を見つめた。

「……人は番《つがい》を必要としない生き物だから、君は私以外の他の誰かを愛することもできるんだ。だけど私には君しかいなくて、君を手放すことができないから。その、とても身勝手なのはわかっているのだけど……私を愛して欲しい」

そう言うアイル様の表情は悲愴感に満ちていた。

獣人の番《つがい》同士は生まれながらに一対で、出会った瞬間互いが番《つがい》だと気づき、自然に求め合い結ばれるそうだ。

しかし番《つがい》という存在を必要としない、人間が番《つがい》だった場合。

恋人がもう存在する、獣人への嫌悪感が強い等、様々な理由で獣人が人間に拒絶されることはままあるらしい。

拒絶された獣人が番《つがい》の喪失に耐えられず、人間の番《つがい》を強引に攫《さら》うこともある。それにより獣人に悪感情を持つ人間がますます増え、獣人が人間の番《つがい》を得られる機会はさらに減ってしまう。

「……嫌な悪循環だよね」

深いため息を吐きながら、アイル様は説明してくれた。

（そっか。アイル様も不安なんだ）

私が彼の愛を信じていいのか不安なように、彼も人間である私が彼を選ばないことを恐れているんだ。

「アイル様。私……愛されることにも、愛することにも慣れていないんです。だから、少しずつになるかもしれませんけど、頑張りますから！」

アイル様は、優しくて、素敵で、私をあの地獄から助けてくれた人。

彼となら、愛し愛される関係を築けるのかもしれない。

私の言葉を聞いて蕩《とろ》けるような笑顔を見せるアイル様を見て、そう思った。

馬車が少し振動して止まり、御者《ぎょしゃ》が目的地への到着を告げた。

馬車を降りる時、まるで貴婦人をエスコートするかのようにアイル様が私の手を引いてくれた。

一応私は子爵家の令嬢なのだけど今までされたことなんてなかったのだ。私の心は少し浮き立った。

馬車から降ろされたのは、見上げるほどに大きなお屋敷の前。

フォルトを治めている貴族の屋敷で今日はここに泊めていただくのだと、アイル様が教えてくれた。

屋敷は少し小高い丘の上に建っており、そこからは大きな街が一望できた。

そういえば御者《ぎょしゃ》さんはどんな方なんだろう？　と目を向けると、そこには年下に見える少年がいた。

彼はオレンジに近い茶色の髪の少年で、頭からは長い耳が飛び出している。

「……うさぎさんだ」

口から零《こぼ》れた私の言葉を耳聡《みみざと》く聞きつけたうさぎさんがこちらへ顔を向け、ニコリと微笑んだ。

ああ、お耳がぴょこぴょこしていて可愛らしい！

「はじめまして、アイル様の番《つがい》様。従者のフェルズと申します。アイル様、とてもお可愛らしい方ですね」

「そうだろう？　私の番《つがい》は世界一可愛いんだ！　だけど減るからあまり見るんじゃないぞ」

フェルズさんの言葉に、アイル様が満面の笑みで得意げな顔をして答える。

減りませんよ、アイル様。

……それにしても獣人さんと人間の美的感覚は違うのかしら？

私はずっと義母と義姉に醜《みにく》いと言われていたし、自分でもみすぼらしい容姿だと思う。

義母たちは、長くて黒い艶《つや》めいた髪、肉感的で女性らしい体、赤い唇にきゅっと上がった大きな目……そんな派手な美女たちだったから、比べて何度も落ち込んだものだ。

「アイル様、フェルズさん。私、可愛くなんてないですよ」

私がそう告げると、なにを言っているんだ、という顔でアイル様とフェルズさんがこちらを見る。

「くすんだ金髪でぱさぱさで藁《わら》みたいですし」

「うん、綺麗なブロンドだね。毎日櫛《くし》を入れて香油を塗り込んだら、もっともっと艶々《つやつや》の美しい髪になるね」

「ずっと満足にご飯を食べていなかったので、肌艶《はだつや》も悪いですし、ガリガリですし、傷だらけですし」

「うん。綺麗な白い肌だね。華奢《きゃしゃ》で折れそうな体なのは私も心配だから、これからはたくさん美味《おい》しいものを食べようね。傷のことは私はまったく気にならないと言っただろう？」

「目だって、くすんだ灰色みたいな青ですし」

「綺麗な透明の青だね。私の故郷の海のようだよ」

「顔立ちだって、整っておりません」

「なにを言っているんだい⁉ 化粧でけばけばしくごまかした君の義母と違って、君は素顔でもとても可愛らしくて妖精のようだよ！ ああ、虐《しいた》げられすぎて君の自己認識は大分歪んでしまっているんだね」

可哀想に、と言ってアイル様が泣きそうな顔で抱きしめてくる。

歪んでいる？ そうなのかしら？

フェルズさんもなぜか悲しそうな暗い顔をしていて、私はなんだか申し訳ない気持ちになった。

「君の自己認識を正すために、毎日可愛いところを挙げるから！」

真剣な目をして、アイル様はそう宣言した。

毎日……毎日⁉ それはすごく恥ずかしいしどう応対したらいいものかしら！

「とりあえずは、その忌々《いまいま》しい服を脱ぐために買い物に行こう？　ルミナはどんな服が好き？　靴の好みは？」

アイル様にそう訊《き》かれて「今まで考えたこともなかったから、なにが好きなのかわからないんです」と答えたら、アイル様が抱きしめる力を強くして、綺麗な瞳からポロポロと大粒の涙を零《こぼ》したので驚いた。

……旦那様は案外、泣き虫なのかもしれない。

「アイル殿！　とうとう番《つがい》を見つけたのだな！」

その時、朗々とした声が屋敷の方から響いた。

こちらに駆け寄って来たのは、身長が二メートル以上あろうかという筋肉質で大柄な男性だった。

白いシャツにチャコールグレーのトラウザーズ。シャツの胸元は筋肉ではち切れんばかりに膨らんでいて、声も体もとても大きい。

今まで見たことがないタイプの男性だったので、少し腰が引けてしまった私は思わずアイル様の服の裾をぎゅっと掴《つか》んでしまう。

恐る恐る、私の五十センチくらい上にあるその男性の顔を見上げると……

日焼けした精悍《せいかん》なお顔に燃えるような赤い髪。意志が強そうな金色の瞳。

――そして頭の上にはまぁるい獣《けもの》のお耳。お尻にも長くて先っぽがふさふさの尻尾がある。

「こちらのご領主様は、獣人さんなのですか？」

獣人の領主がいるなんて……予想外のことに目を丸くしてしまう。

「違うよ、アイル殿の番《つがい》殿。俺はオーランド・ミラー。この屋敷の女主人ヴィクトリア・ミラーの入り婿だ」

にかっ！　とオーランド様が豪快な笑みを浮かべて自己紹介をしてくれた。

「ルミナ・マシェ――」

「ルミナ。ルミナ・アストリーと名乗って？」

オーランド様に自己紹介を返そうとしたら、アイル様に頬にキスをされながら訂正されたので慌てて言い直す。

「ル、ルミナ・アストリーと申します。オーランド様」

私の国では婚姻後は元の姓を名乗ってもいいし、夫の姓を選んでもいいという慣習になっている。

獣人の国も恐らく同じなんじゃないかしら？

私はアイル様と正式な婚姻関係を結んでいないので、まだマシェット姓しか名乗れない。

けれどマシェットはいい思い出がある名前じゃないし、今後はアイル様の姓を名乗らせていただこう。

(私、アイル様のお嫁さんになるのね)

改めて実感すると少し恥ずかしくて、なんだかくすぐったい。

「オーランド殿は獅子族でね。元はライラック国の高位貴族だったのだけど……ヴィクトリア様を番《つがい》と見初《みそ》めて強引に入り婿になってしまったんだ」

「強引にではない！　俺とヴィクトリアは相思相愛だっ！」

ガオッ！　と効果音がしそうな調子でオーランド様が吠えるので、私は思わずビクリとしてしまう。

「番《つがい》に『決闘で勝ったら婿にしろ』と迫ることのどこが強引じゃないんだ。ヴィクトリア様が親獣人派じゃなければ、問答無用で衛兵に引き渡されて、立派な外交問題になっていたよ」

アイル様が呆れた顔でため息をつく。

決闘？　この大柄で筋肉質で強そうな男性と？　ヴィクトリア様ってどんな女性なの？

いろいろと想像しようとしたが、想像力が追いつかない。

「それと私の番《つがい》を驚かせないでくれないか？　君のお相手と違って私の番《つがい》は繊細で、か弱いんだ。

オーランド殿のような男性には慣れていないんだよ」

「確かにアイル殿の番《つがい》は小さいなぁ。触ると折れそうじゃないか！　しかし物腰だけは柔らかい腹黒がとうとう番《つがい》を得たか。この子も可哀想だなぁ」

「――ケンカを売っているのなら、買うけれど？　それと私の番《つがい》を勝手にじろじろ見るな。目を抉《えぐ》るぞ」

アイル様が腹黒!?　それに目を抉《えぐ》るって……アイル様、発言がなんだか不穏です！

口調も荒いし、アイル様が纏《まと》う黒い雰囲気がちょっと怖い。

しかしこれは……男の友情なのか、一触即発の剣呑《けんのん》な雰囲気なのか。

いまいちわからずに不安になってフェルズさんに目を向けると、彼はニコニコと笑っていたので、多分いつもこんな感じなんだろう。私はほっとして息を吐いた。

そしてほっとしたついでに、私は一つ疑問に思ったことを訊《き》いてみることにした。

「あの……どうして私が、アイル様の番《つがい》だって一目でわかったんですか？」

出会い頭から番《つがい》と断定され、少し気になっていたのだ。

「匂いがするんだよ、アイル殿の匂いがルミナ嬢の体から。舐められたりしたろ？　マーキングされてんだよ」

こともなげにオーランド様が言う。

アイル様の匂いが……私の体からしているの？　なんだかよくわからないけど、いやらしい感じがする。顔が自然に真っ赤になって、私は思わずうつむいた。

「明け透けな言い方を。私の番《つがい》は箱入りだから、今少しずついろいろなことを教えている最中なんだ。そんな言い方は止めろ」

不機嫌そうに言いながら私の肩を抱きすくめ、アイル様は長く鋭い犬歯を見せてオーランド様を威嚇《いかく》した。

アイル様の獣性を目の当《まあ》たりにして、ああこの人は獣人なんだ……と改めて感じたけれど、不思議と怖くはなかった。

けど、殺気が！　殺気が肌を刺すようで痛いんですけど！

生まれてはじめて身近で感じる本物の殺気に、歯の根が合わなくなる。

「だから精液の匂いがしないのか。マーキングにしては薄い匂いだとは思ったんだが……」

「オーランド様。そこまでにしないとアイル様に喉を裂かれてしまいますよ」

なおも会話を続けようとするオーランド様の腰のあたりをぽんぽんと叩いて、フェルズさんが止める。

その時ようやくオーランド様もアイル様の様子に気づいたようで、かなり焦った顔をした。

「アイル殿！　すまん！　今回も滞在していくんだろう？　さっそく屋敷へ案内しよう！」

大きい体を丸めながら謝るオーランド様を見ながら、私は不思議な気持ちになる。

あんなに大きい体の人が、アイル様のような細身の美青年を怖がるなんて……

そんな気持ちが顔に出ていたのか、フェルズさんが小声で「アイル様は、国の三指に入る武芸者なんですよ」と補足してくれた。人は見た目によらないのね。

オーランド様もかなりお強いそうだけど、実力が拮抗《きっこう》している分、戦えば双方無事では済まないだろうとのこと。そんな命に関わるケンカは止めて欲しい。

「ああ、それなんだが。申し訳ないがご当主へのご挨拶《あいさつ》は後ほどにして、先に街へ買い出しに出てもいいかな？　急にルミナを連れ出してしまったものでね。彼女の準備が整っていないんだ。街までは歩いて行くから、屋敷で馬車を預かってもらってもいいだろうか？」

「ああ、わかった。フェルズも置いていくんだろう？」

先ほどまで殺気を放っていたアイル様は、ケロリとした顔でオーランド様と会話をしている。

なんだか疲れた……そんな思いで遠い目をしていると、フェルズさんに同情的な眼差しで見つめられた。

「ルミナ、街へデートに行こうか！」

オーランド様との会話を終え、こちらを向いて明るく微笑んだアイル様は、優しげで紳士的で柔和な、私が知っている彼だった。

☆　☆　☆

お屋敷がある小高い丘から、街を見下ろしてみる。

あれがアイル様が向かおうと言った街だろう。かなり距離があるように思うのだけど、アイル様は歩くと言った。

私の足だとあそこまでどれくらいかかるのかしら。足手まといになるのが、なんだかとても心苦しい。

そんなことを考えていると、アイル様に軽々とお姫様抱っこをされた。

「ルミナ。ちょっと我慢してね」

まさか、抱えて運んでくださるつもりなの⁉

私は痩せこけているので重くはないと思うけれど、それでも抱えて行くには遠い距離だと思う。

「私の首にしっかり腕を回して掴まって。それと口は絶対に閉じていてね。舌を噛むと危ないから」

アイル様に微笑んでそう言われ、コクコクと頷きながら私は彼の首に腕を回した。

この体勢はアイル様との距離が近い。少し慣れてきたとはいえ、絶世の美形の顔がこんなに近くにあるのは心臓に悪い。

「一気に、街まで飛ばすから」

「えっ！」

私が問いを発する間もなく、アイル様の足が軽《かろ》やかに地面を蹴った。

神速《しんそく》という言葉を彷彿《ほうふつ》とさせる、人間では決して出せない速さ。

アイル様の足が地面を蹴るごとに、景色がすごいスピードでどんどん背後に流れていく。これって馬より速いんじゃ！

しっかりと抱き込んでくれているおかげか思ったよりも揺れはないけれど、慣れないスピードが怖くて私はアイル様に力を込めてしがみついてしまう。

獣人の身体能力は高いと聞いていたけど、ここまでのものだったなんて。

「――！」

前方に大きな岩があるのにもかかわらず、アイル様がそのまま走っていくので私は真っ青になった。

坂だから加速がついて止まれないの!?

（ぶつかるっ！）

怖かったけれど目を閉じる暇もない。

その時。ふわり、と浮遊感があったかと思うと、地面が遠くなり空が近くなった。

アイル様が跳躍したんだ……！　なんて脚力なの！

岩の上まで飛び上がって、そのまま飛び降りて――アイル様は長い足を動かし続け、あっという間に街の前まで着いてしまった。

（あんな距離を一瞬で……）

先ほどまでいた丘を見上げると、屋敷からの距離は思っていたよりもずっと遠かった。

緊張していたからか、怖かったからか、私は一切走っていないのに息が切れている。

「ルミナ、大丈夫？」

私の頬に頬を擦《す》り寄せながらアイル様が訊《き》いてきたので、慌ててコクコクと頭を上下に振った。

するとアイル様が安堵したように笑う。その息はまったく乱れていない。獣人ってすごいのね……

「ごめんね、お店がもう少しで閉まる頃合いだったから。急いだ方がいいと思って」

そう言いながらアイル様は私を抱えたまま、街へ入ろうとした。

門兵さんはアイル様と顔見知りらしく、私を抱えたアイル様を驚いた顔で見た後に頭を少し下げ、すんなりと街の中へ通してくれた。

ここは結構規模が大きな街、だと思う。

以前、使用人たちと領地にある街へ買い物に行かされたことがある。その時は、こんなに人はいなかったし建物も立派じゃなかった。

今思えばお前は使用人と同じ扱いなんだ、という義母の嫌がらせだったのだろうけれど、あの時の私は純粋に家の外に出られることが嬉しかった。

アイル様に子供のように抱きかかえられている私を、街の人がちらちらと見ている……恥ずかしい。

「アイル様。私自分の足で歩けます！」

「ダメ。迷子になったり誰かに攫《さら》われたりしたらどうするの？　私が心配だからこのままでね」

抗議したけれど、あっさり却下されてしまった。

アイル様って……たまに強引な気がする。

ガッチリと抱き込まれてしまうと、私の力では脱出ができないので、大人しくアイル様の腕の中に収まることにした。

「いい子だね、可愛い私のルミナ」

私が力を抜いて身を任せると、アイル様が満足そうな顔で、ぺろりと私の頬を数回舐めた。舌の感触が生々しくて、思わず体がびくりと震えてしまう。

そんな私の様子を見たアイル様は妖艶《ようえん》に笑って、さらに私の首筋までざりざりと何度も舐めてきた。

「アイル様っ、人前！　人前です！」

いくら世事《せじ》に疎《うと》い私でも、これが人前ですることじゃないとわかる。

私が抗議すると、アイル様は数回首筋の肌を甘く食《は》んでから、名残《なごり》惜しそうな様子で唇を離した。

先ほどオーランド様に聞いた『マーキング』という言葉が頭をよぎって、なんだか恥ずかしくなり、アイル様の胸に頭を押しつけて顔を隠す。すると、アイル様が声を押し殺して笑った気配がした。

……なにがおかしいんですか、もう！

「お洋服を買おうね、ルミナ」

「はい……」

やけにご機嫌なアイル様が向かったのは、見るからに高級そうな店の前だった。窓ガラス越しに見えるお洋服の数々はどう見ても高価なもので……

こんなところに、私が入っていいのかしら。

戸惑う私を抱えたままアイル様が店内に入ると、上品そうな四十代くらいの女店主が出迎えてくれた。店内は広くて、様々な衣服や靴、宝石などが並べられている。男物も女物も扱っているようだ。

見慣れない店内に、私は思わずきょろきょろとしてしまった。

「いらっしゃいませ。アストリー公爵様。本日はどのような品をご所望ですか？」

「今日は私のものではなく、私の番《つがい》の服を五十着ほど見繕《みつくろ》って欲しいんだ。下着と靴、アクセサリーもセット分頼む。普段使いだけじゃなくてよそ行きのものも必要だな……」

「まぁ、アストリー公爵様、番《つがい》を得たのですね。おめでとうございます！」

「アイル様！」

アイル様と女店主の会話の途中に、私は悲鳴のような声を上げてしまう。

「わ……私の体は一個だけなので！　五十着もお洋服は必要ありませんよ!?」

「ああ、私の番《つがい》はなんて欲がないんだ。でもねルミナ、王都に帰ったら百着ほどまた追加で——」

「アイル様っ!!」

今まで義母から与えられた粗末な麻の服二着を、自分の手で洗濯しながら着回していた私には五十着も百着も気が遠くなるような数字だ。

というかそんなに、いらない。あっても困る。

「十着で、十着くらいまででお願いします」

正直五着でいいと思っているのだけど、あまりに少なく言いすぎるとアイル様に拒否されそうだと思ったので無難な数字を提案してみた。

……値段を考えると、これが無難な数字なのかはわからないけれど。

「いろいろな服をルミナに着てもらいたいのに……」

アイル様は少し不満そうだったけれど、ひとまず十着で妥協してくれたので私はほっとした。王都に帰ったらまた百着、も頑張って数を少なめにしてもらおう。

「では、アストリー夫人。採寸させていただきますね」

そう言われ、女店主——レディ・サマンサに服の上から、しかし隅々まで採寸をされた。

その後レディ・サマンサはしばらく考え込むと、店の奥から何着ものドレスを持ってきて、私とアイル様の前に広げる。

色とりどりの美しいドレスに、私は思わず感嘆の息を漏らしてしまう。その様子を見てアイル様が嬉しそうに目を細めた。

「アストリー夫人は大変細身ですから、このシルエットが出る形のものがいいかと……。今の流行《はや》りでもありますし」

「私はこちらの方が好みなんだけどね。でもこれも……。あっ、なるべく肌は出ない方がいいなぁ、私が妬《や》くから」

アイル様とレディ・サマンサが楽しそうにドレスを私にあてがいながら、時には試着をさせながら選んでいく。

(なんだか……幸せな夢の中にいるみたい)

肌の上をさらさらと軽《かろ》やかに流れる布地の感触は、今まで着ていたものと同じ服とは思えない。

「可愛いよ、ルミナ」

そう言ってうっとりするアイル様を見ていると、私もなんだか嬉しくて、泣きそうになってしまった。

恐る恐る、久しぶりに覗《のぞ》いた鏡の中の私は——綺麗なドレスのおかげか、昔より少しだけ綺麗になっているような気がした。

# 第二章

買い物を終えて、私はまたアイル様に抱えられ丘の上のお屋敷に戻った。

服は何年もお世話になったボロボロの麻のワンピースから、オレンジ色の可愛らしい普段使い用のドレスに着替えた。

ふわりと膨らんだ袖と、裾が大きく広がったデザインは私には女の子らしすぎるかな？　だけど「私の目の色だ」と言ってアイル様が嬉しそうにこのドレスを見ていたから、一番最初に袖を通すのはこのドレスだと決めた。

足には、白いエナメルのヒールの靴。ストラップの部分に小さなオレンジのお花が付いているデザインで、足元を見るたびに可愛らしさにニコニコしてしまう。最初は歩きづらいからヒールがない方がと主張したのだけど、アイル様に「抱えて歩くから」とにっこりと言われてしまった。そして今、現在進行形で抱えて歩かれている。

……不本意だけどこの抱えて歩かれる状況に、少しずつ慣れてきている自分がいるわ……

髪はレディ・サマンサが編み込みにして、仕上げに小さな青い宝石が煌《きら》めく髪飾りをつけてくれた。

着飾って鏡を見た時に最初に思ったことは。

(こんな姿を見られたら、お義母様《かあさま》に怒られるわね)

(私なんかが、こんな格好をしていいのかしら？　お義姉様《ねえさま》たちに取り上げられちゃう)

……だった。長年染み付いた習性はなかなか直らないみたい。

だけどアイル様が笑顔で「可愛い」「綺麗」「素敵だよ」ってたくさん言ってくれるから、少しだけ胸を張って鏡を見ることができた気がする。

残りの服はレディ・サマンサのお店の人が馬車に積み込んで持ってきてくれるそうなので、私たちは着替えた後手ぶらでお屋敷へ戻ったのだった。

屋敷の門を抜けお庭に足を踏み入れると、ビュンッ！　という空気を切り裂くような音が何度も響いていた。その方を見ると――

白い騎士服を着た金髪の美丈夫《びじょうふ》が、剣を振るっていた。

明るい金髪に、青く澄んだ瞳。薄くて形のいい唇はきゅっと引き結ばれている。剣を振るうたびに彼の体は流麗な軌道を描き、まるで舞を見ているようだ。

凛《りん》とした美しさのある上品なお顔立ちは……幼い頃に絵本でみた王子様そのもので。

思わずほぅと、感嘆のため息が漏れた。

「見惚れてる？　すごく妬《や》けるのだけど。私のお嫁さんは浮気者だね」

頬を膨らませたアイル様が、私の頭にぐりぐりと頬を寄せてくる。

「まぁ、ヴィクトリア様の女性人気はすごいから仕方ないとは思うんだけどね。でもやっぱり悔しいな」

アイル様の言葉を聞いて、私の頭の中にはたくさんの疑問符が浮かんだ。

ヴィクトリア様？

……この屋敷の、『女』主人の？

オーランド様の番《つがい》の？　あの方が？

「やぁ、来たのかい？」

彼……いや、彼女もこちらに気付いたようで、カチリと小気味のいい音を立てて剣を鞘《さや》に収め、親しげに微笑みながら向かってくる。男女どちらか判別しづらい、美しいテノールの声音にまた困惑してしまう。

「ヴィクトリア様。今回も急に来てしまってすまないね」

私を抱えたままの状態で、アイル様がヴィクトリア様に応《こた》えた。

「いつでも自由に逗留《とうりゅう》して欲しいと言ったのはこちらだ。気にすることはないさ。その代わり手合わせには付き合ってもらうけどね？　ところで……」

言葉を切って、ヴィクトリア様がじっと私を見つめる。澄んだ美しい青に見つめられると心臓がトクリと跳ねて、思わずその瞳に見入ってしまった。

アイル様がむくれた顔で自分の頬を私の頬に擦《こす》りつけてきて、私はハッと我に返る。ちらりと見たアイル様のお顔はあまり機嫌がいい風ではない。

ヴィクトリア様に視線を戻すと、色っぽい笑みを浮かべられた。

こ、この女性には近づきすぎてはいけない気がする。

なにがどうとかはよくわからないけれど、危険な気配がする！

「やぁ、アイル殿の番《つがい》……ルミナ嬢だね！　話はオーランドから聞いたよ。とても可愛らしく可憐《かれん》な方だ。美しいその瞳を見て湖の妖精かと思ったよ。お手に触れても？」

ぺちん！

私の手に触れようとしたヴィクトリア様の手を、アイル様が勢いよくはたき落とした。

「ダメ、絶対ダメ。触っちゃダメ。ヴィクトリア様が何人もの子女を毒牙にかけようと別にいいんだけど、うちのルミナだけは、ダメ」

アイル様は子供みたいな口調でヴィクトリア様を睨《にら》みながらまくしたてると、ぎゅうぎゅうとちょっと苦しくなるくらいの力で私を抱きしめた。

毒牙？　ヴィクトリア様には牙があるの？

「やだな、人聞きが悪い。結婚してからはもう火遊びはしてないよ」

……火遊び？

毒牙といい、さっきからなんだか物騒な言葉ばかりが飛び交っている。

きょとん、と首を傾げると、ヴィクトリア様がにこりと笑った。

「子猫ちゃんが夜に一人で僕の部屋に来たら教えて――」

「ヴィクトリア様っ!!」

アイル様が吠えるように叫ぶ。その声はとても大きくて、耳元で叫ばれた私はくらくらとした。

ヴィクトリア様は、そんなアイル様を意にも介さずに快活に声を立てて笑った。

「冗談だよ。僕もね、相手を決めたら結構一途《いちず》なんだよ？　あの獅子も意外と可愛いんだ」

パチリ、とウインクしてヴィクトリア様が言う。

可愛い……？　あの大きなオーランド様が？　またもやわけがわからない。

「さ、お部屋に案内しよう。ディナーの準備ができたら呼ぶから、それまではルミナ嬢とゆっくりするといいよ」

颯爽《さっそう》とした足さばきでヴィクトリア様が屋敷に向かう。なんだかひどく疲れた様子のアイル様の頭を思わず撫でたら、ぐりぐりとまた頬を寄せられた。

ヴィクトリア様に案内していただいたのは、日当たりの良い広い客室だった。彼女のセンスなのだろう、シックな色を基調とした、シンプルだけれど高価だと一目でわかるインテリアで室内が纏《まと》められている。

実家の子爵家はおそらく義母の趣味で、派手でビカビカとした装飾ばかりで見ていて目が痛かった。それもあって、この上品で趣味のいい室内を見て私は浮き立つ気持ちになる。

「素敵なお部屋！」

室内を見渡して、思わず感嘆の声を上げてしまう。こんな素敵なお部屋にお泊まりできるだなんて！

「喜ばせてるのがヴィクトリア様だというのが複雑な気持ちだけど……ルミナが楽しそうでよかったよ」

舌打ちをしながらも笑顔という複雑な表情をし、嫉妬を滲《にじ》ませた声でアイル様が言う。……女性だったとはいえ、アイル様以外に見惚れてしまうなんて。悪いことをしてしまったわ。

アイル様は細心の注意を払いながら、私を地面へと降ろした。ふかり、と足元に毛足の長い絨毯《じゅうたん》の感触を感じてそれが心地いい。実はこの部屋に着くまで抱えられっぱなしだったのだ。

触れ合っていた時間が長かったせいか、感じていた体温が離れて行くことに違和感を覚えてしまう。

馬車の中でも、こちらに着いてからも、アイル様がずっと私にくっついていたり、抱き上げていたりしていたから……

そんなことをぼんやりと考えていたら、またアイル様に後ろから抱きすくめられた。先ほどまでのようにアイル様の体温がふわりと優しく私を包み込む。

「……ごめんねルミナ。焼きもちばかりで、私はみっともないね」

アイル様は私の肩に顎《あご》をのせて、ため息をつきながら落ち込んだ様子で言う。大きな尻尾が、力なく左右に揺れているのが視界の隅に入った。

「いいえ。私がいけないんです。旦那様以外に見惚れるなんて、ダメな奥さんですよね」

私がそう言うと、アイル様の綺麗なオレンジ色の瞳がキラキラと歓喜で輝いた。

「旦那様？　奥さん？　わぁ、可愛いこと言ってくれるね！」

私の言葉に、アイル様のご機嫌は一気に上昇したようだった。尻尾をぶんぶんと元気よく振る音が響き、アイル様が繰り返し嬉しそうに頬ずりをしてくる。

「ああ、ルミナ可愛い。大好きだよ、愛してる」

甘く囁《ささや》きながら、頬に、耳に、首筋に、アイル様は雨のような口づけを降らせた。

彼の吐息が少しずつ荒くなっている気がしたので、背後にそろりと視線をやる。するとアイル様の頬が上気して、目がトロリと潤《うる》んでいた。

「ルミナ……触っても、いい？」

うっとりと、甘い声音で囁《ささや》かれ背筋がぞくりとする。触るって……今も触ってるけど、そうじゃなくて、あっちの方よね。

「う、えーと」

あの行為は嫌いじゃない。けれど……あれって人様のお家でしていいことなのかしら？

思わず目を白黒させて口ごもっていると、アイル様が背後から離れて私の正面に立った。

「……嫌？」

……オレンジ色の綺麗な瞳で見つめられ、首をこてん、と傾げて悲しそうな顔で問われる。

そんな顔をされたら、嫌ですなんてとても言えないじゃない！

で、でも。

「嫌じゃないですけど。人の、お家ですよ？」

「他の家ならしないけどね。オーランド殿もヴィクトリア様も、番《つがい》と睦《むつ》み合うことに対してうるさく言わないよ。だから、ね」

アイル様は再び私を抱き上げてからベッドへと向かった。ああ、やっと足をつけた地面が遠ざかっていく……！

下ろされたベッドは信じられないくらいにふかふかだった。こんなに柔らかいお布団があるなんてと、私は目を丸くしてしまう。

「ルミナ。可愛い」

私の顔の側に手をつくようにしてのしかかり、頬を染めながらアイル様が囁《ささや》いた。その色香漂《ただよ》う表情を見ていると、私の頬も自然と熱くなる。

アイル様はそっと私の体に手を伸ばして、ドレスの上から胸を揉みしだいた。

そうよ、着ているドレスはどうしよう。

せっかく夢のように素敵なドレスを買っていただいたのに、先刻のようにいっぱい触られてしまったらきっと皺《しわ》になってしまう。

「アイル様、あの。ドレス、皺《しわ》になっちゃいます！」

「ああ、じゃあ脱がせてしまおうね？」

アイル様がテキパキとした動作でドレスを剥《は》いでいく。私はあっという間に薄い生地のアンダードレス一枚にされてしまった……手際が良すぎる。

アイル様はオレンジ色のドレスをベッドの下に落とすと、再び私の上に覆い被さった。

——ああ、あんなに乱暴にしたらどちらにしても皺《しわ》が！

「アンダードレスだけでよかった。コルセットなんて着けていたら解《ほど》く時間が惜しくて引き裂くところだった」

アイル様が小さく独り言をつぶやく。

……アイル様、コルセットって素手で引き裂けるものなのですか？

思わず口の端にひきつり笑いを浮かべた私の唇に、アイル様が唇を重ねた。

音を立てながら繰り返し口づけされて、呼吸のために薄く唇を開くとアイル様の舌がぬるり、と侵入してくる。

舌を絡めとられ、吸われ、上顎《うわあご》をゆるゆると舐め上げられて。

噛みつくように角度を変えながら贈られる口づけに、縋《すが》るようにアイル様のシャツを掴《つか》んでしまう。アイル様は最後に優しく触れるだけのキスをして、私の口の端から零《こぼ》れるどちらのものともわからない唾液をぺろりと舐めとってから妖艶《ようえん》に笑った。

「ねぇ、ルミナ……」

熱がこもった視線と、甘い声。それはある種の期待感を抱かせ、思わずこくりと喉を鳴らしてしまう。

……今度はなにをされてしまうんだろう？　また、胸を触られるのかしら？

「痛いことはまだしないから安心して？　ちゃんと優しく、気持ち良くする。だけど今度は……こっちじゃなくて」

ふわりと、私の胸を手のひらで撫でた後に、アイル様は私のアンダードレスをめくった。そして腰で結ばれた下着の紐を、するりと外す。

ひやり、とした空気が下腹部に触れ、私は反射的に足を閉じようとした。

「こっちで気持ちいいことを覚えようね」

そう言いながらアイル様は私の閉じた足の間に指を捻《ね》じ込んで、にこりと笑った。

「あの、アイル様、そこは……汚いと思うんですけど」

薄い金色の茂みに指を這わせ、ゆるゆると撫でるアイル様に、恐る恐る言う。するとアイル様はにっこりと笑った。

「ルミナの体はどこも汚くないよ？　それにここはね、胸よりももっとたくさん感じることができる場所なんだよ」

胸よりも感じる？　私、胸を触られて気絶してしまったのに……あれより気持ち良くなってしまうの？　それは少し怖いと思いつつも、期待してしまっている自分もいて。

……私、この『気持ちいいこと』に弱いのかしら？

それって大丈夫なの？　私、アイル様に触られている時……多分すごくだらしない表情をしている。そんな顔を見せてばかりだと、アイル様に嫌われたりしない？

「ルミナ、よく見せて？」

私がそんなことを考えているうちに、アイル様は私の足を両手で押し開いた。ベッドの上で開脚させせられる格好になり、誰にも見せたことがない部分が丸見えになってしまう。

こ、こんなところを人に見せることになるなんて！

混乱して足を閉じようともがいたのだけれど、アイル様の獣人の力に敵《かな》うはずもない。閉じようとした足はびくとも動かず、開きっぱなしにされてしまった。

開かれた部分が外気に晒《さら》されて、ひやりとした空気が当たるのがくすぐったい。

「ルミナのここはぴったりと閉じていて……ふふ、開くと可愛いピンク色が見えるね。とても綺麗だよ」

綺麗だと言われても、そんなところを見ることなんてなかったから、どんな色や形をしているかなんて知らない。とにかく恥ずかしくて恥ずかしくて仕方がない。

アイル様が私の足の間に体を割り入れて何度も口づけをしながら、そこに長い指を触れさせゆるゆると上下に動かした。

優しく表面を撫でるように、でも時折浅く彼の指が私の窪《くぼ》んでいる場所に入れられ、離れて行って――それを丁寧に繰り返される。

「んっ、やぁっ」

啄《ついば》むような口づけをされながら、くにくにと触られるたびにお腹の奥がゾクゾクと震える。くちゅり、となぜか下腹部から水音がして、私は身を固くした。

なんの音なの？　アイル様が指を滑らせるたびに、音がさらにくちゅくちゅと鳴って私は困惑してしまう。

「な、なんの音ですかっ、これっ」

も、もしかして私……漏らして⁉　嫌、それは見られたくない！

ついアイル様のお耳をぎゅっと掴《つか》んだら、顔を赤くした艶《あで》やかな表情で舌なめずりされた。

「ああ、私のことも触ってくれるの？　その前にここを気持ち良くさせてあげるから」

ふかふかの気持ちいい感触のお耳からそっと手を外される。

そしてアイル様は体をずらして私の股に……顔を近づけたのだ。

「やっ！」

思わず手でそこを隠すと、アイル様に不満げな顔をされる。

そ、そんな顔をされても！

「手を外してくれないと、気持ち良くさせてあげられないよ？」

言いながらアイル様が、下腹部を隠している私の手をぺろりと舐めた。

そして隙間を探るように指の股を舐められ、そのまま彼の舌は私のお腹に這い上がって、にゅるり、とお臍《へそ》を舐められた。窪《くぼ》みの中まで。

「ひゃあんっ！」

予想外のことをされ甲高い声が漏れてしまう。その瞬間、こぽり、と私の体の奥からなにかが漏れ出て来るのを感じた。これが、先ほどからの水音の正体？

「アイル様……なにか漏れてっ」

「うん、大丈夫だよ。それは女の子が気持ちいいと感じると漏らす蜜だよ。でもルミナが気になるなら……」

アイル様は私の手を優しく握って、しかし容赦なく下腹部から外す。

オレンジの瞳が食い入るようにそこを見つめる。その視線は私を焦《こ》がさんばかりだ。吐息がかかったと思った瞬間、信じられない場所にぺちゃり、と濡れた生温《なまぬる》い感触がした。

「やぁっ……！」

それがアイル様の舌だ、と認識したとたん、私の顔は羞恥心《しゅうちしん》で真っ赤になった。

舐められている、アイル様に私の汚いところを……！

恥ずかしくて止めて欲しいと足を閉じたら、逆にアイル様の頭を挟む形になってしまった。しかも太腿の両側をアイル様が押さえて固定してしまう。これじゃ逃げ場がない。

「私がぜんぶ舐めて綺麗にしてあげる」

アイル様がしゃべるとそこに吐息がかかって、それだけで刺激となって震えてしまう。私の体から蜜がまたとろりと漏れ出るのを感じた。

そして先ほどまで私に口づけをしていたアイル様のお口が、私のはしたなく蜜を垂らす場所に食らいつくように吸いついた。

「アイルさまぁっ……」

逃げようとしたけれど掴《つか》まれた足は動かせず、与えられる感覚をただ受け入れるしかない。アイル様の舌が往復して蜜を舐めとっていくのに蜜は乾くことなく、どんどん溢《あふ》れてしまう。そこはアイル様の唾液と交わりながらしとどに濡れた。

頭がぼうっとして、舌に与えられる気持ち良さに酔ったように身を任せてしまう。アイル様の舌が窪《くぼ》みを大きく舐め上げ、つぷり、と蜜を沁《し》み出させているらしい奥の方へ侵入した。

「んっ！　やぁんっ！」

その未知の感覚に思わず背筋を反らせながら、高い声で私は啼《な》いた。

するとさらに舌の動きが激しくなって、たまらずまたアイル様の獣耳をぎゅっと握ってしまう。

「アイル様！　だめですっ。やっ！　あんっ、やだっ！　あっ！」

舌を奥に捻《ね》じ込まれ、時には吸われ。胸を触られた時よりも強い『気持ちいい』の波に呑まれて、抗《あらが》うことができない。聞かせたくないのに、甲高く情けない声を止められない。

涙を滲《にじ》ませ、口の端から涎《よだれ》を垂らした私は、またださしない顔をしてしまっているのだろう。滲《にじ》んだ視界に、私の顔を盗み見たアイル様が満足そうに微笑むのが見えた。

「あいるさまぁっ！」

私が一際《ひときわ》大きく震えながら声を上げ、全身の力を抜くと、ようやく彼はそこから顔を離してくれた。

「もっと、気持ち良くできる場所がここにあってね？」

そう言って彼は窪《くぼ》みの上の方にある、少し膨らんだ部分を指で軽く擦《こす》った。

すると、痺《しび》れるような気持ち良さが体の中を駆け抜けていく。私は足をピンと伸ばして敷布を足先で乱した。

アイル様は嬉しそうに、繰り返しそこを捏《こ》ね回す。

「ひゃあんっ！　あいるさまっ、あいるさま、もう……もういいですっ」

「やっぱり花芽は気持ち良さそうだね」

なにこれっ、頭が真っ白になる……！

くりくりとそこばかりいじられて、跳ねる私の反応を観察しながら、蜜で濡れた唇を舌で舐め上げうっとりと笑う彼を見て――

気持ちいいことも与えられすぎると、毒になるんじゃないかしら。

真っ白になっていく意識の隅で、そんなことを私は思った。


……また私は気絶してしまったらしく。

目を覚ましたら広いお風呂場で、お湯を張ったバスタブに入れられていた。

「気が付いた、ルミナ？　大丈夫？」

背後から心配そうなアイル様のお声がする。というか、後ろから腕を回され抱きしめられている。

お湯は贅沢品《ぜいたく》だ。魔法で沸かすにしても、使用人に沸かしてもらうにしても、それなりの手間がかかる。私はいつも桶に水を張って自分の部屋に持って行き、体を洗っていた……冬は辛かったなぁ。

義母と義姉が屋敷にいない時はメイド長がお湯を使わせてくれて、それは私のたまの楽しみだった。

だから、こんなにたくさんのお湯に入るのははじめてだ。肌に触れるお湯は温度が絶妙で気持ちいい。

これはもしかすると魔法でお湯の熱さを一定に保っているのかもしれない。そういう魔法を使えるメイドは高給で雇われるのだと、義母の話を盗み聞きしたことがあったのだ。

……と言いますか。

ぼんやりとした頭が覚醒し、現状を理解していく中、急に一つの疑問が浮かび上がった。

「アイル様‼　なんでっお風呂……一緒に⁉」

慌てて離れようとじたばたもがくけれど、アイル様は頑強な腕でしっかりと抱きしめ離してくれない。素肌と素肌が直接触れて、服越しの時よりもぴったりとくっついていることに気恥ずかしさを覚えてしまう。

私、どう見ても裸よね。ぜんぶを見られてしまったのよね。恥ずかしいやら情けないやらで、アイル様の腕の中で真っ赤になって縮こまると、アイル様が私の頬に頬を寄せてきた。

頬ずりは彼の癖なんだろう。大人の男の人なのに可愛らしい……なんて思ってしまう。

アイル様は気にしないって言ってくれるけど、こうして改めて見ると私の体は本当に痣《あざ》や傷が多い。この傷も痣《あざ》も、いつか消えるといいな。

……それにしても、背中に当たっている硬い物は……なんだろう？

「アイル様、なにやら硬いものが背中に当たっているのですが。これはなんでしょう？」

私が訊《き》くと、アイル様は輝く爽《さわ》やかな笑顔で、

「ルミナにはまだ早いものだから、気にしてはいけないよ」

とおっしゃった。アイル様がそう言うのであれば、そういうものなんだろう。

……なんなのかすごく気になるけど。

好奇心に負けて後ろを振り返って見ようとしたら、がっちり抱きしめた状態で止められた。

「ねぇ、ルミナの準備をしてあげて」

アイル様が一声かけるとお屋敷のメイドさんが現れて、あれよあれよという間に柔らかなバスローブとタオルで私を包み、客室へと連れて行った。

回収された私は体や髪を丁寧に拭かれ、良い香りがする香油を全身に塗られ、数人で身支度を整えられ……経験したことのない目まぐるしさに眩暈《めまい》を覚えてふらふらになってしまう。

袖を通したドレスは先ほどまで着ていたオレンジ色のものではなく、レディ・サマンサのお店で買った別のドレスだった。

あのドレスはやっぱり皺《しわ》になっちゃったのかしら……

ぐったりしながら準備を終え部屋を出ると、こちらも準備を整え終えたアイル様が待っていた。

「ルミナ。ディナーの準備ができたそうだから行こう?」

黒いシンプルなスーツに身を包んだアイル様は素敵で、思わずうっとりと見惚れてしまう。銀色の髪の彼には黒がとても映える。

尻尾もお風呂に入ったせいか、先ほどよりも大きくふわふわになっていた。ああ……触りたいわ。

差し出されたアイル様の手を取って、私たちはヴィクトリア様とオーランド様が待つ食堂へと向かった。

食堂に行くとお二人はすでに席に着いていて、食前酒が入ったグラスを傾けていた。

ヴィクトリア様は相変わらずの麗《うるわ》しい異性装だ。

「やぁ、来たね。すまないが先にはじめさせてもらっていたよ。うちの獅子は我慢ができなくてね」

ヴィクトリア様が妖艶《ようえん》に笑いながら液体を嚥下《えんげ》すると、その白い喉がコクリと小さく音を立てた。

オーランド様はすでに酔っているようで、ふにゃりと笑いながら赤い顔で会釈《えしゃく》をする。

「別にはじめているのは構わないが。オーランド殿は相変わらず……酒に弱いのに酒が好きなんだな」

アイル様が苦笑しながら席に着く。その隣に私もいそいそと腰かけた。

目の前には、見たこともないようなご馳走が並んでいる。それを見ていると自然に唾がこみ上げてきた。

くぅ……

そして私のお腹は、小さく音を立てた。

それを聞いたアイル様が忍び笑いを漏らす。……うう、恥ずかしい。

「子猫ちゃん。遠慮なく食べてね」

ヴィクトリア様が微笑みながら料理を勧めてくれたけれど……テーブルマナーなんて知らないので、ずらりと並んだフォークやスプーンを眺めて途方に暮れてしまう。

へにゃり、と眉を下げて黙り込んでしまった私の頭を、アイル様が優しく撫でた。

「大丈夫、今夜は身内での食事だからね。マナーなんて気にせず食べていいよ？　ほら、あそこにもっとマナーを気にしていないのがいるだろう？」

言われてそちらへ視線をやると……

オーランド様が居た場所にいつの間にか、立派な赤いたてがみの大きな獅子が座っていた。獅子はヴィクトリア様に擦《す》り寄って、ペロペロとその頬を舐めている。

「――――！」

驚いて声も出せないでいると、ヴィクトリア様が獅子の鼻先に軽くキスをして笑った。

「ごめんね、うちの獅子が驚かせて。気にしないで食事をしていてね、ルミナ嬢」

あれはオーランド様なのね。獣人の方々は獣《けもの》の姿になれるという噂は本当だったんだ。

よく見ると、獅子の足元にはオーランド様が着ていた服が脱ぎ散らかされている。獅子はヴィクトリア様に体を擦《す》りつけながら、大きな猫のようにゴロゴロと喉を鳴らした。

ああ……あの毛並み気持ち良さそう。触ってみたいけど失礼に当たるわよね。

今度アイル様に獣化をお願いして触らせていただこう。きっと綺麗で大きな狼なんだわ。

そう想像するだけで、私の心は華やいだ。

「……怖い？」

アイル様に訊《き》かれて横に首を振ると、彼は「そうか、良かった」とつぶやき嬉しそうに笑った。

テーブルマナーは気にしないでいいとアイル様もおっしゃってくれたし……

お腹がペコペコだった私は思い切ってフォークをお肉に突き刺し、それを口に運んだ。

——美味《おい》しい！

口にお肉を入れた瞬間に、じゅわり、肉汁が口中に沁《し》み渡って驚愕する。

私は実は、お肉がまったく好きではなかった。

硬いし、噛み切れないし、なんだかゴムのようで塩の味しかしなくって。でもこれを食べないと生きて行けないから、ただ口に入れるだけの栄養食だった。

でもこのお肉は……柔らかくて顎《あご》に力を入れなくても噛み切れる上、味つけも塩だけじゃなくてソースは複雑な味が絡み合っている。

こ、これはバターってやつかしら！　ああ……鼻に抜けるいい香りがする！

まるで夢みたいに、美味《おい》しい……

「お、美味《おい》しいです！　美味《おい》しいですアイル様！」

思わずポロポロと涙が零《こぼ》れてしまう。情けないけれど、それだけの衝撃を受けてしまったのだ。

今まで私はなにを食べて生きていたんだろう。

食べ物のことだけじゃない。

美味《おい》しいものも、楽しいことも、綺麗なものも……私は今までなにも知らずに生きていたんだ。

それがお肉を一切れ口に含んだだけで実感として湧いてしまって、お肉はとっても美味《おい》しいのになんだかとても切なくなってしまった。

「ル、ルミナ、落ち着いて！」

「すみません、お、お肉が美味《おい》しくて！」

アイル様がオロオロしながら私の涙を唇で拭《ぬぐ》っていく。

だけど涙はまったく止まらない。そしてお肉を口に運ぶ手も止まらない。

「そんなに美味《おい》しそうに食べてもらえると料理も喜ぶよ。なくなってもまだあるからね」

「ふぁ、ふぁい！」

なんだか楽しげな笑みを浮かべながら言うヴィクトリア様に、私は何度も頷いた。こんな美味《おい》しいものがまだ食べられるなんて、なんという奇跡だろう！

「君の番《つがい》は本当に可愛いね」

ヴィクトリア様はそう言うとぺろりと紅い唇を舐めた。そんな彼女にアイル様が鋭い視線を投げた。

「……あげないからね」

「ふふ、残念。だけど本当に可愛いなぁ」

ヴィクトリア様はにこにこと笑い、アイル様はなんだか機嫌の悪そうな顔をする。

そんな二人の様子も気になるけれど、私はお肉にすっかり夢中だった。

獅子はゴロゴロとヴィクトリア様に纏《まと》わりついているし、私は号泣しながらお肉を食べているし。優雅なはずの食卓はなんだか混沌とした空間になってしまった。後から思い返して本当に申し訳ない気持ちになった私は、深く反省した。

「そういえばアイル殿。シェールブルン領を通るんだろう？　あそこは最近きな臭いと聞くが……」

ヴィクトリア様が苺をぷつり、と噛み千切《ちぎ》りながら言った。

その仕草は優雅で、美しくて。物を食べているだけなのに絵になる人なんているんだな……と感心してしまう。

「そうなんだよね。少し前までは中立派だったはずなんだけど、最近は反獣人派の活動が盛《さか》んでね」

私の口にサラダを入れながらアイル様が答えた。子供じゃないから一人で食べられますよ？　と思いつつ、咀嚼《そしゃく》したサラダの美味《おい》しさに目を見開いてしまう。

こ、これはなんのお野菜なのかしら！

気になって訊《たず》ねたら、「アスパラガスとほうれん草のサラダだよ」とアイル様が教えてくれた。

アスパラガス……私これが大好きです！

アスパラガスの爽《さわ》やかな風味と少し硬い食感のハーモニーに身を震わせながら、私は頭に地図を思い浮かべた。

――シェールブルン領……地図で見せてもらった、次に向かう土地ね。

シェールブルン領を通らないと、獣人の国への出入国はできない。正確に言うと、大きく迂回《うかい》すればできるのだけれど、ぱっと地図を見た限りでも、旅程が大幅に延びることは理解できた。

今回の旅程で必ず通る土地に反獣人派が多いだなんて……

アイル様は飄々《ひょうひょう》としているけれど、人間の国に来るのはとても危険なことなんだろう。

「ルミナも連れているし、なるべくだったら泊まらずに通り過ぎたいんだけど……あそこの土地は広いから急ぎでもどこかで一泊することになるだろうね」

そう言いながらアイル様は悩ましげな表情でため息をついた。

「アイル様……そんなに危ない場所なんですか？」

恐る恐る私が訊《き》くと、アイル様は困ったように美しい形の眉を下げ、私の口にパンを入れてくる。

このパンもすごく美味《おい》しい！　もちもち、もちもちしてる！

パンって口の中の水分がぜんぶ取られるくらいパサパサで、スープでやっと流し込める食べ物じゃなかったんだ！

バターを塗ったパンをアイル様がまた口に入れてくれたのだけど、風味が増してまた違う味わいになる。私は感激しながらそれを咀嚼《そしゃく》した。

「私たちにとっては、危ないところだね。そして私の番《つがい》になったルミナにとっても危険な場所になってしまった。ルミナ、君を全力で守るけれど……怖い目に遭わせてしまったらごめんね？」

「ふぉんにゃ、らいじょーぶれふっ」

もぐもぐと、パンを呑み下しながらしゃべったので、発音が不鮮明になってしまう。だけどアイル様には意味が伝わったようで、ふわりと優しく笑ってくれた。

「……君の番《つがい》の餌付《えづ》けは楽しそうだね。可愛い子猫で羨《うらや》ましいな」

くすり、とヴィクトリア様が笑う気配がして、私はやっと我に返った。

ずっとアイル様にご飯を食べさせてもらっていたわ！　恥ずかしい……

「アイル様！　私、ちゃんと自分で食べますね！」

と言いながら私が自分でサラダにフォークを突き刺すと、アイル様は不満そうな声を上げた。

「……ルミナが私がいないと生きて行けないようにしたいのになぁ」

……なんて危険な発言なのかしら。

断固、自分のことは自分でやろうと心に決めて、サラダに入ったミニトマトを突き刺したのだけど――

それはコロリ、と転がり上手く刺せなくて、結局アイル様にまた口に運ばれてしまった。

ディナーの後。

ヴィクトリア様にご迷惑をかけてしまったことをぺこぺこしながら謝ると、彼女は微笑んで軽く手を振り、気にしていないと動作で示してくれた。

「子猫ちゃんがちょっと泣いたりするくらい、別に僕には迷惑じゃないさ。それに食事をあんなに美味《おい》しそうに食べてくれて嬉しかったよ」

彼女はそう言うと身を屈めて私の髪を一房取ると、その美しい指に絡め、形の良い赤い唇に押し当てた。

美麗すぎるヴィクトリア様のお顔が眼前にあって思わず動揺してしまう。

私の前髪と、ヴィクトリア様の額《ひたい》が触れる。長い睫毛《まつげ》が彼女の瞬《まばた》きで震えるのさえ見て取れるほどに近い距離。

「子猫ちゃん。やっぱり今夜僕の部屋に……来る？」

ヴィクトリア様の青い目に見つめられて——美しい肉食獣の目に射貫かれたと、なぜかそう感じてしまい自然と身が震えた。

……お部屋に行ったら、食べられる。

ヴィクトリア様は人間のはずなのに、どうして？

目を瞠《みは》り、固まってしまった私の頰を、近づいて来たヴィクトリア様の美しい唇が優しく食《は》んだ。

「こーら！」

私は、アイル様に腰を引かれてそのまま縦に抱き抱えられた。

ご飯を食べたばかりなのにお腹に力を込められ、「ぐぅ」と変な声が出てしまう。

「ヴィクトリア様は、やっぱり油断も隙もないな。オーランド殿！　ちゃんと手綱《たづな》をつけておかないか！」

そう言ってアイル様は、床に転がって寝ている獅子の背を足蹴《あしげ》にした。

安らかな寝息を立てている獅子は身じろぎしただけで、少し鼻をふがふがと言わせるとまた眠りについてしまう。

……オーランド様って、本当にお酒に弱いのね。

「はは、冗談だよ。狼みたいな情の深い生き物の番《つがい》になんて、怖くて手が出せないさ」

ヴィクトリア様は快活に笑ってまたテーブルに着くと、上品な白髭《しろひげ》の執事が流麗な動作で淹《い》れた紅茶に口をつけた。

「……情が、深い？」

「そう。番《つがい》に執着をすることが当たり前な獣人たちの中でも、狼は一際《ひときわ》番《つがい》への執着心が強いと聞くからね」

ぽつりと私がつぶやいた言葉に、ヴィクトリア様が悪戯《いたずら》っぽい目線を投げながら答える。

それって……

「それって、一生変わらない心で愛してくださるってことですよね。……素敵ですね、狼って」

そんな言葉が自然に、ころりと唇から転び出た。

すると私を縦に抱いたままのアイル様の腕の力が強くなって、私はまた「ぎゅうっ」と変な声を上げてしまう。

不満を言おうとアイル様を見ると、そのお顔が本当に嬉しそうに綻《ほころ》んでいたので、私はなにも言えなくなった。

「君は、いい番《つがい》だね。良かったね、アイル殿」

ヴィクトリア様はそう言って、アイル様に向けて優しい笑みを浮かべた。

私のどこが「いい番《つがい》」なのかはよくわからない。

けれど、そう言っていただけるのはとても嬉しいことだと、そう思えた。

そのままなんだか上機嫌なアイル様に抱かれて、私は客室に戻った。

アイル様はなかなか私を離してくれなくて、今はお膝に乗せられて歯を磨かれている……食事の時といい、常時抱っこで移動していることといい、アイル様は私をお嫁さんじゃなくて子供かなにかだと思っていないだろうかと、少しだけ不安な気持ちになる。

アイル様は私を大きくてふわふわしたベッドに横たえて、上から優しくお布団を掛けてくれた。そして自分もベッドに潜《もぐ》り込むと、慈愛に満ちた眼差しで私を見つめながらポンポン、と頭を優しく撫でてくれる。

……やっぱりアイル様に母性が溢《あふ》れている気がする。

一緒のベッドで寝ていると、身長差が関係なくなるせいか、なんだか視線の距離が近い。前を向くとアイル様とすぐ目が合ってしまうから、恥ずかしくて下を向く。するとアイル様の白い前合わせの寝間着から覗《のぞ》く喉仏や綺麗な形の鎖骨に自然と目がいってしまい、また別の恥ずかしさを覚えて目の行き場がなくなる。

……私は今夜、彼に一つのお願いをしようと心に決めていた。

「……アイル様、お願いをしてもいいですか？」

決意を込めてそう口にすると、アイル様は満ち足りた笑みを浮かべ、

「なぁに？　なんでも言って？」

と私の髪を指でさらりとかき上げながら言った。その声音の甘さに、なんだか頭の芯がくらりとしてしまう。

うう……アイル様からいろいろ溢《あふ》れすぎてててなんだか辛いです。

「狼のアイル様を触ってみたいのですが、よろしいでしょうか？」

私がお願いを口にすると、アイル様の動きが止まった。

驚いたとばかりに見開かれるオレンジ色の瞳を見て、非常識なことを言ってしまったのかと不安になる。

「……いいの？　獣《けもの》の私にも、触ってくれるの？」

アイル様の口から零《こぼ》れたのは、恐る恐るという感じの……怯《おび》えを含んだ声だった。

「はい。私、狼を実際に見たことはないのですけど、本で見てとても綺麗な生き物だなって、ずっと思っていました」

子爵家で、誰も居ない時にこっそりと覗《のぞ》き見た本。

堂々とした体躯《たいく》、灰色の毛並み、つり上がった茶色の瞳の真ん中に浮かぶ黒の瞳孔《どうこう》。あの生き物を間近で見られ、触れられるとしたら、それは喜びでしかない。

「だから、アイル様がお嫌じゃなければ……触ってみたいです」

「っ。ルミナっ！」

アイル様が突然感極まったかのような声を上げ、腕を伸ばして私を抱き込んだ。突然のことに驚いて、私は彼の胸の中でじっとしていることしかできない。

そのままアイル様のオレンジの瞳が近づいてきた……と思ったら、深い口づけをされた。アイル様の舌が侵入し、私の舌はしっかりと絡めとられてしまう。

（アイル様っ！　なんで突然）

ぱしぱし、とアイル様の胸を叩いて抗議した。

けれど私の小さな抗議はアイル様の前では無力で、たっぷり十分以上口内を弄《もてあそ》ばれる。息も絶え絶えになった頃に、我に返ったらしいアイル様が私の唇を、音を立てて離してくれた。

長い口づけをされすぎて唇がなんだかふやけた気がする……

アイル様の柔らかくて優しい舌や唇の感触は好きなのだけど、それは私の理性を溶かす存在でもあって。

……頭がふわふわするから、きちんとお話をしたい時には、向いていない。

ぼんやりと働かない頭でアイル様を見ると、申し訳なさそうに微笑まれ、頭をふわりと撫でられた。

アイル様の唇が優しい曲線を描くのを、「ああ……さっきまであの唇と重なっていたんだ」なんて思いながら私は見つめてしまう。

「そんなに物欲しそうな顔で見られるとまた口づけしたくなるから、ダメだよ?」

なんて言われて頬をぷにぷにと指で突かれる。そんなに食い入るようにアイル様の唇を見てしまっていたのね！　と思い知らされ気恥ずかしくなって思わず目を泳がせた。

「獣化は獣人の最も忌《い》むべき部分として、人間にはなかなか受け入れてもらえないことが多くてね。だからルミナが受け入れてくれるのが嬉しくて。……つい、口づけしてしまったよ、ごめんね?」

アイル様は私を優しく腕に閉じ込めると、さらさらと私の髪を手で梳《す》きながら口を開いた。

「少し……お話をしようか」

獣人は――獣《けもの》の姿を持つお前たちは『人』ではなく、しょせん『獣《けもの》』なのだと。

そんないわれなきことで、人間に疎《うと》まれ、蔑《さげす》まれることが多々あるという。

反獣人の気質が強い土地では差別どころか、命の危機に晒《さら》されることもよくある。

人間の国にはヴィクトリア様のフォルト領のような親獣人派……つまり反差別主義を掲げる領地ももちろんあるし、マシェット子爵家のような中立派の領地もあるけれど、反獣人派の勢力の方が大きく差別も根深い。

「反獣人の旗印を掲げているのが女神スーシェの教会なのが、また面倒なんだよねぇ」

ユーレリア王国の『身分がある人々』からの支持を多く得ている女神スーシェの教会。

女神スーシェの教義は『人を愛し』『人を尊《とうと》び』『異を滅ぼせ』という過激なものなのだ。それが反獣人派との利害の一致で急速に勢力を増したらしい。

ヴィクトリア様とオーランド様のご結婚の時も、獣人と女伯爵の婚姻を快《こころよ》く思わない者は数多《あまた》に存在し、女神スーシェの教会にも当然反対された。

教会からの使者が毎日のように屋敷を訪れ、ヴィクトリア様に『改宗』を迫り……元々親獣人派であるヴィクトリア様とこの土地、フォルトの人々はそれに怒り、女神スーシェの教会を領地から廃してしまった。

フォルトの土着の神である『愛の女神リーリア』が『全てに慈《いつく》しみを』という親獣人寄りの教義なので、そもそもがこの土地とは相容れなかったのだろう。

フォルトのような土地は、希少だ。

多くの人間にとって、獣人は忌《い》むべき存在だったり、未知で不可解な存在だったりするわけで。

無条件に受け入れてくれる人間がいる方が奇跡なのだ。

――アイル様は私を抱きしめたまま、そんな話をしてくれた。

「本当に……獣化を見せてもいいかい？」

心配そうに、でも恥じらうような表情でアイル様が言う。

「アイル様。私、お食事の時、オーランド様の獣化した姿を触りたいなって思いながら見ていたんです。アイル様が触らせてくださらないのであれば、オーランド様にお願いします」

本当は、そんなことをお願いする気はない。だって……きっと失礼なことだもの。

素敵なたてがみを触ってみたいって、思いはしたけれど、本当にそんなことはしないわ。

そういえば、従者のフェルズさんは獣化すると可愛いうさぎさんになるのかしら？

ああ……フェルズさんが嫌じゃないのなら、見せてくださらないかなぁ。

「ダメ！　絶対ダメ！　オーランド殿なんかに触らないで？　ね？」

な、なんかにって。

親しいからだとは思うけれど、アイル様はオーランド様になんだか辛辣《しんらつ》だ。

「じゃあ触らせてくださいね？」

と私が言うと、アイル様はうんうん、と頷いてからベッドから起き上がった。

「準備するから、ちょっと待って。爪を引っかけて服を破くから……」

そう言って彼はするり、と寝間着を肩から落として……上半身、裸になった。

彫刻のような裸体が眼前に晒《さら》され、思わず目が釘づけになる。

均整の取れた肢体。程良く筋肉がついた逞《たくま》しい胸板と、薄く割れた腹筋……

「下まで脱ぐから、見ない方がいいと思うよ？」

薄く頬を染めてはにかまれて、私はアイル様を凝視していたことにようやく気づいた。

下……？　アイル様の言葉につられて、彼の下半身に目をやってしまう。

下に見ない方がいいなにがあるのかしら？

「うん。ルミナにはまだ早いから見ないでね？」

くるり、と両肩を掴《つか》まれ、ベッドの上で体を反転させられた。

……気になるけど、見ない方がいいのよね。

「じゃあ、獣化するけど、怖がらないでね」

背後からアイル様の声がした後、ぶるり、と空気が揺れた。

アイル様がいる空間の質量が増した気配がしたので、私は思わず背後を振り返った。

――そこに居たのは、美しい銀色の獣《けもの》だった。

きらきらと煌《きら》めく銀色の被毛《ひもう》。綺麗なラインを描いて伸びる長い鼻先。しっかりとした手足と、優雅でしなやかな体。

大型犬くらいのサイズを想像していたのだけれど、それよりも二回りくらい大きい気がする。もしかすると普通の狼よりも大きいのかしら。

じっと私を見つめる瞳は、人型の時と同じオレンジ色で……ああ、アイル様なんだわ、と実感した。

恐る恐る手を伸ばすと、安心させるようにペロリ、と優しく舐められた。

「綺麗、素敵！」

なんだか胸が一杯になり、そう叫ぶと、手をさらに伸ばし、その首元にしがみつく。

するとふかり、とした被毛《ひもう》に体が埋まる感触がして、その気持ち良さに私は高揚した。

素敵！　ああ……動物ってこんなにふかふかなのね！　そしてとっても温かい！

「アイル様、本当に素敵！　癒《いや》されます！　可愛い！」

抱きしめた状態でアイル様の体を撫で、肉厚なお耳もさわさわと指で擦《さす》る。ああ……お耳の感触もほんとに素敵です！　お耳の中もふかふかなんですね！

アイル様の困惑が伝わってくるけれど、今はそれどころではない。

「ああ～本当に素敵な感触……！　お顔、お顔ももっと見せてくださいな！」

アイル様のお顔を両手で挟んでこちらを向かせると、黒いつやつやしたお鼻が目に入り、思わず口づけてしまう。だってとっても可愛いお鼻なんだもの！

その流れで何度もお顔に口づけしていると、困ったな、とでも言うように、へにょりとアイル様のお耳が垂れるのもまた可愛らしい！

「お腹も触ってもいいですか？」

手をわきわきとさせながら私がにじり寄ると、アイル様は慌てた様子で布団の中に潜《もぐ》り……人間の姿で、ぷはっと顔を出した。

「ル、ルミナ！　破廉恥《はれんち》だよ！」

……お腹を触るのは、破廉恥《はれんち》らしい。うう、ふかふかのお腹をいっぱい撫で撫でしたかった。

人型に戻ってしまわれたけど、ぶんぶんと尻尾は揺れているから、嫌がられたわけでは……ないのよね？　ああ、尻尾も気持ち良さそう。

私が物欲しそうに尻尾を見ていると、仕方ないなという調子で苦笑したアイル様が尻尾を差し出してくれた。

触れてみるとふわり、と繊細な毛の感触……いつまでも触っていたいですね。

「アイル様、私、狼のアイル様と一緒に寝たいです！」

私がそう言うとアイル様は少し悲しそうな表情になって、へにょり、とお耳を下げた。

「……ルミナは、人型の私よりも、狼の私の方が好きなの？」

「そんなことっ！」

拗ねたように言われてぶんぶんと首を横に振ったけれど、本当ですよ！

信用していないと言わんばかりの視線を投げられましたけど……

渋々獣化してくれたアイル様を抱きしめて眠ると、とても温かい。しかも太陽をたくさん浴びたお布団のようないい香りがして安心する。

ぎゅうぎゅうとアイル様に強く抱きつくと、仕方ないねと言わんばかりに何回も私の頬を舐めてくれて……

私はそのまま、夢の世界に落ちていった。

☆　☆　☆

柔らかな光を瞼《まぶた》に感じて目を開けると、目の前には銀の美しい狼……ではなく、綺麗な指先で私の前髪を弄《もてあそ》ぶアイル様の美しいお顔があった。

彼は昨夜脱いだ寝間着をきちんと着込んでいるので、ずいぶんと前から起きていたのかもしれない。

アイル様は私と目が合うと嬉しそうに頬をゆるませて、オレンジ色の瞳を細めた。

ぼんやりとした起き抜けの頭で、アイル様のオレンジ色の目はやっぱり綺麗だなぁとか、ここはどこだっけとか、お布団気持ちいいなぁとか考えていると、アイル様が私の頬をペロリと舐めた。

「やっと起きたの、ルミナ？　ふふ……朝は弱いんだね」

……言い訳をさせていただくと、私は朝が弱いわけではない。

実家の子爵家では毎日早起きして、屋敷中のお掃除をしていたくらいだ。冬なんかは薪割《まきわ》りも一生懸命やった。

その日課も、もうやらなくていいんだなぁ……嬉しい。

というわけで、なかなか目が覚めないのは、多分このふわふわの気持ちいいベッドが悪いのです。

……ぐぅ。

「ルミナ。起きないと悪戯《いたずら》するよ」

アイル様がそう宣言するやいなや、ばふりと上から覆い被さってきてベッドが二人分の体重で沈む。

ぎゅっと抱きしめられた後に、柔らかな唇を軽く押し当てるようなキスが間断のなく顔に降ってきて、なにがなんだかわからず混乱する。

「起きない悪い子は、なにをされたいの？」

妖《あや》しく笑ったアイル様に、優しい手つきでやわやわと胸を揉みしだかれながら首筋を軽く噛まれた。

アイル様と出会ったばかりなのに……これが『気持ちいいこと』をされる前兆だと知ってしまった私の下腹部は、勝手にきゅんと疼《うず》いてしまう。

「アイル様！」

慌てて獣《けもの》のお耳を掴《つか》んでアイル様を止めようとする。だけど手を優しく外されて、かぷり、と手首を噛まれた。

「起きます！　起きます！」

私が機敏な動作で起き上がると、アイル様が楽しそうに笑った。

「このまま悪戯《いたずら》してもかまわなかったんだけどね。気絶しているルミナを運んで歩くのは苦にならないし」

……朝から気絶するようなことをされては、困る。

「アイル様、ルミナ様。ヴィクトリア様が朝食にお呼びです」

ノックの音の後に、フェルズさんが茶色のうさぎ耳を揺らしながら扉から顔を出して告げる。

朝食という言葉を聞いて、お腹がくぅ、と小さく鳴った。ヴィクトリア様のお家のご飯に、私の胃袋は掴《つか》まれてしまったらしい。

昨日のディナーと同じ食堂へ向かうと、ヴィクトリア様とオーランド様がお食事を終えるところだった。

今日のオーランド様は昨夜と違い、ちゃんと素面《しらふ》のご様子で、ヴィクトリア様を膝の上に乗せてその唇にデザートらしい果物を運んでいる。

……獣人さんたちは、番《つがい》をお世話する習慣でもあるのでしょうか。

かくいう私も現在進行形でアイル様に抱きかかえられている。

ヴィクトリア様は一般的な男性と比べても背が高いのだけれど、さらに大きなオーランド様に抱きすくめられていると小さく見えるので不思議だ。

「おはよう。アイル殿、ルミナ嬢」

オーランド様が口に運ぶメロンを食べ、その指先まで綺麗に舐めた後ヴィクトリア様がこちらへ視線を投げてきた。

朝から色気がだだ漏れております、ヴィクトリア様！

「やぁ、おはようお二方。昨夜はみっともない姿を見せてしまったな！」

しゃべっている内容は申し訳なさそうなのに、態度からは微塵《みじん》もそれを感じさせない豪快な調子でオーランド様が言う。

私とアイル様がお二方にご挨拶《あいさつ》を済ませ席に着くと、フットマンの男性がテーブルの上に朝食の準備をしてくれた。

美味《おい》しそうな匂いのするとろりとしたコーンスープ。バターの香ばしい香りが漂《ただよ》うクロワッサン。分厚く切られたベーコン。たくさんの種類の野菜が入ったサラダ。メニューの名前はアイル様が教えてくれた。

フットマンは柑橘系《かんきつけい》らしい芳香が漂《ただよ》うジュースをそっとテーブルに置いてから下がる。

どれもこれも美味《おい》しそうで、見ているだけで口の中に涎《よだれ》が溜まってしまう。

うう……私って意地汚かったのね。こんな発見したくなかったわ。

「ルミナ、はい」

アイル様がにこにこしながら、次々と食事を私の口の中に入れていく。

ああ……今日のご飯も美味《おい》しいです。私、このお家の子になりたいです。

でも、私のお世話をしていてはアイル様が食べる暇がないんじゃ……と彼のお皿を盗み見ると、ちゃんと量が減っていて不思議な気持ちになった。

「ねぇ、アイル殿。出立は昼頃だろう？　午前の間に手合わせをお願いしてもいいかな。力馬鹿のオーランドばかりでは正直飽きるんだ」

ヴィクトリア様がオーランド様の喉元を猫にするように撫でながら言うと、オーランド様は気持ち良さそうに目を細めた。

「力馬鹿ではないぞ。獅子はその……小細工が苦手なのだ！」

「この通りなのでね。すぐに一本取れてしまってつまらんのだよ」

「ぐっ……」

ヴィクトリア様は反論するオーランド様を軽く言い負かす。

ヴィクトリア様がオーランド様をお尻に敷いているんだなぁ……関係性が見て取れるやり取りに、微笑ましい気持ちになってしまう。

「フェルズでもいいのだけど。あいつの腕は相変わらずなんだろう？」

唐突に出たフェルズさんの名前に私は首を傾げる。

あの小さなうさぎさんが手合わせ？　いまいちイメージが湧かない。

「嫌でございますよ。か弱い草食動物を虐《いじ》めないでください」

いつの間にかその場に居たフェルズさんが、長いお耳を揺らして笑った。

「なにがか弱いだ。アストリー家の懐刀《ふところがたな》め」

そう言いながらヴィクトリア様は俊敏かつ流麗な動作で、食卓に並んでいたナイフをフェルズさんに向かって投げた。

それは銀の煌《きら》めきを放ちながら、フェルズさんの額《ひたい》目がけて飛来していく。私は緊張で息を呑んだ。

するとフェルズさんはそのナイフを二本の指で軽く受け止め、くるくると回してから食卓に戻すと、涼しい顔でぺこりと頭を下げた。

その流れに私が目を丸くして声も出せずにいると、アイル様がおかしそうに笑った。

「フェルズはね、護衛も兼ねた従者なんだ。かなり腕が立つから見た目通りと思わない方がいい。年齢も含めてね」

年齢も含めて？　そう聞いてついフェルズさんを凝視する。

フェルズさんはどう見ても十代前半にしか見えないあどけない顔で、にこりと可愛らしく笑った。

「嫌ですね、僕はただの可愛い草食動物ですよ。あっ、僕が可愛いからって食べないでくださいね、ヴィクトリア様」

「お前のような奴を誰が食うか。煮ても焼いても食える気がしないよ」

……自分自身を可愛いと言う図太さも、彼は持っているらしい。

呆れたといった顔でため息をつくヴィクトリア様と、にこにこと笑うフェルズさんを私は思わず見比べてしまった。

午前中のヴィクトリア様との手合わせは、結局アイル様とフェルズさんがそれぞれ一度ずつお相手をすることになった。

アイル様とヴィクトリア様の、互いの身体能力をいかんなく発揮した打ち合いも凄《すさ》まじかったのだけれど――フェルズさんの、剣に関して素人《しろうと》の私が見ても明らかに『邪道』だと感じる手合わせに、とにかく驚いた。

そもそも彼が使ったのは模擬剣ではなく、小型のナイフだった。

ヴィクトリア様の強い打ち込みを受け流すためだけにそれを使い、主な攻撃はその小さな四肢から繰り出されるしなやかで鋭い蹴り。その蹴りをヴィクトリア様も剣の腹で受け止め、返す刃で斬りつけるのだけれど、フェルズさんは体を後ろに反転させ軽々と躱《かわ》す。

ヴィクトリア様の斬り込みがフェルズさんにはまったく当たらず、ヴィクトリア様の息が少しずつ乱れてきているのが傍目《はため》にもわかった。

オーランド様がハラハラした様子で手を前に組み合わせて見守っていて……体は大きいけれど、まるで乙女のようだなと思ってしまう。

「本番ではあれに加えて暗器での急所攻撃が加わるんだ。フェルズの戦い方は剣士ではなく、暗殺者のそれだね。体が小さい彼は『確実に相手の動きを止める』ことを考えた動きしかしない。……ヴィクトリア様の正統派の剣技とは相性が悪いんだ」

これでも彼なりに礼節を守って対応している、とアイル様は言った。

本来のフェルズさんは『はじめ』の合図の前に、暗器を抜き放って相手を制圧する……そんな戦い方らしい。

……人は見かけによらないんだなぁ。

アイル様の言葉通り、フェルズさんの蹴りがヴィクトリア様の剣を弾き飛ばして勝敗が決まった。

フェルズさんは弾き飛ばした剣を拾うと、ヴィクトリア様に手渡しつつにっこり笑う。

とてもアイル様に『暗殺者』と称されるようには見えない愛らしさだ。ああ、トラウザーズから覗《のぞ》く尻尾がまんまるで可愛らしいわ。

「相変わらずお強いですね、危のうございました」

「……危なげなかったくせによく言うな」

はっ、と吐き出すように言いつつも、ヴィクトリア様はどこかご機嫌だ。

ミラー家は代々騎士の家系だとお聞きした……彼女は本当に戦うことが好きなのだろう。

「ありがとう、お二方。また次に立ち寄った際にも手合わせを頼む」

ヴィクトリア様は颯爽《さっそう》とした動作でお二人と握手をすると、華やぐ笑みを見せた。

その後は、皆でのんびりと庭園でお茶を飲みながら和《なご》やかに過ごした。

お茶の時に出た人生初のケーキ――ヴィクトリア様はチョコレートケーキとおっしゃってい
た――がとても美味《おい》しくて。こんなに甘くて美味《おい》しいものがこの世にあるなんて！　と滂沱《ぼうだ》の涙
を流すと、アイル様が優しく笑いながら涙を拭《ぬぐ》ってくれた。

そして、いよいよシェールブルン領へ向けて出立する時刻となった。

「ヴィクトリア様、オーランド殿。このたびも滞在を許していただき、感謝している」

「いや、こちらこそ。可愛い子猫ちゃんにも会えたし楽しかったよ。是非また立ち寄ってく
れ。……それと」

屋敷の門前でアイル様とご挨拶《あいさつ》を済ませたヴィクトリア様は、ふとその美しい手のひらを私の手
に重ねてなにかを握らせた。

手のひらを開いていただいた物を確認すると……それは、キラキラと輝く綺麗な青い石だった。

太陽を反射して輝く、吸い込まれそうなほど美しい青に見入ってしまう。

石は銀の鎖がついているペンダントになっており、ヴィクトリア様が私の首にかけてくれた。

「それはうちの領の特産の凪海石《なぎいし》という石でね。旅の無事を祈るという石言葉を持っているんだ。

君の旅の無事を祈っているよ」

そう言いながらヴィクトリア様は、私の額《ひたい》に軽く音を立ててキスをした。

「獣人は戦うことは得意だけれど、気が利かないからね」

複雑そうな顔をしているアイル様にウインクしながら言って、ヴィクトリア様は美しい指で私の頬を軽く撫でた。

出会ったばかりの私にこんなにも良くしてくださるなんて……ヴィクトリア様は本当に素敵な方だ。

「ありがとうございます！　ヴィクトリア様！」

感極まってしまい思わずヴィクトリア様に抱きつくと、彼女は優しく抱き返してくれた。

「アイル様。ヴィクトリア様にルミナ様、取られちゃうかもですね」なんてフェルズさんがアイル様に言うのが聞こえて、しまった！　と思ったけれど、大丈夫ですよ！　アイル様！

「それと、これなんだが」

ヴィクトリア様との抱擁を解くと、オーランド様も手に持った包みを私に手渡してくれた。結構大きな包みで重みもある。これは、なんだろう？

「屋敷の料理を気に入ってくれたようだから、コックに弁当を作らせたんだ。ちゃんと三人分あるしデザートも入ってるぞ」

「わぁ！」

この、どっしりとした包みの中にミラー家のお弁当が入っているですって？

包みを見つめて思わず涎《よだれ》を垂らしそうになってしまう。

ああ……なんて素敵な物をくださるのかしら。

「オーランド様！　とても嬉しいです！　ありがとうございます！」

またもや感激してオーランド様に抱きついてしまいそうになったけれど……アイル様に首根っこをくいっと後ろに引かれ、阻止された。

……危ない危ない！　人の旦那様に抱きつくのは良くないわ！

「ルミナ様、ご飯に釣られて悪い人についていってはダメですよ？」

「そうだ。アストリー家の屋敷に着いたら、うちでもちゃんと美味《おい》しいものを食べさせるから。誰にもついていってはダメだよ？」

フェルズさんとアイル様から真剣な表情で、子供にするような心配をされてしまった。

ご飯に対する自分の執着を知った今となっては、「そんなことありませんよ！」と自信を持って言えないのがちょっと悔しい。

そして私たちはヴィクトリア様とオーランド様に見送られながら、反獣人派が多いと聞くシェールブルン領へ出立したのだった。

……なにごともなく、平和に通り抜けられますように。

☆　☆　☆

シェールブルン領へ向かう途中。

旅慣れしていない私の体調を考慮し、ヴィクトリア様のフォルト領とシェールブルン領の境にある村で一泊の宿を取ることになった。

シェールブルン領の通過は、馬車にほぼ乗りっ放しになるそうだ。途中で中立派の商人の屋敷で一泊はするそうなのだけれど、旅程的にはかなりの強行軍らしい。

「中立派の屋敷と言っても安全とは限らないけど。反獣人派がウロウロしている街の宿を取るよりもマシなんだ」

私をお膝に乗せてむぎゅむぎゅと抱きしめながらアイル様が嘆息する。

「野宿の方が安全だったりはしないんですか？」

ふと思ったことを訊《き》いてみると、アイル様はゆっくりと頭を振った。

「シェールブルン領に着いた瞬間から、私たちには反獣人派の監視がついていると考えていいだろう。野宿なんかしたら格好の的だね」

そう言われ、ゾッとする。

捕まったら……なにをされてしまうのかしら。殺されたりはしないわよね？

そう考えて私は思わず身を震わせた。

「大丈夫だよルミナ。ちゃんと私が守るからね」

私の不安を感じ取ったアイル様が、体をより一層強く抱きしめて頬に優しくキスを落とした。

そして尻尾をくるり、と私の前に差し出してくださったので遠慮なくもふもふさせていただく。

こうしていると心が落ち着くわ……

アイル様はいつも優しい。それが嬉しくて、でもなにも返せない自分が歯痒《はがゆ》くなる。

反獣人派と遭遇してもしも戦闘になっても、私には縮こまって邪魔にならないように努めることくらいしかできないだろう。

「私も、ヴィクトリア様のように戦えればいいのに……」

「いや、ルミナはそのままでいて。中隊の長も務めたようなあんな苛烈《かれつ》な女性を見習ってはいけないよ」

私の言葉に被せるようにアイル様が真顔で言った。

……ヴィクトリア様は見習うべきとても素敵な女性だと思うのだけどなぁ。

そうしているうちにフェルズさんが目的の村に着いたことを告げ、馬車が音を立てて停まった。

馬車から降りるともう茜差《あかねさ》す刻限だった。そこは大きくはないけれど人々の明るい声が響く活気のある村だ。

子供たちが馬車を見て物珍しそうに駆けてくる。中にはアイル様の尻尾に興味津々《きょうみしんしん》な子供もいて、触ろうとするのを慌てて母親が引き離し、げんこつを落とす光景が微笑ましくて私は笑ってしまった。

ここもヴィクトリア様の領地だそうで、獣人への偏見もなく、安心して滞在できるとアイル様が説明してくれた。

「アストリー公爵様、ようこそご無事でおいでくださいました」

宿に着くと、パタパタと獣人の女性が駆け寄ってくる。

木綿《もめん》のワンピースに白のレースがついたエプロンを着けた、小柄で可愛らしいお顔立ちの獣人さんだ。スカートに空いた穴から飛び出した丸くて大きな尻尾が、くるりと輪を描いている……栗鼠《りす》の獣人さんなのね。

彼女は私に気づくと目を丸くした後に、にっこりと微笑んだ。

「公爵様、番《つがい》様を見つけたのですね。おめでとうございます」

「ありがとう、ミランダ」

アイル様と彼女——ミランダさんはのどかな雰囲気で挨拶《あいさつ》を交わす。

またもや、オーランド様の時と同じようにすぐに番《つがい》だと看破《かんぱ》されてしまった。

獣人さんたちは皆一様に嗅覚《きゅうかく》が鋭いらしい。じゃないとマーキングが意味を成さないわよね。

「私の番《つがい》はこの宿の主人なのですよ。アイル様と同じで、私も人間の番《つがい》持ちなんです」

ふふっと笑って私にそう教えてくれると、ミランダさんは私たちが泊まる部屋へと案内してくれた。小さいけれど掃除が行き届いた清潔感のある宿で、私はすぐにここが気に入った。

お部屋はベッドが二つと小さな箪笥《たんす》のみのシンプルなもので、別室にバスタブが備えつけてある。

従業員さんにお湯の用意をしてもらう仕様らしく、早速アイル様が通りかかった従業員さんにお願いしていた。

魔法を使える従業員さんが呪文を唱えると、なにもない空中からお湯が溢《あふ》れバスタブに満ちていく。

……私も魔法を使えるように勉強しよう。これを覚えたらきっとアイル様にも喜んでもらえるわ。ちなみにフェルズさんは隣のお部屋にいて、異変があればすぐ駆けつけてくれるらしい。異変なんてないといいんだけどなぁ。

「じゃあルミナ、一緒に入ろうか」

「一緒にですか？」

アイル様はたまに、ハードルが高いことを言う。

確かに一度は一緒に入ったけれど……あれは気絶していたし不可抗力だったというか。

「ほら、お湯が冷めてしまうから。ひと風呂浴びてスッキリしてからご飯を食べよう？　ここのキッシュはとても美味《おい》しいんだ」

ご飯……お風呂に入ったらご飯が食べられるのね。

キッシュってなにかしら？　アイル様がおススメしてくれるんだからきっと美味《おい》しいものに違いないわ。想像上のキッシュに思わずたらりと涎《よだれ》を垂らしそうになってしまう。

「ご飯が……食べられるんですね」

「そうだよ、ご飯が食べられるんだ」

すっかり私をエサでつることを覚えたアイル様がおかしそうに言いながら、私のドレスの後ろボタンを外していく。

「アイル様！　まだ了承しては……」

焦って後ろを振り返ると、その動きを予想していたらしいアイル様の噛みつくような口づけが降ってきた。

私の腰を抱き、軽い口づけを何回も落としながらアイル様が手慣れた動作でドレスを脱がせて行く。

……手慣れた……。アイル様は、他の方ともこういうことを……していたのかしら？

そう考えた瞬間、胸の奥に黒くてもやもやする嫌な塊《かたまり》が生まれた。

黒い塊《かたまり》は悲しいと悔しいが混じったような気持ちを生み、胸から溢《あふ》れそうになる。

「アイル様は、こういうことに慣れてらっしゃいますよね？」

アイル様の唇が離れたタイミングに、ついじっとりとした目をして言ってしまう。すると驚いたようにアイル様のお耳がピンッ！　と上に跳ね、しどろもどろという感じで私から目を逸らした。

「えっと……ルミナ。したことは否定しないけれど、愛は欠片《かけら》もなかったんだよ？　これからは一生君以外とはしたくもないし、この生涯で愛しているのはルミナだけだから」

アイル様はそう言うと、くるりと足の間に尻尾をしまって、お耳をしゅんと下げてしまう。番《つがい》に出会う前のことになんて口を出す権利もないのに、もやもやする気持ちが止まらない。

この生まれてはじめて知る感情に、なんという名前をつけていいのかわからない。だけどそれはとても不快なものだった。

アイル様が他の女性に口づけをし、優しい笑みを浮かべ、そして私にするように触れる――その光景を想像するだけで胸が焼《や》け焦《こ》げそうになる。

嫌だ、アイル様に――私以外に触れて欲しくない。

「……嫌いです」

思わず小さく口から漏れた私のつぶやきと同時に、アイル様の目がまんまるに開いて……オレンジ色の瞳からポロポロと綺麗な涙が零《こぼ》れた。

まさか泣かせてしまうとは思わなくて、私はその綺麗な雫《しずく》を呆然と見つめてしまう。

「ルミナに嫌われたら……生きていけない！」

アイル様はそう叫ぶと、ぎゅっと私を抱きしめた。

その体は大きく震えていて……ああ、ひどいことを言ってしまったと深い後悔を覚える。

冷静に考えるとアイル様は素敵な男性で、たくさんの素敵な女の人と知り合う機会もあっただろう。今までなにもない方がおかしいのだ。私の考えることの方が、理不尽でおかしい。

謝ろうとアイル様に向き直った時。

「……嫌われたとしても私抜きでは生きられないように、理性を溶かすくらいの気持ち良さを覚えさせた方がいいのかな？」

ぼうっとしてどこか正気じゃない瞳のアイル様にそう言われ、言葉が喉の奥で詰まってしまった。

アイル様の目は虚《うつ》ろで、悲しそうで……ヴィクトリア様が言っていた「狼みたいな情の深い生き物」という言葉が脳裏をよぎる。

そこでようやく私は気づいた。

私は……嫉妬したんだ。アイル様の過去の女性たちに。

そして嫌いだなんて言ってしまった。

ああ、どうしよう。そんな身勝手な理由で彼を傷つけて、今さらそのことに気づくなんて。

「ルミナ、ルミナ」

アイル様は縋《すが》るように私の名前を呼んで、荒々しい口づけを繰り返し、首筋を噛み、舌を這わせながら私の服を脱がせていく。あっという間に、私は一糸纏《まと》わぬ姿にされてしまった。

謝りたいのだけれど、苛烈《かれつ》な愛撫に翻弄《ほんろう》されて小さな声しか出せなくて、彼に届かない。

「ルミナ、愛してるんだ。嫌いにならないで、お願いだから。無理矢理君を繋《つな》ぎ留めるようなことは……私はしたくないんだ」

熱量が溢《あふ》れるままにうわ言のように言うアイル様に、「違うんです、嫌いなんかじゃないんです」と言いたいのだけど、口を塞《ふさ》がれてそれも叶わない。

アイル様の動きは荒々しいのに、それでも私を気持ち良くさせることに終始していて、彼からの深い愛情を感じて……それが罪悪感を加速させた。

いつの間にか自身も裸になっていたアイル様は私を軽く抱え上げると、湯舟に一緒に身を沈めた。

「裸のままだと可愛いルミナの体が冷えてしまうものね？　ごめんね、気が利かなくて」

「ア、アイル様っ！」

後ろから私を抱きしめ、舌をどんどん背中に這わせていくアイル様に、ようやく声をかけることができた。

顔を上げたアイル様と、首を捻《ひね》って目を合わせる。

するとアイル様はきょとん、とした顔をした後、また目に涙を浮かべた。

「……ルミナ。私はまた、嫌われることをしてしまった？」

可愛らしいお耳がこれ以上下がらないのではと思うくらい下がってしまって、尻尾も力なく湯舟をかいている。

ああ、そんな捨てられた子犬みたいなお顔をしないでください。

「嫌いじゃないです、本当です。私、嫉妬してしまったんです。アイル様の……過去の人たちに」

体を急いで反転させて、アイル様のお顔を両手で包み込み、ゆっくりと彼の目を見つめて言葉を紡《つむ》ぐ。

ちゃんと彼に伝わりますように。そんな願いをしっかりと込めた。

優しいこの人にこんな悲しい顔をさせてしまうなんて……私は本当に馬鹿だ。

「嫉妬……ルミナが？」

「はい。アイル様が触れたのが私だけじゃないって知って、もやもやとしてしまって……ひどいことを言いました。本当にごめんなさい」

アイル様が驚いたままの表情で動きを止めてしまう。

ああ。どうしよう、私こそアイル様に嫌われてしまったのかもしれないわ。

「それってルミナが私を憎からず思ってくれていると……自惚《うぬぼ》れてもいいのかな？」

ふにゃり、とほっとしたような顔で笑い、アイル様は嬉しそうに言った。

その笑顔を見て私も嫌われていないことに安堵を覚え、ほっと息を吐く。

「はい。これまでの人生の中で、アイル様といる今が一番幸せです」

本当に、そう思う。

全身で私だけに愛を伝えてくれる優しい人。

私の人生の中に、こんな人は今まで存在しなかった。

アイル様が今度は喜びの気持ちからだとわかる涙を零《こぼ》して、私を優しく抱きしめる。

「……ルミナ、触れてもいい？」

熱っぽく耳元で囁《ささや》かれ、私はアイル様の腕の中で、こくりと頷いた。

「アイル様のお好きなようにしてください。子作りの痛いことも、アイル様がしたいのであればば……その、しちゃってください！」

あれだけ悲しい顔をさせてしまったのだもの。

アイル様は私を触るのがなぜかお好きなようだし、それで贖罪《しょくざい》となるのならいっぱい触って欲しい。彼の心が癒《い》えるのであれば、痛いこともちゃんと我慢しよう。

……むしろ私が、アイル様を触って気持ち良くさせた方がいいのかしら？　私にできるかはわからないけど。

私の言葉を聞いたアイル様は、みるみるうちに赤くなった顔を両手で覆って大きくため息をついた。

「ルミナ。ダメ、そんなこと言っちゃ。我慢がきかなくなるでしょ？」

「え？　我慢しないでください。あの、私がアイル様を気持ち良くできる方法があるなら、それも教えてください」

あー……と呻《うめ》いてアイル様が私をぎゅうぎゅう抱きしめ、肩口に頭を押しつけた。

……私、なにか困らせることを言ったかしら？

「怖がらせないように、頑張る。怖かったら言ってね？　今日も最後まではしない……つもり」

「アイル様、私怖がりませ――」

私が言い募《つの》ろうとすると、アイル様が唇を重ねて言葉を奪った。

やわやわと唇を食《は》まれた後に、優しい動きで舌が口内に侵入してくる。

うっとりとその動きに身を任せていると、アイル様の唇が名残《なごり》惜しそうに離れた。私も寂しい気持ちになって離れる唇を目で追ってしまう。

アイル様は私の体を反転させて足の間に座らせると、下腹部に指を差し入れた。

先日触られた気持ち良さを思い出し……期待に、体が震えた。

「ルミナ、またここを触るね」

耳朶《じだ》を食《は》まれたまま甘い声で言われ、私は答えの代わりに甘い吐息を漏らした。

アイル様が、指を動かすたびにちゃぷちゃぷと、リズミカルな水音がする。

彼の指は優しく私の下腹部を撫で、空いた片手で乳房をゆっくりと揉みしだき、時折先端を軽く摘まんで引っ張り、時にはゆるゆると指の腹で撫でる。

「んっ……」

「ルミナ、どうして欲しい？」

気持ちいいけれど足りない、そんなもどかしい刺激に体を捩《よじ》ると、アイル様が優しく耳元で囁《ささや》く。

耳裏をチロチロと舐められ、耳を優しく食《は》まれ……その刺激もとても気持ちいいのだけど、直接的ではない刺激ばかりが与えられもどかしさが募《つの》る。

触って欲しい、もっと、気持ち良くなるところを。

だけど口にするのは恥ずかしくて、アイル様を涙目で見てしまう。

「ルミナ、ちゃんとおねだりしてみせて？　できたらなんでもしてあげるから」

アイル様は楽しそうな笑みを浮かべて私の頬をペロリと数度舐めた。

……今日のアイル様は、少し意地悪だ。でも私はアイル様を傷つけてしまったのだから、彼の言うことをなんでも聞きたい。

私は意を決すると口を開いた。

「アイル様。もっと気持ちいいの……欲しいです。いっぱい触って感じさせて」

口にすると恥ずかしくて、顔が熱を持った。

アイル様にされることを期待するかのように蜜口から蜜が零《こぼ》れるのを感じて、思わず足を擦《す》り合わせてしまう。

「ああ、ルミナ。ちゃんと言えたね？　なんて可愛いんだ……」

恍惚《こうこつ》とした響きを声音に滲《にじ》ませて、アイル様が私の首筋に強く吸いついた。

ちくり、という感覚がして唇が離れたかと思うと、アイル様は同じ刺激を背中にどんどん落としていく。

背中に吸いつかれながら両手で胸を揉みしだかれ、体が喜びに震えるのを感じた。このまま強く、触って欲しい。たくさん、気持ち良くなりたい。

「ルミナ、どっちをいっぱい触って欲しい？」

アイル様は胸の先に軽く触れ、下腹部にも軽く触れて……敏感な部分をひと撫でしてから微笑んだ。わ、私が選ぶの？

「意地悪っ」

思わず涙目になって睨《にら》むと、アイル様が破顔し、愛おしいという気持ちが溢《あふ》れんばかりのキスを額《ひたい》に落とされた。

「ごめんね？　ルミナが可愛いから、つい意地悪をしてしまって」

言いながらアイル様は私の胸の先端を強く摘まんで、同時に下腹部の敏感な部分を指で捏《こ》ねた。

突然両方に与えられた強い刺激に仰《の》け反《ぞ》り、高い声を口から漏らしてしまった。

「ひっ、やぁああっ。アイル様っ、両方なんてっ……」

「両方されると、気持ちいいでしょう？」

「きもちいっ……ですけどっ。やっ、あっ、あ……っ」

お湯の中なのに、アイル様に捏《こ》ねられるたびにぬるぬると蜜が溢《あふ》れ、零《こぼ》れる。

声が止まらず、くらりと体が傾《かし》いでしまいそうになるのを、アイル様の手が優しいけれど容赦なく引き戻す。

「アイル様っ、アイル様ぁ。あんっ……あっ。やぁっ」

自分のものとは思えないくらいの甘い声が口から漏れるけれど、恥ずかしいと思う間もなく、さらにアイル様に与えられて。

頭の芯が蕩《とろ》けそうな感覚に酔うことしかできず、翻弄《ほんろう》され、また声を上げる。

「ルミナ……私も、気持ち良くなっていい？」

熱いアイル様の吐息が耳にかかる。背中にはいつか感じた硬い感触があって、それは熱くて大きくて、ビクビクと生き物のように震えていた。

これはきっとアイル様の一部なんだ。それを背中に擦《こす》りつけられている事実に困惑はしても、嫌だという気持ちは湧かなかった。

「アイル様も、いっしょに？　気持ち良くなれるの？」

「うん、ルミナのここを少し借りるね？　今日は……入れないから」

アイル様に下腹部の溝を指でにゅるにゅると擦《こす》られて、力のない吐息が漏れた。

なぞる指先が蜜を垂らす窪《くぼ》みに浅く入れられ、ゆるゆると動かされる。そのむず痒《がゆ》い感触にぶるり、と体は震えてしまう。

「アイル様といっしょに、きもちよくなりたいですっ」

回らない呂律《ろれつ》で伝えるとアイル様が嬉しそうに笑う。

ああ……この笑顔のためなら、なんでもできる気がする――そんなことを思ってしまった。

アイル様はバスタブの縁《ふち》に私の上半身を預けると、軽くお尻を持ち上げた。

……この体勢って、ぜんぶ見えてるんじゃ。

そんな羞恥《しゅうち》を感じる間もなく、にゅるりと私の股の間にとても大きいと推察されるなにかが、挟み込まれた。

「ルミナ、見ちゃダメ！」

思わずそちらに目をやったけれど、アイル様に慌てたように言われて前を向く。

一瞬……見えてしまった。あの大きくて、赤黒くて、逞《たくま》しいのは。

……あれってもしかしなくても、さっきまで背中に当てられていたものよね？

「ごめんねルミナ、怖いだろうけど、これも私の一部だから……」

申し訳なさそうに言いながらも、アイル様は私の腰を抱きしめるようにして、自《みずか》らの腰を動かしはじめた。するとぐっしょりと濡れている私の下腹部をなぞるように、アイル様の大きくて熱い物が往復する。

擦《こす》れ合う生身同士の生々しい感触、ぐちゅぐちゅとどちらのものが出しているのかもわからない水音。熱くて、じわりじわりと熱が湧いて、もっと欲しいと思わず股に力を入れて強く挟み込んでしまう。

「アイル様っ……熱いですっ。あっ、あつくてぇっ……」

アイル様の熱が私の感じるところを刺激しながら擦《こす》れるたび、耳元で聞こえるアイル様の吐息も荒く、熱くなっていく。

アイル様も気持ちいいのかな？　そう思った瞬間に私自身もさらに高まっていくのを感じた。

「ルミナのここ、気持ちいいね……」

「アイル様っ、わたしもっ。あっ、あっ……！」

アイル様の動きに翻弄《ほんろう》され、バスタブの縁《ふち》にしっかりとしがみつくことしかできない。

与えられる刺激が際限なく甘い刺激に変わっていくのは、肌と肌が直接触れ合っている興奮からか、アイル様も切なげに気持ち良さそうな吐息を漏らしている事実が嬉しいからか。

自分一人が気持ち良くしてもらっている時よりも体が感じた私は、アイル様のものに自分のあそこを擦《こす》りつけてさらなる悦《よろこ》びを得ようとした。

「あいるさまの、きもちい。あいるさまの、すごく好き」

「ル、ルミナ！　煽《あお》らないで」

一際《ひときわ》激しい抽挿をアイル様が繰り返し、与えられる快感は増していって。

私はアイル様のアレをぎゅっときつく内腿で挟み込んで、一際《ひときわ》大きく体を震わせて果てた。

「ルミナ……もう少し我慢してね」

気持ち良さの余韻でバスタブにもたれ掛かってぼうっとしていると、アイル様がそんな風に優しく囁《ささや》きながらまた腰を動かしてくる。ああ……気持ち良くなったばかりなのに、また与えられる刺激に性懲《しょうこ》りもなく体は反応してしまう。

激しく揺さぶられて、たくさん気持ちいいと叫んで、私の意識が飛びそうになった頃。

アイル様の呻《うめ》くような声とともに、私の股やお腹に白濁した液体が大量に飛んで、ぬるりと粘度の高い感触とともに肌を伝い落ちていった。

（なんだろう……これ？）

指で掬《すく》って眺め、指先を舐めると……口の中に生臭いような、変な味が広がった。

「……美味《おい》しくないです」

「ルミナ！　それは食べ物じゃないよ！」

顔を真っ赤にして慌てつつも、アイル様はなぜか興奮した様子になる。その顔をきょとんとして眺めていると、唇を合わせせられた。舌が口内に滑り込み、ぐちゅぐちゅとかき回される。また頭がぼうっと痺《しび》れたようになって、唇の端からは呑み込みきれない唾液が流れた。

アイル様は私の舌を弄《もてあそ》ぶように繰り返し吸い、そのたびにお腹の奥に熱が溜まっていく。息を切らせながら口づけを交わしていると、いつの間にかアイル様の熱がお腹にぐりぐりと当てられていることに気づいた。

（熱い……お腹がたくさん、擦《こす》られてる）

「あいる、さま」

「ルミナ……もう少ししよう？」

甘く囁《ささや》きながら、アイル様は私を抱きしめる。私はその声にこくこくと頷いた。

「怖がらせたくないから、目を瞑《つぶ》って」

「は、はい」

目を瞑《つぶ》ると、アイル様に優しく啄《ついば》むように唇を合わせせられた。そして私の体を反転させ、抱きしめてからバスタブに身を沈める。アイル様のお膝の上に乗せられ、膝裏を持ち上げられると、次になにが起きるのかと期待するように心臓が大きく音を立てる。

すると股の間に熱がそっと当てられた。

（ああ、アイル様のがまた当たってる……）

目を閉じたことで感覚が鋭くなるのか、先ほどよりもはっきりと熱いものの存在を感じる。

「熱い……」

思わず熱い吐息とともにそう漏らすと、アイル様が笑う気配がした。

「今からまた、これで擦《こす》ってあげる。可愛いルミナ」

アイル様が私の両足を抱えるようにして抱く。すると内腿と熱がぴったり密着して、熱が脈動しているのが感じられた。

（早く、またこれで……）

動いて、ぐりぐりとして欲しい。そしてまた高みに連れていって欲しい。アイル様はいつ動くんだろう。そう思いながら私は暗闇の中でその瞬間を待った。

「あっ！」

前触れもなく、アイル様が動いた。ぐちゅぐちゅと熱と花弁が再び擦《こす》れ合う。

「ルミナ、気持ちいい？」

「き、きもちい、ですっ」

「もっと、もっと感じて」

甘く甘く囁《ささや》いて。アイル様はまた私の体を揺さぶった。

「あいる、さまぁ」

下から突き上げるようにして、熱が激しく私の花弁を刺激する。耳裏や首筋をアイル様の舌が往復する感触も生々しい。私は何度も啼《な》いて、何度も限界を迎えた。

「あいる、さ、まぁ……」

彼の名前を呼びながら私はまた身を震わせ――そのまま意識を途切れさせた。

……ああ、ご飯。食べてない……

意識が飛ぶ前の私が思ったことがそれだったのが、我ながら情けない。


目が覚めると、柔らかい色合いの木の天井が目に入った。

ここはどこ、と首を傾げながら私は周囲を見回す。そうしているうちに、ああここは宿なのだったけとだんだん記憶が鮮明になってくる。

私は清潔な上掛けをかけられベッドに寝かされていた。お風呂でふらふらになって、意識を失ったところを運ばれたようだ。体を確認するときちんと寝間着を着ている。アイル様が着せてくれたんだ、と思うと顔に朱が上った。

アイル様の姿は部屋にはなくて、少しだけ不安になったけれど、すぐに帰ってくると思い直してだるさの残る体をベッドに沈めた。

――いっぱい、アイル様に触られてしまったわ。

アイル様に触られて、舐められて。熱くて、ちょっとだけ怖い大きいもので蜜壺を激しく擦《こす》られて。敏感な場所同士が擦《こす》れる生々しい未知の感覚に翻弄《ほんろう》されるばかりだったけれど……それは不快じゃなくて、むしろ体はもっともっとと欲しがっていた。

浴室での行為を思い返すと体にまた熱がこもり、下半身がきゅんと疼《うず》いて自然に熱い吐息が漏れた。

(ここを……触っていただいて)

自分がはしたない生き物になってしまったようで、悲しいような切ないような気持ちになる。疼《うず》く体をどうしていいのかわからなくて寝間着の上から胸の先に触れると、もどかしい刺激が走った。

アイル様がしてくれたように指でなぞってみたり、柔らかく捏《こ》ねてみたけれど、同じ刺激はなかなか得られない。

「……んっ、アイルさまぁ」

アイル様の名前を呼びながら、下腹部に手を伸ばして下着の上から彼が触ってくれた粒に指を這わす。すると期待したものに近い刺激が得られ、夢中で指を往復させた。

「アイルさまっ……アイルさまぁ！」

名前を呼びながらそこをいじると、まるで彼に触ってもらえているような錯覚を覚えて。

先刻の感触を呼び覚ますように名前を呼びながら、私は拙《つたな》い快楽に耽《ふけ》った。

もどかしい、本当はアイル様に触って欲しい。頭の芯が蕩《とろ》けるような……あの気持ち良さが欲しい。

「ル……ルミナ？」

突然聞こえた戸惑ったようなアイル様の声に、私は思わず跳ね起きた。

声の方に目をやるとアイル様が銀のお盆に飲み物と食べ物をのせて扉の前に立っている。

……体の熱が、スッと冷えていくのを感じた。

「あ……あいりゅしゃまっ！」

焦りすぎて、アイル様の名前を噛んだ。

しかも彼に見られた。一人で気持ちいいことをしているところを、アイル様に見られてしまった。

これが人に見られたら恥ずかしい行為だってことは、いくら世間知らずの私でもわかる。

だって、こんなことをしてるなんてメイドからは聞いたことがないし、書物で見たこともない。

きっと一人でするのは……非常識で淑女らしくない行為なのだ。

「……もうやだぁ」

アイル様から見えないように布団に包《くる》まってそうつぶやくと、アイル様が近づいて来る足音が聞こえた。

そして優しく、布団の上からぽんぽんと撫でられる。

「ごめんね？　ノックはしたのだけど……。ルミナ？」

「……っ」

恥ずかしくて声も出せない。私は涙が出そうになるのを、唇を噛みしめ我慢した。

あんなことしなければ良かったという後悔の念ばかりがこみ上げて、布団の中でさらに丸くなる。

「……ルミナ。ここに美味《おい》しいキッシュがあります」

「っ！」

アイル様が楽しそうな声音で私にそう話しかけた。

キッシュ……この宿自慢のご飯……

ぐぅ、と空腹を主張するかのように小さくお腹が鳴る。そういえば、気絶してしまってご飯を食べ損ねていたのだった。自覚すると空腹感はどんどん増して耐え難《がた》いものになってくる。

「せっかくルミナと食べようと思って持ってきたけど、私がぜんぶ食べちゃおうかなぁ」

「た、食べますっ！」

思わず布団を勢いよく払いのけて顔を出すと、悪戯《いたずら》っぽくニンマリと笑うアイル様と目が合った。

「そんな得意そうな顔しないでください……食べ物につられた自覚くらいありますよ！　恥ずかしいですけど！」

あまりにもアイル様が得意そうな顔なので、そう言って不満げに睨《にら》む。すると、彼がぶはっと噴き出すから、私はみるみるうちに真っ赤になってしまった。

アイル様がベッドの上に座り、銀のお盆をサイドテーブルに置いて、キッシュ——いろいろな具材が入ったパイのようなものだと説明してくださった——をニコニコしながら私の口に運んでくれる。

「ルミナ。はい、機嫌直して」

「うう……」

フォークで一口大に切ったキッシュを鼻先に運ばれると、えも言われぬいい香りが漂《ただよ》ってきて、私は一も二もなくそれを口に入れた。

口の中に濃厚な卵とバターの味が広がり、たくさん入った茸《きのこ》の芳醇《ほうじゅん》な香りが鼻から抜ける。

ああ……何種類も茸《きのこ》が入っているんですね！　食感がそれぞれ違って素敵です！

「おいひっ」

両頬を押さえてもぐもぐしている私を、アイル様が優しい眼差しで見つめながらどんどん口にキッシュを運んでいく。なんだか雛鳥《ひなどり》になった気持ちだ。

十分もしないうちに、キッシュはぜんぶなくなってしまった。

残念だなぁ……という気持ちで空になったお皿を眺めていると。

「ところでルミナ。私のことを想って一人でしてくれていたんだね？」

いい笑顔のアイル様から、先ほどのことを蒸し返された。

「アイル様、どうして蒸し返すんですかっ」

先ほどの羞恥《しゅうち》が蘇《よみがえ》ってまた顔が熱くなり、わなわなと唇が震えた。

アイル様はそんな私を見て、嬉しそうに尻尾を振りながら笑った。

「だって嬉しかったから。ルミナが私を想いながら、一人で自分を慰《なぐさ》めているなんて」

アイル様のオレンジ色の瞳が、妖《あや》しく煌《きら》めき欲に濡れる。

ベッドの上でじりっと後ろに下がる私にしなやかな動きで近づいてきたアイル様は、私の唇を濡れた舌で舐めた。

「ねぇ、ルミナ。私に君を慰《なぐさ》める許可をちょうだい？　私に君を愛させて？」

言いながらアイル様が優しく私の胸を両手で包んだ。ゆるゆるとした動きで肉の塊《かたまり》に指を沈め、揉みしだき、柔らかな刺激を与える。

早速反応して硬くなった私の胸の頂《いただき》が寝間着に擦《こす》れて、思わず身じろいだ。

「ルミナ可愛い……もう敏感なところが硬くなっているんだね」

察したアイル様が優しく笑い、布地の上から爪でカリカリと乳首を擦《こす》り指で捏《こ》ねる。

体にまた火が灯《とも》るのを感じ、潤《うる》んだ目でアイル様を見つめると、今度は額《ひたい》にキスをされた。

「ルミナ。気持ち良くしてもいい？」

こくこくと欲望に負けて頷くと、アイル様はにっこりと笑い私の寝間着の前ボタンを外していった。

アイル様といると、せっかくいただいた上質の服を脱がされてばかりな気がする。

それだけ彼と触れ合っている証拠なんだろうけど……

アイル様と肌を擦《す》り合わせる行為は好きだ。アイル様と触れ合って、浮かされたように互いの名前を呼んでいる瞬間は、私はもう一人じゃないと感じるから。

今までの私の孤独を塗り潰すように、アイル様は優しさと気持ち良さを私に与えてくれる。

アイル様にするり、と寝間着を落とされると、夜気《やき》を含んだ空気を肌に感じて少し震えた。

だけど感じた冷たさはアイル様が抱きしめてくれることで、互いの体温によって溶けていく。

「アイル様と、気持ち良くなりたいです」

私がそう言うとアイル様は嬉しそうに笑って、鎖骨へ、胸へ、舌を這わせ唇を落としていく。

時折強く肌を吸われ、そこに紫の花が咲くのを私は不思議な気持ちで見つめた。

アイル様につけられる紫の花は、元の家族に付けられた痣《あざ》に似ているけれど、不思議なことに嫌悪感はない。それどころかアイル様に所有されている印のように思えて。

この印はずっと残ればいいのに……そう思った。

私の胸の頂《いただき》を彼が口に含み舌で転がすと、与えられる快楽に腰が思わず跳ねてしまう。するとアイル様が腰を抱え込み、押さえつけて逃げられないようにする。

胸の頂《いただき》は彼の舌で押し潰され、軽く歯を立てられ弄《もてあそ》ばれる。声を上げながらアイル様の頭を抱え込むと強く吸われてまた嬌声《きょうせい》を上げた。

「アイルさまっ……きもちいいですっ」

押し殺すように声を漏らすと、アイル様が笑った気配がした。

お腹の辺りがきゅんとして、下も触って欲しいと体が強請《ねだ》るのを感じる。

足を擦《す》り合わせながらアイル様を見つめると、彼が指をつぷりと下着の上から下腹部の溝に這わせた。

「ここももっと触ってあげたいけど、さっきたくさん擦《こす》ってしまったからね。痛みがないとも限らないし……」

……触って、いただけないのかしら？　少しの落胆を覚えてしまう。

「だから、優しく、ふやけるくらいに舐めて、気持ち良くしてあげようね？」

そう言ってアイル様は下着をするりと剥《は》ぎ取ると、膝裏を持って私の足を大きく開き、さらに私の顔の方へと押し上げた。

ぱくぱくと欲しがっているはしたない場所に外気が触れて、ひんやりとする。

この姿は、とても恥ずかしい！

「アイル様！　この格好は恥ずかしいです！　いやっ……」

「恥ずかしがるルミナも、可愛いね」

言いながらアイル様は笑って、私の下腹部に唇を這わせた。

そのとたんビリビリと走るような快感が背中を突き抜けて、ぎゅっとベッドの敷布を握って耐える。

アイル様は宣言した通り私の閉じた蕾《つぼみ》を舌で弄《もてあそ》び、時折舌を穴に差し入れて零《こぼ》れる蜜を丁寧に舐めとっていく。

アイル様がどんどん舐めとっていくのに、私の蜜壺はこぽりこぽりと蜜をはしたなく垂らして後ろの方まで濡らす。

恥ずかしいと思う余裕もなくアイル様に翻弄《ほんろう》された私は、声を上げてもっともっととねだってしまう。

「ふふ、ルミナは舐められるのが好きだね。良かった」

「んっ……あいるさまぁっ……すきですっ」

「じゃあ、もっと気持ち良くしてあげるね？」

アイル様がそう言って、指で下腹部の敏感な粒を捏《こ》ねながら一際《ひときわ》強く花弁を吸い上げた。

「きゃ……やぁぁああっ！　あいりゅしゃまっ！」

強い刺激にアイル様のお耳を掴《つか》んで身悶《みもだ》えする。反射的に足を閉じようとしたけれど、強い力で押さえられた足は閉じることを許されない。

そのまま粒を繰り返し強く吸われ、そのたびに蜜を滴《したた》らせながら体を跳ねさせ、悶《もだ》え、際限なく高みに連れていかれる。

「あいりゅさまっ、あいりゅしゃまぁ……」

「ああ……ルミナ。時間をかけて君をもっと快楽漬けにしてあげるからね？　私から、逃げられないように」

濡れてどろどろになったあそこを舐められながら彼の名前を呼ぶしかできない私の耳に、アイル様の嬉しそうでうっとりとしたつぶやきが聞こえた。

快楽漬けってなんですか、アイル様？

これ以上に気持ちいいことがあるんですか？　それをしたら壊れたりしませんか？

それに……私逃げたりしませんよ。

ちゃんと彼に言わなきゃ、逃げませんよって。そう思ったけれど、彼の舌によって理性がまた溶かされて言葉は空に消えてしまった。

§　§　§

宿の部屋で散々ルミナの蜜壺を溶かした後……彼女が気絶してしまったので、濡れた布で軽く体を拭いてから服を着せベッドに横たえた。

愛しい番《つがい》は、安らかな寝息を立て、時折むにゃむにゃとなにかつぶやいている。

そっと手を握ると無意識なのにもかかわらず、小さな手が優しく握り返してくる。その繋《つな》がれた手を見ながら、愛おしさに笑みが零《こぼ》れた。

……番《つがい》とは、なんて愛おしく、愛らしく、慈《いつく》しみたくなる生き物なのだろうか。

ルミナの額《ひたい》に唇を落とすと、「ごはんおいしいです……」なんて寝言を言うから、思わず私は笑ってしまった。

今日も、彼女に無理をさせてしまった。

体を拭く時に見た彼女の体には……あの忌《い》まわしい家族につけられた痣《あざ》だけでなく、私が浴室やベッドでつけた独占欲の痕が無数に散っていた。

それを見て、自分でやったことながら苦笑してしまう。

優しくしたい、嫌われたくない。

だから理性を失わないように気をつけているつもりなのだけれど……私も番《つがい》の前ではしょせん獣《けもの》ということだろうか。

「逃げないで、私を嫌わないで。愛しているから」

ルミナの柔らかな肌に触れると、そんな縋《すが》るような想いを込めて、彼女の体に痕を刻む。少女を脱したばかりの体に容赦なく快楽を与えて、私がいないと生きていけないようにどろどろに溶かしてしまいたくなってしまう。

幸いなことにルミナは快楽に弱いらしく、刺激を与えると貪《むさぼ》るように享受するものだから、ずっと啼《な》かせたい、快楽を与え続け喜ばせたいとついやりすぎてしまい……彼女が意識を手放した後に我に返って後悔をする。

……彼女と出会ってからそれを繰り返してばかりだ。

ぐったりと意識をなくし、白くたおやかな肢体をしどけなく晒《さら》すルミナはとても艶《なま》めかしい。その姿を見ると、その小さな蜜壺をこじ開け、無理矢理捻《ね》じ込んで何度も精を奥まで放ちたいという衝動に駆られてしまう。

そのたびに私は本能を抑え、理性で丸め込むのだ。

本能を抑え付けるのは非常に骨が折れるのだけれど、それに負けてしまったら全てが終わると思えば耐えられる。

私は彼女に嫌われたら……生きてはいけない。

信頼関係を築かなければならない大切なこの時期は、ちゃんと自重しないと。

誤ると、行為後に優しい睦言《むつごと》をルミナと交わす、なんてことは一生叶わない夢になってしまう。

「ごめんね、ルミナ」

さらり、とルミナの柔らかな髪を撫でる。

彼女に『嫌い』だと言われた時……心臓が止まってしまうかと思った。

どうして彼女と出会うまで清い体でいられなかったのかと、過去の自分を殺したくなった。

そして彼女に『嫌いじゃない』『幸せ』だと言われ……天にも昇る気持ちになった。

番《つがい》だけが私の心を、大きく揺さぶる。

私は……この愛おしい番《つがい》とずっとともにありたい。

「君だけを、愛しているから」

彼女の頬に口づけを落として、夢の中に居るであろう彼女に囁《ささや》いた。

☆　☆　☆

宿でふらふらになるくらいにアイル様に蕩《とろ》かされた私は、現在馬車に揺られていた。

もちろんアイル様のお膝の上という定位置に座らされている。

目が覚めたらいきなりアイル様の美しいお顔のアップで、しかも嬉しそうに笑って口づけなんかされるものだから、私はお膝の上でカチコチになってしまった。

いつの間に宿を出たのだろう。抱えられて宿を出るところを人に見られていたらどうしよう。さすがに恥ずかしいわ。

「ルミナおはよう。昨日はたくさん無理をさせてしまったし、よく寝ていたから起こすのも可哀想だと思って勝手に運んでしまったよ。朝ご飯も用意しているから……一緒に食べよう？」

アイル様が私を隣に座らせて、座席の横に置いてあった包みを解くと、中から薄いパンに具材が挟まった物がたくさん出てきた。

お肉！　お野菜！　あれは、揚げたお魚かしら？　これは卵を潰したものね！　とってもとっても美味《おい》しそう！

「サンドイッチは食べたことがある？」

「いいえ！」

パンに目が釘づけのまま、アイル様の問いに勢いよく首を横に振る。

これは、サンドイッチというのね……なんて美味《おい》しそうな食べ物なの！

様々な具材が挟まったそのパンは、まるできらきら輝く宝石箱のように見えた。

「ふふ。ルミナは宝石や洋服よりも食べ物の方が喜んでくれそうだね」

なんてアイル様に言われて少し恥ずかしかったけれど……否定はできなかった。

でも、可愛いお洋服や宝石も見ていて楽しいし、素敵だと思っているんですよ？

「はい、食べて？」

アイル様が口元にサンドイッチを持ってきてくれたので、それに躊躇《ちゅうちょ》なく齧《かじ》りついた。

ああ、なんて美味《おい》しいの！　このお塩と胡椒《こしょう》で味つけされた絶妙な白身魚の揚げ物のお味！

それと新鮮なお野菜と少し硬めのパンの食感とのハーモニーがたまりませんね！

……それにしても、アイル様にご飯を食べさせていただくことに完全に抵抗がなくなっているわ。

淑女としてあまりよろしくないんじゃないかしら？　なんて思うけれどアイル様は、私に淑女の嗜《たしな》みなんてものを求めていない気がする。

むしろなにもできない私のお世話をするのが好き、という空気を感じる。

ダメだ、このままでは人間としてダメになってしまう。

アイル様、私今までお掃除とか家事をいっぱいしてきたんですよ！

本当はいろいろできるんですよ！

（アイル様は本当に番《つがい》のお世話を焼くのが好きなのだわ。それと……）

アイル様と数日接していて……わかったことがある。

アイル様は私に『嫌われたり』『逃げられたり』することを非常に恐れているのだ。

昨日は心にもないことをぽろりと口にしてしまったけれど……嫌ったりも逃げたりもしないのに。

こんなに素敵で優しくて私を愛してくれる人がいる、このとても温かい場所から逃げる理由なんて、私にはない。

……アイル様を愛しているかと訊《き》かれると、実はまだよくわからない。

親切な人に出会ったことはあるけれど、愛してくれる人ははじめてで、今まで愛情とは縁遠すぎたから。『愛』という感情自体が、私にとってよくわからないものなのだ。

だけど彼といると、離れたくないとか、他の人に触れて欲しくないとか、もっと触って欲しいとか……そんな感情がどんどん強くなる。

これが『愛』なのかしら？　と思ったりもするし……そうだったらいいなと思う。

「アイル様」

「なに、ルミナ」

サンドイッチを頬張りながら、アイル様が答える。

アイル様もサンドイッチがお好きなのか、お耳がご機嫌にぴょこぴょこしていてとても愛らしい。

「私、アイル様と一緒にいたいとか……他の人に触れて欲しくないとか、もっと触って欲しいとか。

そんな感情が日に日に強くなるんです。これって……愛なんでしょうか？」

わからないことは、訊《き》いた方が早い。そう思って口にしてみた。

私がそう訊《たず》ねると、アイル様のオレンジ色の目が大きく見開かれ、ごくり、と大きくサンドイッチを呑み込む音がした。

「……ルミナ、本当にそう思ってるの？」

わなわなと震えながら、アイル様が私に訊《き》いてきた。

「はい、本当にそう思ってます」

……もしかすると、これは愛じゃないのかしら？　間違ったことを言ってしまった？

「そうだね、それはルミナが……私のことを好いてくれているのだと、そう思うよ。私の希望的な観測も含まれているとは思うけれど。どうしよう……とても、嬉しいのだけど」

アイル様は顔を真っ赤にして、尻尾をばふばふと振りながら言う。

その尻尾がとても可愛らしくて思わず手で触れ、両手で抱きしめて、そのふわふわの手触りに惹かれるように頬ずりした。

尻尾からは太陽の香りがする。ああいい匂い。

私は尻尾を抱え込んで、すーはーと何度も深呼吸をしてしまった。

「は～もふもふ素敵です」

「……ルミナは、その……私のもふもふが好きなだけ、とかじゃないよね？」

「違います！　人型のアイル様ももふもふのアイル様もどちらも素敵だと思ってます！」

アイル様がお耳を下げてしゅんとするので、私は慌てて否定した。

するとアイル様は、ふわりと私を抱きしめてとても嬉しそうに笑う。

その時——

「アイル様、ルミナ様。もうすぐシェールブルン領に着きます。急ぎで馬を走らせますので、揺れなどございましたら申し訳ありません」

御者台《ぎょしゃだい》の小窓を開けて、真剣な声音のフェルズさんがそう告げた。

# 第三章

馬車はひたすら道を行く。

今まで体感したことのない速度に、アイル様やフェルズさんの危機感を改めて感じて私も緊張してしまう。

それを宥《なだ》めるように、アイル様が尻尾を私の膝に乗せて遊ばせてくれた。

うん、気持ちいい。ふかふかしていて毛艶《けづや》も最高です、アイル様。

「あの……アイル様。行きは危険なことはなかったんですか？」

そう、彼らは行きもシェールブルン領を通ったはずだ。

怪我などしなかっただろうか。今さらながら心配になってしまう。

「ああ。行きはフェルズがすべて露払《つゆばら》いしてくれたからね」

……つまりは、危険な目に遭ったのだ。

人と見た目が違うから、そして獣《けもの》になれるからと――そんな理由でなぜ差別を受けなければならないんだろう。

こんなに優しい人たちなのに、となんだか悲しい気持ちになってしまう。

すべての獣人が善人ではないだろうし、以前アイル様が言っていたように、運が悪く人間の番《つがい》と結ばれず凶行に及ぶ獣人もいるのだろう。

だけど善人も悪人もいるのは、人間も同じことだ。

「……悔しいです。アイル様たちが、そんな目に遭うのが」

尻尾を手で梳《す》きながら言うと、アイル様はお気に召したのか気持ち良さそうに目を細めた。そして私の頭をぽふぽふ、と優しく撫でてくれる。

「ルミナは、優しいね」

そう言って、安心させるように微笑んでくれるアイル様の方が優しいと思う。

――その時。馬車が突然車輪を軋《きし》ませ停まった。

車体が揺れ、思わずアイル様に掴《つか》まってしまったけれど、アイル様はしっかりと支えてくれた。

「アイル様。少し外しますね」

フェルズさんの緊張感のない呑気《のんき》な声がして、御者台《ぎょしゃだい》から軽《かろ》やかに地面に下りる音がした。

「ア、アイル様」

「フェルズなら大丈夫だよ。助けが必要なら最初から私を呼んでいるから。その辺りを見誤らないんだ、彼は」

焦った声を出す私を宥《なだ》めるように、アイル様がまた私の頭を撫でた。

本当に、フェルズさんは何者なんだろう。

どうしてそんなに凄腕《すごうで》なのかと、訊《き》いてみてもいいのかしら。

「神の名において貴様ら獣人を排除する！」

そんな男の声が響き、複数人とフェルズさんが争う音が聞こえる。馬車の窓から様子を窺《うかが》おうとすると、アイル様にそっと手で目隠しをされた。

「……アイル様？」

「きっと悲惨なことになってるから、見ない方がいいよ」

アイル様は目隠しを外す気はないらしい。私は大人しくアイル様のお膝の上でフェルズさんの戻りを待つことにした。

十分も経った頃だろうか。外の喧騒《けんそう》は静まり、軽い足音が馬車へと近づいてくる。

「アイル様、終わりました。予想通りですが女神スーシェの教会の連中でしたよ」

フェルズさんの、のんびりした声がして、私は心底ほっとした。いくらお強いと聞いていても心配だもの。

「フェルズさん、大丈夫でした？」

目隠しをされたまま話しかけると、フェルズさんは、

「道端の石を除《よ》けただけですので、平気です」

と、あっけらかんと言った。

「しかし……ここまであからさまに敵対してくるとはね」

私の目隠しを外し、フェルズさんから渡された書状のようなものを読んだアイル様は、小さくため息をついた。

その書状は馬車を襲った男たちの一人が持っていたもので、女神スーシェの教会の押印がある『指令書』だそうだ。

「女神スーシェの教会って……反獣人派の中心でしたよね」

「そうだよ、ルミナ。よく覚えていたね」

自分の話した内容を私が覚えていたのが嬉しいらしく、アイル様は何度も私の頭を撫でた。アイル様は甘すぎる……

その女神スーシェの教会からの指令書を、アイル様に読んでもらったのだけれど――獣人憎し、獣《けもの》のくせに人のように爵位を名乗り我が領地にたびたび足を踏み入れる、ヴィクトリア・ミラー女伯爵をそそのかし親獣人派に属させた――など、連《つら》ねてある『罪状』がすべて言いがかりで愕然とした。

というか領主がいるのに我が領地って……この土地の実権は教会が掌握《しょうあく》してるのね。

「こんな言いがかりで他国の貴族の命を狙うなんて、すごいね」

アイル様はそう言って書状を綺麗に巻いてからフェルズさんに渡した。

――明確な殺意と、命の危険。

こんなものに、アイル様はいつも晒《さら》されているの？

「アイル様、もう少し進みましたら湖がございます。そこでそろそろ馬を休憩させたいのですが。一時間ほどでいいのですけど」

フェルズさんがそんなことを提案した。

……確かに馬たちは息を切らし、疲れが見える。このまま走り続けるのは無理だろう。

だけど……大丈夫なのだろうか。休んでいる間に、またアイル様に敵意を持つ者が現れないといいけれど。

「ああ、いいよ。このままでは馬たちも可哀想だからね」

アイル様は、笑顔でこともなげに答えた。

「それと休憩の間、散歩へ行く許可をくださいませ。シェールブルン領にある女神スーシェの教会に少し探りを入れてきます」

「教会に探りを？」

私が問うと、フェルズさんはこくりと頷いた。

「シェールブルン領の安全を確保しなければ、これからもここを通る獣人たちは襲撃に遭います。なので反獣人派に不利な証拠をできるだけ多く集めようかと。証拠が集まりましたらヴィクトリア様にお渡しし、親獣人派に安全確保のため役立ててもらいます」

シェールブルン領はライラック王国とユーレリア王国を繋《つな》ぐ最短ルートで、移動の際には使わざるを得ない。この地域の安全の確保は、たしかに大事だ。

「大きな瑕疵《かし》が見つかれば、ユーレリア王国全土の女神スーシェの教会、ひいては反獣人派弱体化の足がかりになるかもしれません」

そう言ってフェルズさんは大きな瞳を煌《きら》めかせた。

「私がいない間は……少し頼りないですけれど、手下の一人を護衛としてこちらに置いて行きます」

フェルズさんは両手を打ち鳴らした。するとぬるり、と空間から這い出るように人間の少女と青年が現れる。これは二人の魔法なんだろうか。私は驚いて思わず目を瞠《みは》った。

「フェルズ様。お呼びになられましたか？」

「フェルズ様、なんなりとお申しつけくださいませ」

少女と青年は、フェルズさんの前に跪《ひざまず》く。

少女は十五、六歳だろうか……黒髪をポニーテールにして束ね、なぜかメイド服を着ている。その顔立ちは整っているのだけれど、無表情で眼つきが鋭い。

青年は二十歳は超えているだろう。赤銅色《しゃくどういろ》の肌に赤茶色の髪を持つ精悍《せいかん》な顔立ちの美青年で、銀色の甲冑《かっちゅう》を身につけている。その雰囲気はまるで、野生の狐のようだ。

フェルズさんはまず、少女に指示を出した。

「僕の可愛い、セリーネ。僕は少し散歩に行くから、その間アイル様とルミナ様の護衛を。僕が帰ってきたら、アイル様がお持ちの書状を持ってヴィクトリア様のところへ向かうように」

「はい、フェルズ様」

「ヴィクトリア様にはなるべく、食べられないようにね？」

「かしこまりました、フェルズ様」

少女……セリーネさんはフェルズさんの目を見つめ、真剣な顔でその命に頷く。

フェルズさん、なるべく、でいいんですか⁉

「僕の可愛い、レオン。君は僕と来るように。一緒に調べて欲しいことと……場合によっては掃除があるかもしれませんね」

「はい、フェルズ様」

青年――レオンさんはフェルズさんの言葉に深く頷いた。

先ほどからなにかすごいものを見ている気がする。

「お二人はフェルズさんの部下なのですか？」

「はい、アストリー卿の番様《つがいさま》。フェルズ様の影にございます」

二人は息ぴったりという調子で同時に答えた。

「ルミナ様。僕の自慢の可愛い手下です。他にも何人かいるのでいずれお目にかけますね」

そう言うとフェルズさんはにこりと笑った。ほ、他にもいらっしゃるのですね⁉

フェルズさんは本当に何者なのだろうか。

「私だってルミナにいいところを見せたいのだけど、道中はフェルズたちで大体の露払い《つゆばらい》はできるだろうし、出番はなさそうだね」

アイル様が少し口を尖らせて言った。私が明らかにフェルズさんと部下の方々に興味津々《きょうみしんしん》なので……少し拗ねてらっしゃるのだろう。

「アイル様。私、アイル様が危ない目に遭うのは……嫌ですよ？　フェルズさんと部下さんたちもです。いいところなんて見せる機会がない方が本当はいいんです」

これは、本気でそう思う。アイル様はお強いそうだし、そうそうのことでは負けないのだろうけれど……でも彼が傷ついたり、命の危険に晒《さら》されるのを見るのは嫌だ。

彼が言ういいところを見る機会なんて、できれば一生ないことを願う。

「ルミナは本当に優しいね。でも私のこと、かっこいいって思って欲しいんだよなぁ」

「アイル様は十分かっこいいですよ？」

アイル様の袖を引っ張ってそう言うと、アイル様は嬉しそうに破顔して、ぎゅうぎゅうと私を抱きしめた。苦しいですよ、アイル様！

その光景をセリーネさんとレオンさんがなぜか呆然とした様子で見つめていた。

「あのアストリー卿がデレデレになっていらっしゃるわ……」

「いつも目の奥が笑っていないあのアストリー卿が、心から笑っていらっしゃる。大丈夫か？　天変地異が起きないだろうな？」

セリーネさんとレオンさんからそんな言葉が漏れる。

以前のアイル様ってどんな感じだったのですか！

「嫌だな、セリーネ、レオン。私は昔からこうだろう？」

「「ひっ……!!」」

アイル様が優しい笑顔でにっこりと笑うと、二人はなぜか喉の奥から恐怖に怯《おび》える声を上げてフェルズさんに縋《すが》りついた。

フェルズさんよりも明らかに大柄な二人が彼にしがみつく光景は、なんだか不思議なものである。

「アイル様~うちの可愛い子たちを虐《いじ》めないでくださいね?」

アイル様にめっ! と言いながら、フェルズさんが二人の頭を慈愛の表情でなでなでする。

そうして湖のほとりに着き、馬車から馬を放すと、フェルズさんとレオンさんはふらりと去って行った。……お二人とも、危険な目に遭いませんように。

「ではアストリー卿、アストリー卿の番様《つがい》。昼食の頃合いですので、ご用意をいたしますね」

湖畔《こはん》でアイル様と草を食《は》んでいる馬をのんびり眺めていると、セリーネさんがそう言って宙に手を翳《かざ》した。

「ポルターレ」

彼女がつぶやきながら指で空間に円を描くと、キラキラと輝きを放った円からストンと小さめのバッグが落ちてきた。

私は思わず目を丸くする。そういえばセリーネさんとレオンさんが登場したのも、なにもない空間からだった。

「セリーネさんは、魔法がお得意なのですか?」

「アストリー卿の番様《つがい》、人並みにございます」

彼女はそう言って無表情でぺこりと頭を下げた。

セリーネさんは、きっと謙遜《けんそん》しているのだ。

だってセリーネさんが人並みだったら、多分世界の交通事情はもっと変わっている。馬車の移動なんかしなくても、誰でもスイスイどこへでも行けてしまうじゃない。

「セリーネさんの使う魔法で、私たちも獣人の国に移動できないのですか？　できたら一瞬で着いて安全ですよね？」

試しに訊《たず》ねてみると、アイル様に首を横に振られた。

「あの魔法は使える人間自体が希少な上に、人に使うとなると座標の指定がとても難しくなるそうだよ。無機物なら失敗しても紛失や壊れるだけで済むけど……」

「そうですね。小さな物や自分自身であれば制御も効くのですが、他人様を運ぶとなると難しいでしょう。地中や壁の中に出ても良いのでしたら挑戦いたしますが？　アストリー卿の番様《つがい》」

……想像しただけで、怖い。セリーネさんが無表情に言うのがさらに怖い。

すると「……彼女なりの冗談なんだよ？」とアイル様が耳打ちをしてくれた。

それにしても『アストリー卿の番様《つがい》』って呼び方は堅苦しくてなんだか寂しい。

「セリーネさん、私のことはルミナと呼んでくれませんか？」

「わかりました、ルミナ様」

断られるかとドキドキしてしまったけれど、彼女が意外とすんなり頷いてくれたので、ほっとした。

年齢も近そうだし、もっと仲良くなりたいなぁ。

セリーネさんが空間から出したバッグを開くと、中から白のテーブルクロスが掛かったテーブルが出てきて、私はまた目を丸くした。

セリーネさんはバッグの中からどんどん椅子やら食器やらを出していき、湖畔《こはん》にあっという間に食事が用意された。

……あのバッグもセリーネさんの魔法なの？　それともどこかで売っているのかしら？

私が一心不乱にセリーネさんの挙動を見ていると、アイル様が「あれに関しては企業秘密らしいよ？」と教えてくださった。

残念。私もあのバッグを使ってみたかったわ。

「休憩のお時間も短いことですし、食べやすいものをご用意いたしますね」

そう言って彼女がバッグから出したのは、白いお皿にのせられた茶色いケーキのようなものだった。

四段に重なったそれは見るからにふわふわとして、とても美味《おい》しそうな香りがする。

……あのバッグの中、本当にどうなっているのかしら。

セリーネさんがバターを贅沢《ぜいたく》に切って上にのせ、とろりと蜜をかける。

そしてさらにバッグから出したポットに手際良く茶葉を入れ、魔法で出したお湯を注ぐ。周囲には甘くて美味《おい》しそうな匂いと、お茶の良い香りが漂《ただよ》い、私の喉はごくりと鳴った。

「ホットケーキか。久々に食べるなぁ」

アイル様が嬉しそうな顔で言う。

ホットケーキ！　覚えました。美味《おい》しそうです。

テーブルに着いて――相変わらずアイル様にお膝の上に乗せられてしまっているのだけれど――黄金色の蜜がかかったホットケーキを口にする。

それは甘くてふわふわでホロホロと口の中で溶けて……あまりにも絶品で体が震えた。

「美味《おい》しいですっ！」

私がもりもりと食べていると、アイル様に目を細めて嬉しそうに見つめられてしまう。

……少し恥ずかしいわ。それにアイル様、ちっとも食べてらっしゃらない。

「アイル様も、食べてくださいね？」

言いながらフォークに刺したホットケーキを差し出すと、アイル様は照れたように笑って口にした。

……可愛い。人にものを食べさせるのって母性本能がかき立てられるというか。

アイル様が私に自分の手で食べさせたがる気持ちがちょっとわかった。

これからは食べさせられるだけじゃなくて、私からもアイル様に食べさせよう。

「……アストリー卿がすっかりバカップルだわ」

セリーネさんが、私たちを見ながら真顔でなにかをつぶやいていた。

「ところでセリーネ。あれ、どうするの？」

また私の手からホットケーキを食べながらアイル様が唐突にそんなことを言うので、私はきょとんとしてしまう。

「ああ、やはりお気づきになられていましたか。速やかに、排除します」

そう言うとセリーネさんの姿がふっと消えて……

どこからか、数人の男の人らしい悲鳴が上がった。

『あれ』って刺客のことだったのね。

その声にビクビクしていると、アイル様に優しく頭を撫でられた。

「セリーネはすぐに帰ってくると思うから、のんびりご飯を食べていようね？」

アイル様はそう言って美味《おい》しそうに、紅茶を飲み干しカップを空にする。

「おかわりは、必要でしょうか？」

セリーネさんの声がしたかと思うと、アイル様の横にいつの間にか立っていて、私は悲鳴を上げそうになった。

彼女は平然としているけれど、白いエプロンに血が散っている。これってもしかしなくても！

「うん、少し濃く淹《い》れてもらってもいい？　ルミナにもおかわりを……そっちはミルクたっぷりで甘くして」

「かしこまりました」

のんびりと、何事もなかったかのように、二人が和《なご》やかに会話するのを私は呆然と見つめていた。

「フェルズ様がお呼びなので、少々外します」

昼食の後片づけをしていたセリーネさんは魔法でなにかを感知したのか、そう言って姿を消した。

そして十分くらいした後に、なんだか複雑そうな顔をしながら帰ってきた。

手には山のような書類を持っている……あれは教会からの証拠品だろうか。

冷静なセリーネさんがあんな顔をしているなんて、フェルズさんになにかあったのかしら？　と少し心配になってしまう。

「フェルズさんになにかあったのですか？」

「いえ、フェルズ様はなにかあるようなお方ではありません。……ただ」

「ただ？」

そこで言葉を切ってセリーネさんが黙り込むのを、私は固唾《かたず》を呑んで見守った。

アイル様はのんびりと香り高い紅茶を口に運んでいる。

「教会内の捜索が長引きそうなので、少しだけ合流が遅れるとおっしゃっていました。そのお詫びに……ルミナ様にっ、あのお可愛らしい尻尾を触らせるとっ！」

ギリギリと唇を噛みしめながらセリーネさんが言う。

大丈夫なのかしら、唇が食い破られそうよ⁉

それにしてもフェルズさんの尻尾……。私がいつも凝視しているのがバレていたのね、恥ずかしいわ。耳や尻尾は番《つがい》にしか触らせないような大事な部分だと、アイル様にお聞きしたけれど……本当にいいのかしら。

それだけフェルズさんの謝意が込められているのかもしれない。

あの可愛い尻尾を触らせていただけるなんてとても嬉しいのだけど、セリーネさんの様子がなんだかおかしい。

「うさぎの姿は触らせてくれてもっ。私っ、人型のフェルズ様の尻尾には触ったことがないのにっ」

セリーネさんは嗚咽《おえつ》を上げて泣き出しそうな勢いだ。

う、うん、ごめんなさい。

でもうさぎのお姿に触れられるのも、とても羨《うらや》ましいことだと思う。きっとお可愛らしいのだろうなぁ。

「セリーネはフェルズに恋してるからね。嫉妬だよ」

アイル様がそっと耳打ちをしてくれて、「まぁ！」と私は口を押さえて頬を染めてしまった。

そうなのね。なら触らせていただくのはご遠慮した方がいいわね、残念だけど。

「えっと。セリーネさんがお嫌なら、触らせていただくのは止めておきますね？」

「なりません！　主人が決めたことですから」

そう言いつつもセリーネさんの唇からは血が一筋垂れている……ああ、なんて痛そうな。

そっと血をハンカチで拭《ぬぐ》うと、セリーネさんはハッとした顔で私を見た。

「フェルズさんが、お好きなのですね」

そう言うとセリーネさんの顔に朱が上って、躊躇《ためら》いがちに頷いた。

……本当にお可愛らしい。フェルズさんのもふもふは諦めることにしよう。

「ルミナ、フェルズの尻尾を触れなくて残念？」

「はい、少し」

アイル様に言われて頷くと、彼はスッと椅子から立ち上がって木陰の方に移動していく。

どうされたのかしら？　なんて思って眺めていると、木陰から銀色の狼が姿を現した。

「アッ、アイルしゃまっ!!」

嬉しさのあまり思わず噛んでしまうが、気にしてはいられない！

あの姿を見せてくださったということは、もふもふしてもいいということよね!?

アイル様は私の目の前に来ると、ぽてりとお腹を上にして寝転んだ。

先日断られてしまった、お腹撫でまで許してくれるのですね!?

……私がフェルズさんの尻尾に目移りしたのが嫌だったのだろうなぁ。

ごめんなさい、アイル様……でもお腹嬉しいです、遠慮なく触らせていただきますね！

さすり、とお腹を手のひらで撫でる。

お腹側は背中よりも繊細な感触の被毛《ひもう》だった。これは、とても気持ちいい。

わしゃわしゃと両手を動かして撫で上げると、アイル様が気持ち良さそうに目を細める。

ふふふ、ここが気持ちいいんですね？　アイル様が反応した部分を重点的に攻めると、アイル様の表情が蕩《とろ》けるのがわかって満足感がすごい。

「アイル様〜素敵です！　可愛いです！」

思う存分お腹を撫でると、今度はむくむくと別の欲望が湧き上がってくる。

このふわふわのお腹に、顔を埋《うず》めたいと！

「アイル様っ！　失礼します！」

ぽふり、とアイル様の股の間に入り抱きつくようにお腹に顔を埋《うず》めると、アイル様の戸惑う気配がした。

うっわぁあああ、ふっわふわです！　すごくふわふわ‼

顔を柔らかなもふもふにぐりぐりと擦《こす》りつけると、アイル様がくすぐったそうに身を捩《よじ》る。

ひゃー可愛い！　顔をお腹に埋《うず》めながら、さらに両手で脇辺りの毛をもふもふした。

うん。ここの触り心地も絶妙！

「……」

ふと顔を上げると、狼の顔なのになんだか呆れた様子がわかるアイル様と目が合った。アイル様はすっくと四つ足で立ち上がると、私の服の首根っこを咥《くわ》えて木陰へと連れて行く。そして人間の姿にしゅるりと戻った。

「……ルミナ」

「は、はい」

や、やりすぎてしまったかしら⁉　はらはらしながらアイル様のお顔を見ると、なんだかとてもいい笑顔だった。

……お洋服を早く着て欲しい。目のやり場に困ってしまう。

「ほら、人型の私にもさっきと同じことをしてみて？」

「……アイル様っ⁉」

アイル様の発言に思わず目を白黒とさせ、慌ててしまった。

人型のアイル様のお腹に顔を突っ込めと⁉

「でででで出来ません！」

「ルミナ。先ほど君がしていたことでしょう？　どうしてできないの？」

そう言ってアイル様は裸のまま私を抱きしめた。しなやかな腕に包まれてさらに混乱してしまう。

「……セリーネという人目がある中、こんな青空の下で、成人男性のお腹に顔を擦《す》りつけて悶《もだ》えるような破廉恥《はれんち》な子には、お仕置きが必要だよね？」

アイル様は青空と綺麗な緑をバックにとても爽《さわ》やかな笑顔で、私にそう言った。

……もしかしなくても、私、やりすぎたのね。

「お仕置きって、叩かれたりとか、するんですか？」

女性である義母たちの力でもお仕置きは痛かったのだ。男性のアイル様にされると、とっても痛いに違いない。

涙目でそう言う私を、アイル様がキョトンとした顔で見た。

そして「なんでそんな発想に」なんて言いながら、アイル様も涙目になってしまう。

だ、だってお仕置きってそういうことですよね？

私のされてきた『お仕置き』は、すべて痛みを伴うものだったから。

アイル様は可愛らしいお耳をしゅんと下げながら、衣服を身に着けると私を手招きした。

手招きにつられてアイル様の方へ行くと、ぎゅっと彼に抱きしめられ優しく額《ひたい》や頬に唇を落とされてほっとする。

「ルミナにひどいことなんて、私はしないよ？　ごめんね、ルミナが今までされていたことを考えずにその……安易な言葉を使ってしまって」

「いいえ。その、私こそ、アイル様がそんなことをするはずなんてないのに、ごめんなさい」

そうよ、アイル様が私に痛いことなんてするはずがない。

わかっているのに、言葉をそのままの意味に取ってしまった自分に嫌気がさしてしまう。

ちゃんとアイル様式のお仕置きのことを教えてもらおう。私はそう決意をした。

「アイル様のお仕置き、教えてください……？」

私が決意を込めた目で見つめながらそうお願いすると、アイル様の顔が真っ赤になって、私の体を抱く力が一層強くなった。

「そんなに可愛いこと言われたら、我慢できないでしょ!?」

そう言って私を抱え上げると、アイル様は馬車へと向かっていく。

あ、あれ？　フェルズさんまだお戻りじゃないですよね？

「セリーネ、馬車は決して開けないように。それとルミナの声が聞こえる範囲に敵が来たら、必ず迅速に排除して。ルミナの声は私以外聞かせたくないから。フェルズが戻って来たら、そのまま馬車を出すように言ってね」

「わ、わかりました、アストリー卿」

アイル様が一声かけると、セリーネさんは少し顔を赤くしてからぺこり、と頭を下げた。

えーと。これはもしかしなくても『気持ちいいこと』をする流れでしょうか……

馬車の椅子にふかり、と体を下ろされてアイル様のオレンジ色の瞳に見つめられる。

すると反射的にじわり、と下腹部が甘く疼《うず》くのを感じた。

「ねぇ、ルミナ。ルミナから口づけをして？」

アイル様に小首を傾げながらねだるように可愛く言われて、私はどうしていいのかわからなくなってしまう。

口づけを、私から？

待ち遠しそうににこにこしているアイル様を見ていると「どうやればいいんでしょう」なんて訊《き》けなくて、私はとりあえずアイル様の美しい白い頬に手を添えてみた。

するとアイル様は愛おしそうに目を細めて、私の手に綺麗な自分の手を添える……ああどうしよう、素敵すぎて緊張してしまう。

「ま、参ります！」

そう言って私はアイル様の方に顔を寄せて、彼の形の良い唇に自分の唇を重ねた。

柔らかい彼の唇に自分の唇が触れ、いつものようにぴったりと重なる……もうすっかり慣れてしまったその感触に安心する。

えっと……次は舌を入れるんだっけ。

ぺろり、とアイル様の唇を舐めるけれど、上手く舌が口内に入らない。

あう。アイル様、唇を閉じてらっしゃるのね……舌が入れられないので代わりに唇を食《は》むと、アイル様がくすりと笑った。私の動きをアイル様が楽しそうに観察しているのがわかって、なんだかとても悔しい。

「アイル様っ」

思わず涙目になって見上げると、今度はアイル様の方から唇を重ねてきた。

にゅるり、と唇を舌で舐められて反射的に口を開けると、アイル様の舌が口内に侵入する。

「ふっ、んっ。やぁっ」

歯列を舐められながら、胸を軽く揉まれて甘い声を漏らしてしまう。

するとアイル様は優しくキスを続けながら、ドレスの前のリボンを解いて私の胸を剥《む》き出しにした。

「ふふ、前で留めるドレスは脱がせやすくていいね」

アイル様がとても嬉しそうに言う。

これからは前留めのお洋服が増えそうね……なんてことをちらりと思った。

しかしそんな考えは、アイル様にやわやわと両胸を揉まれるとせり上がってくる気持ち良さに溶けてしまう。

アイル様は焦《じ》らすように頂《いただき》には触らず、その周辺を指で優しくくるくると撫でる。

そのもどかしい感触に頂《いただき》を触って欲しいとねだりたいけれど、どう言っていいのかわからず、アイル様を乞うような目で見てしまった。

「……ルミナ。して欲しいことは言葉にして言って?」

アイル様は悪戯《いたずら》っぽく微笑みながらちゅっと音を立てて私の耳にキスをして、耳の穴に軽く舌を出し入れした。その刺激も、もどかしい……

「……胸の頂《いただき》を触って欲しいです。アイル様」

「いい子だね、ルミナ」

嬉しそうに笑うとアイル様は頂《いただき》を口に含み、舌で転がした。時には強く吸い、時には軽く歯を立てる。空いた片手はもう片方の胸を探っていて、頂《いただき》を指で丁寧に捏《こ》ねられ思わず声を漏らしてしまう。

アイル様の舌が乳輪をちろちろと舐めた後、ゆっくり離れて行くのを、私は名残《なごり》惜しい気持ちで見つめた。

彼は私と視線を合わせると、その肉食獣の瞳を細めて妖艶《ようえん》に微笑む。

「ルミナ。今からルミナには、して欲しいことをぜんぶ口にしてもらうから。それが私の『お仕置き』だよ？　口にできなかったら、お預けです」

アイル様の言葉に私は思わず目を瞠《みは》った。触っていただく気持ち良さでふわふわしていた意識がはっきりとする。

触って欲しいところを、ぜんぶ口に？

「そ、それは恥ずかしいです、アイル様！」

「ルミナもさっき私に恥ずかしいことをしたでしょう？」

にっこりと笑顔で言われ、私は言葉に詰まる。

確かに私はアイル様のお腹に人前で顔を埋《うず》めてもふもふしてしまった。

だけどあれはアイル様の魅力的なお腹がいけないと思うの！

……ん？　でもそれって——

屋敷に居た頃にいきなり胸を触ってきたフットマンを思い出す。

彼は私の胸を触りながらにやにやと不敵な笑みを浮かべて、「お嬢様の胸が魅力的なのがいけないんですよ」と荒い息を吐きながら言ったのだ。

口づけもされそうになって必死で躱《かわ》したけれど、アイル様に出会う前に彼に奪われなくてよかった……と今となっては心底思う。

気がついたメイド長が助けてくれるまで、なぜそんなことをされるのか理解できず、不躾《ぶしつけ》に胸を触られる嫌悪感に耐えられなくてたくさん泣いていたのを覚えている。

あれはとても……不快だった。

どうしよう、私、アイル様に同じことをしてしまったんだ。でも、して欲しいことをぜんぶ言葉で言うなんて……

どうしていいのかわからず救いを求めてアイル様を見ると、彼は白い肌をほんのりと赤く染めて穏やかに笑いながら私の頬を撫でる。

「ふふ。ルミナのおねだり、楽しみだな」

そんなことを彼が言うから、私は涙目になってしまった。

アイル様の唇が近づいてきて、優しく耳朶《じだ》を食《は》む。それだけで私の体ははしたなく震えてしまう。

彼はゆるゆると私の薄いお腹を手の平で撫でたり、胸を優しく揉んだり、下腹部の割れ目に指を這わせたりするけれど……強い刺激はなにもくれない。

アイル様に快楽を教え込まれた体は欲しがって、でも与えられないことにもどかしさばかりが募《つの》る。

割れ目を触るアイル様の指を太腿で挟んで刺激をおねだりするけれど、彼は笑いながら指を引き抜いてしまった。

物欲しそうにアイル様の指を目で追うと、彼は私の蜜で濡れた指を美味《おい》しそうにぺろりと舐めた。

その光景にまた体の熱が高まる。

「……アイル様、いじわるしないで」

刺激が欲しくて涙がこみ上げて頬を流れていく。その涙はアイル様の唇にそっと吸われて、そのまま頬に口づけされた。

キスも、もっと激しいのをして欲しいのに。

アイル様にして欲しいことが多すぎて、なにをねだればいいのかわからなくて、頭が混乱でいっぱいになる。

彼は優しく微笑むとまた柔らかい愛撫を繰り返した。

「ルミナ。ちゃんとどこを触って欲しいか言って？　どこと、どこをどうして欲しいの？」

「アイル様。きもちよく、なりたいんですっ。さわって、さわってアイル様っ」

「ルミナ、どこを？　ちゃんとぜんぶ言って？」

以前も『おねだり』をお願いされた時はあったけれど、その時はこんなに焦《じ》らされはしなかった。

切なくなって涙がさらに零《こぼ》れて、私は嗚咽《おえつ》を上げながら泣いてしまった。

もっと触って欲しいし、気持ち良くして欲しい。だけどどう口にしていいのかわからない。

今までされた『お仕置き』の中で一番辛い。

ああ、でもちゃんとしなきゃ。アイル様に嫌われてしまうかもしれない。

「アイル様……助けて。いやなの、いじわるしないでっ」

「ルミナ、泣かないで？　ごめんね、意地悪しすぎたね」

「ごめんなさい。私、きちんとおねだりもできない、だめなつがいなのっ。捨てないでアイル様……アイル様に捨てられたくないの」

「す、捨てないよ!?　どうして私がルミナを捨てるの！」

声を上げて泣いているとアイル様の焦ったような声がして、唇が額《ひたい》に降ってくる。

そして抱きしめられ唇を重ねられたので、アイル様の唇を舐めてねだると、与えられた激しいキスに夢中になった。

舌をアイル様の舌で嬲《なぶ》られ、口の奥の方まで舐め上げられるのが気持ち良くて、やっと満たされた気がして。

その嬉しさにまたぽろりと涙が零《こぼ》れた。

「ルミナごめんね、ちゃんと気持ち良くするから泣かないで？」

「あいるさま、もっとさわって欲しいの。胸のてっぺんも、足の間も、私の気持ちいいところ、さわってもらって。あいるさまのでお尻をこすられてきもちよくなりたいの……」

アイル様が欲しい、アイル様だけにもっと、して欲しい。

そんな思いを込めてアイル様の唇に何回も口づけを繰り返していると、言葉が自然に溢《あふ》れてしまう。

するとアイル様は綺麗な顔を真っ赤にして「不意打ちはずるいよ、ルミナ……」とつぶやいた。

「ルミナに意地悪なんてしちゃダメだね。こちらの心臓が持たなくなってしまう」

切羽詰《せっぱつ》まったようにそう言って、アイル様は優しく私を抱きしめる。

アイル様の舌が優しく私の体を這う。首筋に痕を残しながら口づけられ、胸の頂《いただき》を吸われ、気持ち良さをもらえるのだという歓喜に体中が震えた。

「ひゃっ！」

アイル様に、にゅるりとお臍《へそ》を舐められて思わず小さく声が漏れる。

耳聡《みみざと》くその声を拾ったアイル様は、嬉しそうに窪《くぼ》みの中ににゅるにゅると舌を差し入れてきた。

彼の舌にお臍《へそ》を刺激されるたびに下腹部に痺《しび》れるような甘さが走り、むず痒《がゆ》い刺激に体を捩《よじ》ってしまう。

「ルミナはお臍《へそ》も感じちゃうの？」

「あいるさまっ……おへそきもちいいですっ。で、でもっ」

アイル様のふわふわのお耳を触りながらもじもじとしていると、彼はふっと笑って私の下腹部の割れ目に指を這わせ軽く花芽を押した。

「ひゃぁんっ」

「ここが一番好き？」

その刺激だけで、高められていた私の体は激しく感じてしまい、体を震わせながら支えを求めて手を伸ばす。するとアイル様が空いた片手で優しくそれを握ってくれる。安心感で胸がぽかぽかと温かくなり、私は笑みを浮かべた。

押し当てられた彼の唇を舐めると、舌で舌を優しく絡められる。くちゅくちゅと音を立てて激しいキスをされながら、花芽を刺激される気持ち良さを夢中で貪《むさぼ》った。

「あいるさま……きもちいいのっ、あいるさまっ」

「ルミナ、可愛い……」

アイル様は微笑みながら私の蜜壺にくちゅり、と指を一本差し入れた。

はしたなくたっぷりと蜜を垂らしていた私の蜜壺は、少し抵抗をしつつもアイル様の指を受け入れて、嬉しそうにうねる。

舌は入れられたことはあるけれど、こんな硬いものも入っていくんだ。

指をぐりゅぐりゅと中で動かされると異物感がして、眉を顰《ひそ》める。すると、アイル様が心配そうな顔になり指を引き抜こうとしたので、私は首を振って押しとどめた。

「ルミナ、苦しそうだから……」

「……アイル様、最後まで、教えて？」

子作りは痛いこともあると彼は言っていたのに、私は痛いことなんてまだされていない。

それは辛いことなのかもしれないけれど、アイル様とだったら平気だと思うから、ちゃんと最後までして欲しい。

「こんな馬車の中で君のはじめてを奪うのは……その国に帰ってからにしたいかな？」

「アイル様にならどこでなにを奪われてもいいのに」

「ルミナッ！」

アイル様のお耳がピンッ！　と跳ねて、彼はなにかに葛藤《かっとう》するような顔をする。けれどふるふると頭を横に振ってからオレンジ色の瞳に切なそうな色をたたえて、ちゅぷりと蜜壺から指を抜いた。

「ダメ、まだダメ。セリーネも外に居るし。私は二人きりの時にちゃんと……ゆっくり君の大事なはじめてを奪いたい。だから、ダメ」

「ダメ」と口にしながらアイル様がまた頭を振る。銀色のもふもふしたお耳が可愛く揺れるのが愛おしく思えて、私は顔を近づけてそれを食《は》んでしまう。

するとアイル様はびっくりした顔でこちらを見た。

「アイル様のお耳、もふもふして可愛い……」

「ルミナ。ああもう……っ」

アイル様は我慢できないという様子でトラウザーズを寛《くつろ》げると、私の足を両手で開いた。

くちゅりと音を立てて蜜壺から蜜が零《こぼ》れ、おねだりをするように後孔まで垂れて馬車の椅子を濡らしてしまう。

アイル様が私の割れ目をうっとりと見て、そっと指を這わせる。彼の視線を感じながら、こんな恥ずかしいところを見られてもいいのはアイル様だけ、と改めてそう思った。

「お風呂の時のように君のここで私のを擦《こす》らせて？　ルミナで、気持ち良くさせて？」

「もちろんです。アイル様……おねがい、します」

「ルミナ、怖がらせたくないから……目を瞑《つぶ》っててね」

アイル様は恥ずかしそうに言うけれど、私はアイル様のをちゃんと見たい。

だってアイル様の、一部なんでしょう？

「アイル様の見たいです。アイル様のなら……怖くないと思うので」

「この子はもう！　可愛いことばかり言って私を困らせるのだから」

そう言って真っ赤な顔をしながらアイル様が取り出したのは。彼の美しく繊細な顔に見合わない、凶暴なものだった。

……お風呂場でもチラリと見たけれど、改めて見るととても大きくて、少し怖い形をしている。

思わずまじまじと眺めると、恥ずかしそうなアイル様に手で目隠しされた。

「ダメ、そんなに見つめないで。ルミナが怖くなって逃げたりしたら悲しいから」

「そんなっ……あっ」

くちゅり、と音がしてアイル様のものが私の割れ目をなぞる気配がした。生々しい水音が鮮明に聞こえてしまい羞恥《しゅうち》で顔が熱くなる。

彼のあの逞《たくま》しいものが触れているんだ……そう思うとまた蜜壺から蜜が零《こぼ》れ、彼のものに掬《すく》い取られて卑猥《ひわい》な音を立てる。

アイル様は片手で私を目隠ししたまま、片手で私の足をまとめ上げて腰を動かしはじめた。

ぐちゅぐちゅと猥雑《わいざつ》な音を立てながら、生々しい感触が私の割れ目を擦《こす》り上げる。そのたびに気持ち良さがこみ上げてはしたない声を漏らしてしまった。

「あいるさまっ！　あいるさま……っ、やぁん、あっ、きもちいいのっ」

「ルミナっ！」

「あいるさまっ……お顔、お顔、みながらがいいっ」

私がそうせがむとアイル様が目隠しを止めて、そのお顔を見せてくれた。

頬が紅潮し目が潤《うる》んで凄絶《せいぜつ》な色気を放っているアイル様を見ているだけで、お腹の奥がきゅんとしてしまう。

貪《むさぼ》るようなキスをされながら熱いものでぐちゅぐちゅと蜜壺を往復され、頭の芯が甘く蕩《とろ》けていき……

「あいるさまっ……あいるさま！」

私がビクビクと体を震わせ弓なりに反らしたのと同時に、アイル様も低く呻《うめ》いて私のお腹に白い液体を放った。

「ルミナ、大丈夫？　体は辛くない？」

水筒に入った水でハンカチを湿らせて私の体を拭きながら、アイル様が気遣うような表情で訊《たず》ねてくる。

最初はお仕置きだったはずなのに、アイル様はやっぱり優しかった。

「アイル様、不快なことをして、ごめんなさい。自分が人にされて嫌だったこと、忘れてました。もうお腹に顔を擦《こす》りつけるなんてしません」

もう無理にアイル様のお腹に顔を埋《うず》めるのは止めよう。人が嫌がることをしてはいけないのだ。……気持ちいいんだけどなぁ、アイル様のふわふわのお腹……いや、ダメよ、そんなことを考えては。

私も、実家のフットマンに胸を揉まれてとても嫌な気持ちになってしまったもの。

アイル様は私の言葉を聞いて、一気に表情を険しくした。

「ルミナ。あの屋敷で、誰かにその……なにかをされたの？」

恐る恐るといった口調でアイル様に訊《き》かれ、私は一瞬躊躇《ちゅうちょ》したけれど、実家のフットマンに胸を触られてとても怖かったことを話した。

されたことの意味はわからなかったのに、恥ずかしくて、忌《い》まわしくて、人には話したくなかった思い出だ。けれど、アイル様には秘密を作りたくなかった。

「私、アイル様に同じことしたんですよね？　自分がされて嫌だったのに……私、馬鹿でした」

自分が気持ちいいからって、人の意思を無視して無遠慮に体を触るなんてことはしちゃいけないのだ。

考えてみれば当たり前なのに。なんて馬鹿なことをしてしまったのだろう。

（……あれ？）

ふと、私は一つの可能性に気づいた。

あのフットマンは私と『気持ちいいこと』をしようとしたんじゃないかしら。

アイル様と肌を重ねるようになった今、ようやくあの行為の意味に気づいてしまった。

体中を虫に這われたかのような不快感が訪れ、体が小さく震えてしまう。

一歩間違ったらあの男に、取り返しのつかないことをされていたのかもしれない。

「ルミナ。そんなことをされたなんて……」

話を聞いた後、アイル様は大きな溜め息を吐いて頭を抱えると、なぜか無言になってしまった。

誰かに触られてしまった私では、アイル様はお嫌かしら。

そう思うと、胸の奥にじわりと悲しみと焦燥感が生まれ、泣きそうな気持ちになる。

「アイル様。誰かに触れられてしまった私は、お嫌ですか？　それとも、お腹に顔をすりすりしたこと怒ってます？」

訊《たず》ねる声が思わず震える。アイル様に厭《いと》われるのなら、されたことなんて言わなければよかった。

お腹にすりすりするのも、もっと我慢すればよかった。

泣くのを我慢しようと唇を噛んだのに、頭の奥がつんと痛くなって涙が零《こぼ》れてしまう。

アイル様はハッと顔を上げ、泣いている私を見て驚いた顔をした後、両手で優しく私の頬を包んでくれた。

……アイル様の手のひらは、とても温かい。

その体温を感じると安心して、また涙がはらはらと零《こぼ》れた。

「ルミナ、違うよ。その男が君にしたことと、君が私にしたことは全然違うからね。その、あれをされるとちょっと恥ずかしくて、意地悪したくなっただけなんだ。こっちこそごめん。それに過去になにがあっても私が君を厭《いと》うことはないからね。愛してるから泣かないで。お願いだから……」

とめどなく零《こぼ》れ落ちる涙をアイル様の唇が優しく拭《ぬぐ》う。その感触が心地よくて目を閉じると、唇を重ねられ、愛情を込めるように何度も啄《ついば》まれた。

「もっと早く、ルミナに出会えればよかった。そうすれば君が嫌な目に遭う前に……あの家から助け出せたのに。ごめんねルミナ。私は過去の君が受けた痛みに対して、とても無力だ」

アイル様はそう言いながら、壊れ物を扱うように柔らかな力で私の体を抱きしめた。

……アイル様はなんて、優しくて温かい存在なんだろう。

今まで与えられたことのなかった愛情や優しさを惜しみなく注いでくれて、私の過去の傷まで、まるで自分のことのように悲しんでくれる。

「アイル……さま」

「ルミナ、大丈夫？　嫌なことを思い出させてしまったね」

「あいるさまぁっ……」

子供のように泣きじゃくりながら彼の胸に顔を擦《こす》りつけると、アイル様は優しく背中をさすりながら「大丈夫、もう私が居るから怖くないよ」と囁《ささや》いた。

「アイル様が、ぜんぶはじめてじゃなくて、ごめんなさいっ」

「大丈夫だよ、ルミナはなにも悪くないでしょう。その男がぜんぶ悪いんだから、ルミナは気にすることはなにもないんだよ？」

よしよしと頭を撫でられ、頬に優しく唇を落とされる。

そんな彼の温かさに安心感を覚えて、私はまた涙を零《こぼ》してしまった。

§　§　§

ルミナが、腕の中で小さな寝息を立てている。

彼女は行為の最中や後に、気絶したり寝てしまったりとすぐに意識を失ってしまう。

……今までまともな食事も与えられずに過ごしてきたルミナには、体力なんてなくて当然だ。はじめてであろう旅をしながら、慣れない男女の営《いとな》みをしてばかりだと体力が回復する暇もないだろう。

だから私が夫としてもっと気遣ってあげなければいけないのに……

謝意を込めて、ルミナの額《ひたい》に口づける。すると彼女は小さく身じろいだ。

彼女が醜《みにく》い家族たちと戦ってきた証《あかし》である小さな傷や痣《あざ》がある白い肢体。香水の類《たぐい》はなにもつけていないはずなのにその体から漂《ただよ》う馨《かぐわ》しい香り。愛らしい天使のような寝顔。

その豊かな胸は呼吸に合わせ、柔らかく上下し、彼女の命を感じさせてくれる。繊細な感触の金色の髪は、彼女が身じろぎするたびに腕の中でさらさらと動く。

腕に抱いて見つめているだけで、愛おしさに泣きたくなる、私の可愛い番《つがい》。

そのなによりも大事な私のルミナを……醜《みにく》い意志をもって蹂躙《じゅうりん》しようとした輩《やから》がいるなんて。

「……フェルズ。戻っているのだろう？」

「やっぱり、気づいてましたか。開けても大丈夫ですか？」

「少し待ってて」

ルミナが着ていた服は足元でぐちゃぐちゃになってしまっていたから、私は座席の後ろにある荷物置き場から新しいワンピースを取り出し、起こさないようにそろそろとルミナに着せた。

ルミナは「むぅ」と呻《うめ》いたけれど目は覚まさず、ほっと胸を撫で下ろす。

睡眠が深い子で本当によかった。それだけ疲れさせてしまっているという話かもしれないけれど。

再度私が呼びかけると、馬車の扉がガチャリと開いてフェルズが顔を出した。

「アイル様、戻りました。遅くなりまして申し訳ございません」

「いや、大変だったようだね。報告を聞こうか」

「はい」

フェルズからの報告を聞いて、私は思わず渋い顔をしてしまった。

「教会の地下に奴隷売買用の獣人たちが押し込められている？」

「かなりの数が隷属《れいぞく》の首輪で無力化された上で閉じ込められていました。本当にひどい話です」

そう言ってフェルズは眉尻を大きく下げた。

隷属《れいぞく》の首輪というのは魔力が込められた奴隷用の首輪で、これを着けると主人に逆らうことができなくなるという、碌《ろく》でもない代物《しろもの》だ。

なんてひどいことをするんだろうね。そもそも奴隷売買はこの国では禁止されているだろうに。

つまり教会は、正義のためという大義名分を掲げ捕縛した獣人たちを、秘密裏《ひみつり》に奴隷売買して私腹を肥やしているわけだ。そんな所業をしておいて神の代行者を名乗っているのだから、厚顔無恥にもほどがある。いや、彼らの神自身が恥を知らない不逞《ふてい》の輩《やから》だからそうなるのかな？

「奴隷売買の証拠は押さえましたので、夜に囚われている者たちを逃がしてシェールブルン領の教会は燃やしちゃおうかと思ってます。なので僕とレオンは今晩不在となりますがよろしいでしょうか？　セリーネは、護衛用に置いていきますね」

「ああ、塵《ちり》一つ残さず燃やしてしまって。不快にもほどがある。私も出向きたいところだけど……」

言いながら、ルミナに目を落とす。こんな物騒な土地ではセリーネがいるとはいえ……ルミナから離れたくない。

それに移動手段がね。フェルズは獣化すればサイズがかなり小さいので、荷物のような扱いでセリーネやレオンに転移魔法で運んでもらうことができる。だけど大きな狼の私はそうもいかない。

「大丈夫です、アイル様。僕とレオンで十分ですから。ルミナ様のお側にいてください」

フェルズはそう言ってにこり、と一見無邪気に見える顔で笑った。

……フェルズの外面《そとづら》は、すごいよね。私も人のことは言えないけど。

「ああ、そうだ。フェルズ、今度セリーネを私用で借りてもいいかな？」

「私用でございますか？　あの子はああ見えて粗忽者《そこつもの》ですので、アイル様のお眼鏡に適《かな》うことができるでしょうか」

フェルズは長い耳を揺らしながら不安そうな顔をする。うん、セリーネが少し粗忽《そこつ》なのは私も知ってるよ。

「……お願いしたいのは、セリーネ『得意分野』だから」

「ああ、さようでございますか。でしたらセリーネに任せるのが一番です」

フェルズはふむふむ、と頷きながら太鼓判を押す。

セリーネの最も得意とする分野は——捕縛と拉致だ。

転移魔法でどこにでも現れ、消音魔法で音もなく忍び寄り、目標を捕縛し攫《さら》ってしまう。

マシェット家の面々は仮にも他国の身分がある者たちだから、外堀から埋めて始末するつもりだけれど……

平民のフットマン一人が消えても、誰も騒がないだろう。

男を拉致した後は喉を潰して、ちょっとした特殊性癖を持っている貴族に引き渡すところまでセリーネにお願いしよう。

女の子であるセリーネにそんな役目をさせるのは少し可哀想だけれど、レオンに頼むと仕事が荒いから、捕縛の時点で殺害することになりかねないんだよね。

ルミナを弄《もてあそ》ぼうとした罰に、自分が弄《もてあそ》ばれる辛さを知るといいよ。

その貴族が飽きるまで頑張れたら、生きて帰れるかもしれないしね？　五体満足は難しいかもしれないけれど。

……ルミナには私のこんな汚いところは、欠片《かけら》も見せたくないなぁ。

優しいところ、綺麗なところだけを見せて、大切にしたい。

彼女は今まで汚いものばかりを見せられて生きてきたから……これ以上は見る必要なんてない。

「ルミナ様にそんなことをする不届き者がいたとは。……本当に、許し難《がた》いですね」

フェルズの口から低いドスのきいた声が漏れる。

十代前半としか思えない見た目の彼がそんな声を出すと、違和感でなんだかソワソワとする。

……本当は、いくつなんだろうね、彼は。

彼の素性は本当によくわからない。気がついたら父の代からアストリー公爵家に仕え、息をするように我が家の護衛や闇の業務をこなすようになっていた。

さる高名な暗殺一家の生き残りだとか、そんな曰《いわ》くがくっついていればまだ納得がいくのだけれど……

「フェルズ。君は何者なんだい？」

私が物心ついてから何百回訊《き》いたかわからない問いをフェルズに投げる。

「……僕は可愛い、うさぎさんですよ？」

無邪気な満面の笑みのフェルズからはいつもの答えが返ってきた。

……これに恋ができるセリーネは、すごいと思うよ、私は。

☆　☆　☆

休憩を終えた私たちは、夜の帳《とばり》が下りる頃までひたすら馬車を走らせた。

……といっても私はほとんど、アイル様のお膝の上に抱かれてウトウトしていただけなんだけど。

はじめての旅、そしてアイル様との気持ちいいこと。

そのどちらにも私の貧弱な体と平均以下の体力ではついていけなくて、申し訳ない気持ちでいっぱいになる。

また落ちそうになる意識を繋《つな》ぎ止めてアイル様に謝ると、彼は済まなそうに微笑んで、

「ルミナはか弱い人間で私は獣人だ。獣人のペースに付き合わせてしまっているんだから、ルミナが疲れてしまうのは当然なんだよ。私こそ、気遣いができない夫でごめんね」

と言いながら、そっと抱きしめてくれた。

アイル様はどうしてこんなに優しくて温かいのだろう。

……アイル様を知れば知るほど、孤独だった頃の自分に戻るのが怖くなる。

あの頃は人の温《ぬく》もりなんて知らなかった。だから一人でも、毎日が辛くても、平気だと思っていた。

だけどアイル様を知った今は――あの頃に戻るのが怖い。

アイル様がもしもいなくなってしまったら、私は一人でいることに耐えられるんだろうか。

そう考えると恐ろしくなって、アイル様の胸に無意識に縋《すが》りついてしまった。

「ルミナ、どうしたの？」

アイル様は問いかけながら、私の額《ひたい》にふわりと形のいい唇を落とした。

「なんでもないです、アイル様」

「ルミナ。そんな不安そうな顔でなんでもない、は通じないよ？」

立て続けに頬へ唇を落とし、大きな手で私の頬を包み込んでから、アイル様は私と目を合わせた。

その美しいオレンジ色の瞳に見つめられると頬が熱くなり、なんだか落ち着かない気持ちになる。

「……アイル様があまりにも優しくて温かいので、昔の自分には戻れないなって考えてました。また一人になったら、私、寂しくて耐えられないかもしれないです」

私の言葉を聞いたアイル様は、ほっとしたように息を漏らした。

そして心底嬉しそうに破顔する。

――私は本気で不安なのに、どうしてアイル様は嬉しそうなのかしら？

「ルミナ、一人になんてしないよ。私たちはこれからずっと一緒だからね。それにしても嬉しいなぁ、ルミナは私と離れることがそんなに不安になるほど嫌なんだね？」

アイル様があまりにも嬉しそうにぎゅうぎゅうと私を抱きしめるものだから、私は両手を伸ばし銀色の被毛《ひもう》に覆われたお耳をきゅっと握って頬を膨らませた。

手の中でアイル様のお耳がびっくりしたようにピクピクと動いて、その感触がちょっとくすぐったい。

「本気で、不安なんですよ？」

「ごめんね、ルミナ！」

謝りつつも、彼のお顔はニコニコとゆるみっぱなしだ。

怒った顔をしてみせてもアイル様が幸せそうに、ふにゃりと微笑み返すから――

「……もう」

あまりにも嬉しそうなその様子に、一気に毒気を抜かれてしまった。

「どうして、そんなに嬉しそうなんですか？」

「だって離れるのが嫌なくらい、ルミナが私と一緒にいたいと思ってくれてるってことだから。ルミナが獣人の私をそんなに求めてくれるなんて、私にとっては奇跡のようなことなんだよ」

……私にとってもアイル様の存在は奇跡なのだから、そこはお互い様だと思うの。

「大丈夫。嫌と言ってもルミナを一人になんてしないから」

アイル様はそう言って、私の唇をキスで塞《ふさ》いだ。


──また私の意識は落ちていたらしい。小声で誰かが話をする気配で目が覚めた。

馬車の中にはいつの間にか人の気配が増えている……まだ上手く開かない目を向けると、転移魔法でこちらへ来たらしいセリーネさんの姿が見えた。

セリーネさんがアイル様になにかを耳打ちし、アイル様はそれに少しだけ渋い顔をして頷く。

きっと、良くない知らせなんだ。

私がアイル様の腕の中でぬくぬくとしている間にも、フェルズさんとセリーネさん、レオンさんは私たちを守っていてくれているんだろう。

……どうして、私はなにもできないんだろう。

彼らは私の目覚めに気づき、こちらへと視線を向けた。

「ルミナ、起こしてしまった？」

「ルミナ様。申し訳ありません、お休みのところを……」

アイル様が笑い、セリーネさんが相変わらずの無表情だけれど気遣いの言葉をかけてくれる。

……私もいつか、この人たちになにかを返したい。

アイル様の国に着いたら、自分ができることをちゃんと探そう。

「なにかあったんですか？」

「なんでもないよ、ルミナ」

そう言ってアイル様はにこりと笑い、私の頭を優しく撫でた。

……絶対になにかあったわ。

「なんでもない、は通じませんよ？」

先ほどアイル様に言われた言葉をそのまま返すと、アイル様は目を丸くした。

「アストリー卿。ルミナ様にもお話しした方がいいのでは？」

セリーネさんがアイル様に促《うなが》すと、彼はため息をついて仕方なさそうに口を開いた。

「今晩の宿泊先の商人……マリウスの屋敷にもう少しで着くのだけどね。反獣人派勢力がシェールブルン領で増加している今、彼が現在も中立派なのか確証が持てない状態なんだ。もしも彼が反獣人派に鞍替《くらが》えしていたら、今晩の宿は安全な場所じゃない。レオンが探ってくれてはいるのだけど、そろそろ時間切れだね」

「いっそテントを張って野宿をされては？　私が一晩中お守りしますので」

セリーネさんが真剣な面持《おもも》ちでアイル様に提案する。

「マリウスが中立派のままの場合は、安全な宿をわざわざ放棄することになる。彼が反獣人派に鞍《くら》替《が》えしていても野宿の場合でも、襲撃されるリスクはそれほど変わらない。ならば予定通り彼の屋敷に泊まる方がいい気はするね」

「そうですね……ならば食事は私がご用意いたしますので、屋敷で出されるものはお断りしましょう」

アイル様とセリーネさんとの間で話し合いが進んでいく。

それを私は、緊張で汗ばんだ手をぎゅっと握りしめながら聞いていた。

## 第四章

馬車が本日宿泊する商人マリウスの屋敷へたどり着いたのは、もう夜も遅い時間だった。闇の中、貴族の屋敷と見紛《みまが》うようなその豪奢《ごうしゃ》な姿が月光に照らし出されていた。

(商人さんのお家なのに、マシェット子爵家よりもずっと立派ね)

外観から部屋数が多いとわかる白壁の屋敷を馬車の小窓から眺めながら私はそんなことを考える。

この屋敷の主人は、どんな方なのだろう。中立派のままであればいいのだけれど。

先ほどのアイル様とセリーネさんの話を思い出し、少し怖くなって体を震わせると、アイル様が優しく手を握って微笑んでくれた。

その微笑みを見ているだけで恐怖心が少しずつ溶けていくので、アイル様は本当にすごいと思う。

フェルズさんは私たちを門の前で降ろしてから、屋敷から少し離れたところに馬車を移動させると、セリーネさんに声をかけた。

「セリーネ、ちょっとお願いがあるんですが」

「お呼びですか、フェルズ様」

セリーネさんは僅《わず》かに見て取れる程度に頬を染めて、フェルズさんのもとへ静かに歩みを進めた。

「妙な輩《やから》に馬車が壊されでもしたら困るから、バッグにしまってくれますか？」

フェルズさんの言葉にセリーネさんはこくりと頷いて、なにもない空間から取り出した例のバッグの中に……しゅるりと一瞬で馬車を収納した。

えっ、今どうやったの⁉

その早業《はやわざ》に驚き、私は思わず瞬《まばた》きをして目を擦《こす》った。

馬車があった場所を何度見てもそこには影も形もなく、馬車自体が幻だったような気持ちになってくる。

「ええと、残りアイテム枠があと百くらい……そろそろ中身を整理しないといけませんね」

そうつぶやきながらセリーネさんがバッグの中身を確認しているけれど、まだたくさん収納できるってことかしら？　セリーネさんはいろいろできて本当にすごい。無事に獣人の国に着いたら、私の魔法の先生になってもらえないかお願いしてみよう。

そんなことを考えていて、私はふと気づいた。

「収納された馬、大丈夫なんですかね」

「バッグが『アイテム』だと認識すればしまえるとセリーネは言ってたから。大丈夫なんじゃないかなぁ」

のほほんとした口調でアイル様が答えてくれる。セリーネさんの能力は、本当に謎だ。なにはともあれ、これで私たちの大事な移動手段が壊される心配はなくなったわけだ。

「アイル様、僕はちょっとレオンとお散歩してきますね。セリーネはご自由にお使いください」

フェルズさんはアイル様にそう言うと、ぴょこんと可愛いお耳を揺らしながら頭を下げた。

「お散歩、ですか？」

「……教会に用事が」

私が訊《たず》ねると、フェルズさんは少しだけ気まずそうな笑みを浮かべた。

「危険なことをするのですね。どうぞご無事で」

小さな手を握り、その綺麗な茶色の目を見つめながら心からの祈りを込める。

するとフェルズさんは一瞬呆気に取られた顔をした後、少し頬を染めて照れたように表情を崩した。

「ありがとうございます、ルミナ様。ちゃんと戻りますのでご安心くださいね」

フェルズさんは無邪気ににこりと笑ってそう答えると、手をそっと離し、夜の闇の中に消えて行く。

そんなフェルズさんの背中を、私は見えなくなるまで見送った。

「さぁルミナ、行こうか。私たちにとって安全な家主であることを祈ろう。まぁ、なにがあっても、私が君を守るけどね」

アイル様は快活に言って、私の体を力強い腕で軽々と抱き上げた。

抗議しても下ろしてもらえないのは経験から知っているし、私もアイル様に抱っこされるのは嫌いじゃない。いや、正直好きなので、大人しくアイル様の首に腕を回した。

豪奢《ごうしゃ》な門を通って屋敷の玄関に着くと、私たちの来訪を察知していたらしい使用人――執事なのだろう、白髪《はくはつ》の老紳士が扉を開けて出迎えてくれた。

「アストリー卿、お待ちしておりました」

「出迎えありがとう。今晩は世話になるよ」

老紳士はアイル様に一礼し、次に私に視線を向けると少し怪訝《けげん》そうな表情をした。それもそうよね。予定にない来客の上に、小さな子供でもないのにアイル様に抱きかかえられているんだから。

「彼女は私の番《つがい》のルミナだ。従者も一人連れているが問題ないかな？」

「ああ、さようで。では番《つがい》様と従者の方のお部屋もご用意しましょう」

「いや、ルミナと私の部屋は一つでいい。夫婦になったばかりの蜜月期なのでね」

アイル様が言うと、老紳士は納得したように「さようでさようで」とつぶやいて頷いた。

夫婦……

アイル様は安全のため私を側に置くべくそう言ったのだろうけど、そんな言い方をされるとなんだか照れてしまう。

私たちは老紳士に案内され、敵かどうかわからないこの屋敷の主人のもとへと向かった。

臙脂色《えんじいろ》の絨毯《じゅうたん》が敷かれた長い廊下を老紳士――ヨハンさんというらしい――に先導され、アイル様に抱えられて進んでいく。

もちろん、私たちから少し離れてセリーネさんもついてきている。彼女はさりげなく屋敷の隅々に目を走らせ、警戒しているようだった。

マリウスさんの屋敷の廊下には貴族の屋敷と見紛《みまが》うばかりの豪奢《ごうしゃ》な装飾が施《ほどこ》されており、壁にはいかにも名画という雰囲気の絵画が何点もかけられていた。

私がそれをチラチラと見ていることに気づくと、アイル様は微笑みながら絵画の前で立ち止まり、じっくりとそれを見せてくれる。

「アイル様、後でゆっくり見ましょう！」

「……ルミナはそれでいいの？」

案内をしてくれるヨハンさんの足が止まるのが申し訳なくてそう言うと、アイル様は少し残念そうな顔をした。そんな私たちをヨハンさんは微笑ましいと言わんばかりの表情で見つめている。

「アストリー卿は番《つがい》様を大事にされているのですね」

彼はそう言って人好きのする柔和な笑みを浮かべた。

「そう、ルミナはとても素敵で大事な番《つがい》なんだ。万が一彼女を傷つけるような不届き者がいたら……私はなにをしてしまうかわからないね」

アイル様は愛おしいと言わんばかりの表情で私に頬ずりをした後、ヨハンさんに鋭い視線を向けた。彼はアイル様の視線を受けても少しも怯《ひる》まず、軽く肩をすくめただけだった。

「狼の愛情深さはちゃんと存じておりますよ。滞在中の番様《つがいさま》の安全にはきちんと気を配りますので、ご安心くださいませ」

「――ありがとう。しっかりと頼むね」

アイル様はそう言うと、誰もが見惚れるような美しい笑みを浮かべた。

一見すると和《なご》やかな会話風景だけれど……その裏にあるのは腹の探り合いだ。世間知らずの私でもそれくらいは理解できる。二人の会話を聞いていると、胃がキュッと縮まったような気がした。

どこまでも続くかと思われた長い廊下にも終わりが見え、大きくて重厚な木の扉に行き当たった。

この先に、この屋敷の主人であるマリウスさんがいるのだろう。

「マリウス様。アイル様とその番様《つがいさま》をお連れしました」

ヨハンさんがその扉をおもむろにノックする。

「ヨハン、入りたまえ」

扉の向こうから私が想像していたよりも若く、そして尊大な口調の声が響いた。

ヨハンさんがゆっくりと扉を開く。

――扉の向こうにはどんな人がいるのだろう。

緊張して思わずアイル様の服をぎゅっと掴《つか》むと、彼は私を安心させるようにそっと額《ひたい》に口づけた。

扉の向こうに広がっていたのは広い応接室だった。見るからに高そうな家具、壁にかけられた数々の絵画、美しく配置された動物のはく製と調度品。そんな室内を私は落ち着かない気持ちでキョロキョロと見回してしまう。

この屋敷の装飾は生家であるマシェット家のように品がないわけではなく、けれどヴィクトリア様の屋敷よりも主張が激しく華美だ。

……これは『趣味を見せている』というよりも、『富を見せつけている』という雰囲気ね。商人らしいといえばそうなのかもしれない。

「やぁ、アストリー卿。はじめまして、僕が屋敷の主人のマリウスだ。我が家を宿に選んでいただけて本当に光栄だよ」

革張りのローバックソファーにゆったりと腰を掛けた、一人の男性が挨拶《あいさつ》をしてくる。

——彼が、マリウスさんなのだろう。

腰まである豪奢《ごうしゃ》な金髪に、切れ長の美しい緑色の目。その整った顔立ちは柔和な笑みを浮かべているのに、なぜか酷薄な印象を受ける。痩身《そうしん》に上品なグレーのベストとストライプが入った黒のトラウザーズを着け、優雅に微笑む彼は、商人というよりも貴族という風情だ。

「はじめまして、マリウス殿。今晩は世話になる」

ふわりと微笑み優雅に挨拶《あいさつ》をするアイル様にマリウスさんは目を向け……次に私を見つめた。値踏みするようなその視線になんだか落ち着かない気持ちになってしまう。

「アストリー卿。その美しい女性は？」

「私の番《つがい》だよ、マリウス殿。あまり見ないでくれないか？」

「いや、すまないね。……まるで天から下りてきた妖精のようだったから」

そう言ってマリウスさんは端整な美貌に笑みを浮かべた。

――私が美しいだなんて冗談かなにかなのだろうか。とにかくアイル様に恥をかかせないように私もご挨拶《あいさつ》をしなければ。

「ルミナと申しま……んっ！」

挨拶《あいさつ》の言葉を紡《つむ》ごうとした唇はアイル様によって塞《ふさ》がれてしまう。ど、どうして⁉

アイル様の舌が唇を割り、口中を丁寧に舐めとっていく。いつものその深い口づけに私の理性は蕩《とろ》けそうになるけれど、ここは人前なのだ。必死にこらえアイル様の体を押し返すと、オレンジ色の瞳を細め残念そうな顔をされてしまった。

「アイル様！　どうして口づけをっ！」

「他の男と話すなんてダメ。私がぜーんぶお話しするから、ルミナは可愛いお口を閉じていてね」

そう言いながら、アイル様は唇に軽いキスを数度落とす。も、もう！

「――見せつけてくれるね。狼は独占欲が強いと聞くけれど、本当のようだな」

マリウスさんはそんな私たちを眺めながら苦笑いをして言う。

「これから一緒に食事でもいかがかな、アストリー卿」

「それには及ばないよ。もう食べてきたんだ」

アイル様は、にこりと温和な表情で答える。

……実は食べていないのだけど。でもセリーネさんがお部屋で出してくれるそうなので、それまでの我慢だ。ぎゅるりと音を立てそうなお腹を必死で押さえながら私は平気なフリをする。そんな私の様子に気づいたのか、アイル様は微笑みながら小さな音を立てて額《ひたい》に口づけをした。

「そう。それは残念だね。じゃあ部屋へお通ししようか。ヨハン、頼むよ」

「はい、マリウス様」

マリウスさんは特に食い下がることもなく、ヨハンさんに部屋への案内を申しつける。

……食べ物に毒を盛ったりするつもりは、少なくともなかったのかしら。私はほっと胸を撫で下ろした。

「近頃この辺りは獣人の方々にとっては物騒だ。さぞかしお疲れになっただろうから……ゆっくりと休んでくれ」

そう言ってマリウスさんはその美しいかんばせに笑みを浮かべながら、私たちを見送った。

長い廊下を引き返し、玄関を入った正面にある階段を上り、広い屋敷の二階へと上がる。

ヨハンさんは私たちを二階の奥まったところにある一室へ案内してくれた。

扉を開くと、そこはとても広い寝室だった。モスグリーンの絨毯《じゅうたん》、重い色で統一された家具、天《てん》蓋《がい》のある大きなベッド、白いドレープがかかったカーテン――

全体的に上品な印象でまとめられているその素敵なお部屋に、私は感嘆の息を漏らしてしまう。

ヴィクトリア様のお屋敷もそうだったけれど、こんなお部屋で過ごせるなんて未だに夢を見ているようだ。

「そちらの従者の方――」

「セリーネと申します」

「セリーネさん。浴室などの設備のご案内をいたしますので、少々お時間をいただいても？」

「……少しの間でしたら」

ヨハンさんはセリーネさんを連れて、屋敷の設備の説明に行ってしまった。ああ、ご飯が……

アイル様は部屋の床に私を下ろすと、すん、と鼻を鳴らして部屋の匂いを嗅《か》いだ。

「誰かが潜《ひそ》んでいる気配はなさそうだね」

そう言いながら次はベッドのサイドテーブルに置いてある水差しの水を嗅《か》ぐ。

「……毒も、入ってない。でも狼の嗅覚《きゅうかく》をごまかせるような毒が入っている可能性は否めないからなぁ。これは飲んじゃダメだよ、ルミナ」

「わかりました、アイル様」

毒、という響きに背筋が震えてしまう。そっか……食事だけじゃなくて、こういうものにも入れてしまえるんだ。なにごともなく過ごせるといいのだけど。

それに、フェルズさんとレオンさんもとても心配だ。皆様、無事でいて欲しい。

不安になってぎゅっとアイル様の服の裾を握ると、オレンジ色の瞳を細めて頭を撫でられる。その心地よさに思わずうっとりと目を閉じた私の瞼《まぶた》に、彼は優しくキスをしてくれた。

「せっかくいい部屋なのに、ルミナと気を抜いてゆっくりできないのがもったいないね」

明るく冗談めかして言うと、アイル様はこちらに微笑んでみせた。私を不安にさせたくなくて、あえて明るく振る舞っているのだろう。その優しさに胸の奥がじんわりと温かくなる。

「そうですね、本当に素敵な部屋なのに」

命の危険がないという確証があるのなら、はしゃぎながら隅から隅まで見て回っただろう。

「……ベッドにも特に仕掛けはなさそうだね」

アイル様はベッドの隅から隅まで、触れたり嗅《か》いだりしながら危険を確認する。その様子を見ていると、失礼ながら『番犬』という言葉が脳裏をよぎった。

「今晩は私がずっと見張るから、ルミナは寝ていてね」

長い確認を終えるとポン、と敷布を叩いてアイル様は言った。

「アイル様が起きているのなら、私も起きていますよ？」

見張りを任せて一人でのんびり寝るなんて、そんなことはとてもできない。それ以前に緊張感のある今の状態で眠れるのかと訊《き》かれると……それも微妙である。命の危機に面しながら休息を取るなんて場面は、これまでの人生で無縁だったのだから。

「私は体力のある獣人だけれど、ルミナは人間だから。休める時に休んでもらえると嬉しいんだけどなぁ」

「ふふ。今晩くらいは頑張りますよ？　二人でお話でもしながら過ごしましょう」

「それはいいね！　なにを話そうか」

アイル様は嬉しそうに言いながら、ベッドからこちらに歩み寄って来る。

――その瞬間。

私とアイル様の間に、半透明の壁が生まれた。

「きゃっ！」

「ルミナ！」

突然のことに私とアイル様は目を見開く。出現した壁を叩いてみるけれど、びくともしない。これは魔法でできた壁なの!?

アイル様も拳《こぶし》を壁に打ち付けているけれど……それを破ることはできないようだった。

「くそっ、はめられたな」

アイル様は苦しそうな顔で吐き捨てるように言い、壁をまた叩く。

「じゃあこっちなら……」

次にアイル様は部屋の窓に鋭い蹴りを入れたけれど、窓にも魔法がかかっているようで、弾き返されるだけだった。

壁は天井と部屋の隅まで届いていて、私とアイル様を完全に分断している。アイル様が部屋の奥側、私が扉側……そうだ、セリーネさんに私が助けを求めに行けばいい。魔法に秀でている彼女ならば、きっとこの状況を打開してくれる。

「セリーネさんを呼んできます！」

「――それは、無理なんじゃないかなぁ。ヨハンに彼女は任せているから」

私が走り出す前に、扉がゆっくりと開く音がして、背後から楽しげな声が響く。

振り返ると、そこには穏やかな笑みを浮かべたマリウスさん――いや、マリウスと傭兵らしき見た目の十人ほどの男たちが立っていた。

彼の言葉を証明するように、なにかが爆発したような音が階下から響き、鼓膜を震わせる。一瞬間を置いて、続けざまに爆発音がまた一つ。セリーネさんは無事なの!?

「結界を張っているから屋敷は壊れないと思うのだけど、衝撃で商売物に傷がついていないといいね」

場違いなくらいのんびりとした口調で言うと、マリウスは私に微笑みかけた。

「……反獣人派に鞍替《くらが》えしたか、マリウス」

アイル様が牙を剥《む》き出し、マリウスを威嚇《いかく》する。その表情から伝わって来るのは──激しい怒りと、焦燥。

「獣人側に媚《こ》びても儲《もう》からないからね。反獣人側についた方が、いろいろと得なことがあるだろう？」

「それは、教会や貴族たちとの縁のことか？　それとも──奴隷売買のことか」

「ふふ、知ってたんだ。君たちは、人じゃないだろう。獣《けもの》を売り買いしてなにが悪いんだ」

そう言うと彼は背後から私の腰を捕らえ……自分の方へと引き寄せ、抱き込んだ。首筋に生温《なまぬる》い吐息がかかり、ぞわりと体中に悪寒が走る。

嫌だ、気持ち悪い。アイル様じゃない人に触れられるのがこんなに気持ち悪いなんて。

「ルミナに触れるな！」

部屋の空気を震わすアイル様の怒号が響いた。そして彼は狼に姿を変じ、透明な壁へ激しい体当たりを繰り返す。けれど、壁はびくともしない。

止めて、このままではアイル様が怪我をしてしまう！

涙が込み上げ、嗚咽《おえつ》が漏れる。アイル様の方へ向かおうとするけれど、マリウスの腕に容易《たやす》く止められてしまう。

「はは、無力だな、獣《けもの》というものは！　力で人に勝っていても、魔法を使われるとひとたまりもないんだからなぁ！」

マリウスはひとしきり哄笑《こうしょう》すると、私のおとがいにそっと手をかけた。

そして優美に微笑み、その唇を私のものに合わせた。

……衝撃で頭が真っ白になる。次に訪れたのは、込み上げるような不快感。私は彼を突き飛ばそうとその腕の中で激しく暴れた。

「嫌！　離して！　アイル様、アイル様！」

「暴れるんじゃない。一目見て、君は獣《けもの》にはもったいないと思ったんだ」

強く抱きしめられ、動きを封じられる。生温《なまぬる》い男の体と密着することに嫌悪感があるのに、脆弱《ぜいじゃく》な私は碌《ろく》な抵抗もできない。

「――犯してあげるね。獣《けもの》の前で」

マリウスのその言葉を聞いた瞬間、アイル様が咆哮《ほうこう》を上げ、さらに激しく壁に体を打ち付ける。どこかを怪我したのだろう。赤い飛沫《しぶき》が散り、美しい銀色の毛皮と魔法の障壁を汚した。そんなアイル様を見て、マリウスと傭兵たちは下卑《げび》た笑い声を上げた。

「アイル様！　無理はしないで！」

泣きながら伸ばそうとした手は、背後の男によってそっと掴《つか》まれる。

私を後ろから抱きしめたマリウスの手が、服の上から体を這う。それが気持ち悪くてたまらない。

いつもアイル様にされていること……恐らく彼はそれをやろうとしているのだ。

「ああ、なんて美しいんだ。まるで最高級のシルクのような感触の髪だね。肌も白く陶磁器《とうじき》そのものだ」

彼は感極まったかのようにそうつぶやくと私の髪に何度も口づけた。

おぞましい、気持ち悪い。だけどそれよりも——

目の前で必死に壁に体を打ち付けているアイル様を見ているのが辛い。

「アイル……さまっ」

どうして私はこんなに無力なんだろう。それが悲しくて、悔しくて、目から涙が零《こぼ》れ続ける。

壁の向こうのアイル様と、視線が絡む。彼は……そのオレンジ色の瞳を、安心させようとするかのように細めて私を見つめた。

「ルミナ、だっけ。そろそろあの醜《みにく》い獣《けもの》ではなく僕のことを見てくれないかな？」

「……醜《みにく》い？　アイル様は、醜《みにく》くなんかないわ！」

反論しつつ睨《にら》みつけると、なぜかマリウスは私の顔を見つめながらうっとりとした顔をする。

「ああ、こんなに美しい人間がこの世に存在したんだなぁ。獣《けもの》に先を越されてしまったのは悔しいが、一生僕の手元で飼ってあげようね」

私が美しいだなんて目が腐っているのだろうか。それに私を飼う？　この人は、なにを言っているの。

マリウスは私のドレスの背中のボタンを片手で器用に外し、それを引き下げた。肩が露出しコルセットに包まれた胸が零《こぼ》れそうになる。そのままドレスを脱がされる、と思いきや……彼の動きが止まる。私の肌を凝視しているようだった。

「……君は虐待でもされながら育ったの？　体にずいぶんと醜《みにく》い傷がついているんだね」

——醜《みにく》い。その言葉に、マシェット子爵家にいた頃を思い出し、心が軋《きし》んだ。

醜《みにく》いのはまぎれもない事実だ。

けれど……

「まぁいいや。良い医者を探そう。こんな醜《みにく》い傷が君にあってはいけないから早く消してしまおうね」

——アイル様は、この傷があってもいいと言ってくれたの。

——私がずっと、戦ってきた証《あかし》だと、褒めてくれたの。

気がついた時には、私はマリウスの頬を強く打っていた。

「貴方に醜《みにく》く映っても、どうだっていいわ！　アイル様はこの傷があっても愛してくださるもの！」

「——ッ！」

マリウスはぶたれたことに驚愕し、次に憎々しげな表情に顔を歪める。

そこには先ほどまでの紳士然としていた男はいなかった。

「こっちが優しくしていれば……調子に乗るなよ！」

大きな手が振り上げられる。私は殴られることを覚悟して目を瞑《つぶ》った。

——パリンッ！

なにかが割れるような音が響いた。拳《こぶし》はいつまでも降ってこない。

そのことを不思議に思い、ゆっくりと目を開けると……破られた魔法の壁と、マリウスの喉笛に食らいついているアイル様の姿が目に入った。

その銀色の被毛《ひもう》はところどころ血に濡れ、痛々しいまだらを作っている。

「アイル、さま」

私が声をかけると、アイル様はその口をマリウスから離した。

マリウスの喉元には大きな牙の穴が開いており、傷口からはどくどくと止めどなく血が流れている。だけど生きてはいるようで、小さく呻《うめ》き声を漏らしていた。

アイル様はマリウスを踏みつけると、傭兵たちと私の間に素早く立ち塞《ふさ》がる。そして低い唸《うな》り声を上げた。

「この、ケダモノが！」

傭兵たちはじりじりとアイル様を取り囲み、一斉に襲いかかった。

「ガァアアアアッ！」

銀狼が怒りの咆哮《ほうこう》を上げる。それはビリビリと空気を震わせ、傭兵たちの足をその場に縫い止めた。さらに銀の閃光が駆け抜け、男たちの体をあっという間に裂いていく。

とても残酷な光景。なのに——それはまるで、神話の中の出来事のように美しかった。

すべての傭兵たちが呻《うめ》きながら地に伏した後、血に濡れた狼は悲しげな遠吠えをした。

「アイル様」

声をかけると、私に近づいていいのか迷うように彼は小さく後ずさる。だけどそっと両手を広げると、銀狼はこちらに歩み寄りするりと身を擦《す》り寄せた。

「あたたかい……」

体温と、呼吸と。彼が生きている証《あかし》を感じる。

どう見ても大怪我をしているけれど、アイル様が……ちゃんと生きてるんだ。

そのことに安堵した私は、その大きくて温かな体を抱きしめ、大声を上げて泣いてしまった。

「アイル様っ……アイル様！」

銀色の美しい被毛《ひもう》に頬を寄せ、泣きじゃくりながら顔を埋《うず》める。するとアイル様は慰《なぐさ》めるように、私の頬に少し湿った黒い鼻を擦《す》り寄せた。

「アイル様、無茶はしないで！　アイル様がいなくなったら私……生きていけないっ」

あの状況では私に命の危険はなかった。暴力を振るわれても、おかしなことをされても、私さえ我慢をしていればよかったのだ。

アイル様も、それはわかっていたはずなのに、こんな無茶をして、ボロボロになって。

「それは、本当？　私がいなくなったら、生きていけないの？」

いつの間にか人間の姿に戻ったアイル様が、嬉しそうに訊《たず》ねてくる。その姿を見て私は悲鳴を上げそうになった。アイル様は狼の姿になった時、服が裂け、脱げてしまっている。

——つまり今は裸で、被毛《ひもう》で隠れていた怪我が、人間の姿だと直《じか》に見えてしまうのだ。

その白く美しい裸体の肩は裂けて血が流れ、体のあちこちに痣《あざ》ができている。その凄惨《せいさん》な姿に私は絶句した。

「……アイル様、怪我が！」

「ああ、平気だよ。私たち獣人は丈夫だから。しばらくしたら治るから、ね」

アイル様はそう言うと、いつものようにオレンジ色の瞳を細めて優しく微笑む。私は首を横に振りながら嗚咽《おえつ》を上げた。

「アイル様が傷つくのは、私……嫌です」

泣きじゃくる私を見つめる彼の表情はやけに嬉しそうだ。どうして、そんなに嬉しそうなのよ。

――私は、貴方を失うんじゃないかって、本気で恐れているのに。

「そんな嬉しそうな顔しないでください！」

「だって、ルミナ。さっきから、まるで君に愛していると言われているみたいだから」

ぎゅっと私を抱きしめてアイル様は喜びが滲《にじ》む声で言う。あまりにも自分のことがどうでもよさげなアイル様に、私は助けてもらった恩も忘れて怒りを覚えてしまう。

私がちゃんと気をつけないと。この人は自分の命よりも、きっと私を優先してしまう。

「心配、してるのに」

「うん、そうだね。ごめんね」

「自分を大事にしない人は、嫌いです」

「ル、ルミナ！」

私の言葉に衝撃を受けて見開かれるオレンジ色の瞳が、不安そうに揺れる。

「……ずっと、アイル様と一緒にいたいんです。ご自分のためが難しいなら、私のためにご自分をもっと大事にしてください」

「ルミ……ナ」

アイル様の頬が赤く染まり、その白いかんばせが凄絶《せいぜつ》な色香を湛《たた》える。その綺麗な形の唇は微《かす》かに震え、瞳はゆらりと潤《うる》み目尻に雫《しずく》が溜まった。

私は……この人が大事だ。失いたくない。

これが『愛』なのかと訊《き》かれたら——きっと、そうなのだろう。

「……愛してます。アイル様」

小さく囁《ささや》いた言葉は、柔らかな唇に吸い取られてしまった。

アイル様は触れるだけの口づけを、何回も繰り返す。それに身を任せていると……

「ひっ、アストリー卿、なんで裸！　しかも、ち、血塗《ちまみ》れ……」

扉の方から珍しく動揺を含んだセリーネさんの声がした。

……そういえば、アイル様は全裸なのだ。

「……アイル様。その」

「うん、そうだね」

そっとアイル様から離れて目を逸らす。セリーネさんは少し赤い顔をして、コホンと小さく咳払いをした。

アイル様はクローゼットからタオルを取り、それを腰に巻きつけた。

セリーネさんの様子を見ると、ところどころ服が汚れているくらいで怪我はなさそうだ。そのことに私は安堵の息を漏らした。

「セリーネ、この状況について説明する。そちらは大丈夫だったの？」

「問題なく片付きました。四肢の骨を折って一階に転がしております」

――セリーネさんの発言がとても物騒だ。あの人が好さそうな顔の老人の現状を想像し、私はぶるりと身を震わせてしまう。

セリーネさんは床に転がっているマリウスに目を向けると、強めに蹴飛ばした。その衝撃で彼は小さく呻《うめ》き声を上げる。

「……残念ながら、生きているのですね」

彼女は本当に、心底残念そうな口調でつぶやいた。

「彼から反獣人派の情報もいろいろ出てくると思うから、殺さなかったんだ。本当は……殺してしまいたかったけれど」

アイル様の目から光が消え――普段のお日様のような瞳ではなく、どろりと濁《にご》った肉食獣の瞳に変わった。

「――コイツは、私のルミナに触れ、苦しめた」

そう言いながら、アイル様はマリウスの右手を思いきり踏みつけた。

パキン、と枯れ枝が折れるような乾いた音が部屋に響く。その音に背筋が凍り、私は思わず耳を塞《ふさ》いだ。

「ひっぎゃああっ！」

次の瞬間、マリウスの悲鳴が部屋中に響いた。

「この汚い手で、私のルミナにっ！」

「……アストリー卿、ルミナ様が怖がっておられます」

また踏みつけようと足を浮かせたアイル様を、セリーネさんが静かな声で止める。アイル様はハッとした様子で私の方を見て……足をゆっくりと下ろした。

「すまない、ルミナ。こういう私は、君に見せるつもりはなかったのに」

ぺたりと可愛らしいお耳が垂れる。愛らしい尻尾もだらりと力なく下に落ちてしまった。私はアイル様の側に行くと、ぎゅっとその大きな手を握った。

「アイル様……その、落ち着いてください。私は平気ですから」

「ルミナ。私が怖くない？」

「怖くないです。アイル様」

……アイル様は私のために怒ってくれたのだし。それに私だってアイル様のお怪我の元凶である彼に、腹を立てているもの。

「怪我の手当てをしましょう？　アイル様」

そう言ってアイル様に微笑むと、彼はゆっくりと頷く。その尻尾は嬉しそうに左右に揺れていた。

屋敷の水を使いたくなかったのでセリーネさんに魔法で水を出してもらい、それに浸《ひた》した布でアイル様の傷を丁寧に拭《ぬぐ》っていく。

血が剥《は》がれ露《あら》わになる傷口に、私は思わず眉を顰《ひそ》めた。

綺麗な肌にいくつもできた大きな裂け目。その凄惨《せいさん》さに目を逸らしたくなるけれど、私のためにできた傷だから。痛ましいそれをしっかりと見つめながら丁寧に拭《ぬぐ》った。

アイル様は水が沁《し》みるのか、端整なお顔を時折小さく歪めた。けれど私が様子を窺《うかが》うと、すぐに平気そうな顔をする。

「アイル様。痛いなら痛いと言っていいんですよ？」

「……これは男の意地だから。平気なフリをさせてね、ルミナ」

言葉をかけるとアイル様は真剣な顔でそう返す。それがなんだかおかしくて、私は少し笑ってしまった。

しばらくしたら傷が治る、というアイル様の先ほどの言葉は誇張ではないようで、もう塞《ふさ》がりかけている傷口もある。

それを見て獣人の方々の生命力の強さに私は驚嘆した。だからといって、アイル様が傷ついていいわけではないのだけれど。

「ルミナ様、これを」

セリーネさんが例のバッグから青いガラスでできた小瓶を取り出し、こちらに手渡した。傷に効く軟膏《なんこう》だそうだ。蓋を開けると鼻をつく青臭い香りが周囲に漂《ただよ》った。……お世辞にもいい香りだとは言えない。

私ですらそう感じるのだから、嗅覚《きゅうかく》の鋭いアイル様にはなおさらお辛い香りのようで。

彼は耳をぺたりと下げながら軟膏《なんこう》から身を離そうとした。

そんなアイル様をしっかりと捕まえて軟膏《なんこう》を傷口に塗り、同じくセリーネさんにいただいた包帯をくるくると丁寧に巻いていった。

「できた」

最後の傷口に包帯を巻き、私はほっと一息つく。私はお医者様ではないので多少不格好な箇所もあるけれど……

「ありがとう、ルミナ。こんなに可愛い番《つがい》に世話を焼いてもらえるなんて、私は幸せ者だね」

尻尾を機嫌よさげにぱたぱたと振りながらアイル様が言う。次はもっと違うお世話を焼きたいなぁ。……怪我の手当てをする状況なんて起こらないのが一番だ。

「さて」

アイル様はつぶやくと、床に転がっているマリウスに目を向けた。

マリウスと傭兵たちはセリーネさんがずっと見張ってくれているけれど、その必要がないくらいにボロボロだ。このままでは失血死してしまうのでは……と私は内心ハラハラしてしまう。

マリウスは踏みつけられて骨が折れた手を無事な片手で押さえながら、アイル様を憎々しげに睨《にら》みつけた。

美しい金髪や高価な衣服は喉から溢《あふ》れる血で汚れ、出会った時の洗練された姿なんて見る影もない。

「ライラックまで連れて行くか、ヴィクトリア様にお渡しするか。悩ましいところだね。本当は今すぐ殺してしまいたいのだけど」

アイル様は物騒なことを言いながら彼を見下ろし微笑んだ。

「……薄汚い獣人め！　お前たちには裁きが下るぞ！」

口角泡を飛ばし激高した様子で叫ぶマリウスを、セリーネさんが無表情で蹴飛ばす。彼はその衝撃で床をごろりと転がり、小さく呻《うめ》き声を上げた。

「その裁きって、もしかしなくても薄汚い教会の裁きかな」

「今こちらには教会からの討伐隊が向かっている……お前たちにもう逃げ場はない！」

そう言うとマリウスは下卑《げび》た笑いを浮かべた。

ここに恐ろしい人たちが向かってきている。恐怖を覚え体を震わせると、アイル様がそっと優しく肩を抱いてくれた。

「挟み撃ちにするつもりだったんだね。……ところで討伐隊とやらが到着するのが遅すぎると思わない？」

冷淡な口調で発せられたアイル様の言葉に、マリウスの笑みが消えた。

「お前ら、なにかしたのか!?」

彼がこわばった声を上げた時、突然空間が割れ、その裂け目からレオンさんがぬっと姿を現した。

「アストリー卿、ただいま戻りました」

レオンさんは整った顔に少しだけ笑みを浮かべながら、騎士のような所作で床に片膝をついた。

纏《まと》った銀色の鎧を血で汚してはいるものの、それはほとんど返り血のようで大きな怪我はなさそうだ。

レオンさんの衣服の首元を見れば、なぜか小さく膨らんでいる。膨らみはもぞもぞと動き、可愛らしい耳が最初に、次に丸みを帯びたうさぎの顔が現れた。

「……フェルズ様！」

セリーネさんが歓喜の声を上げる。彼女はレオンさんに駆け寄ると、茶色のうさぎを彼から受け取りぎゅっと胸に抱きしめた。

……あれがフェルズ様が獣化した姿なんだ。

綺麗な毛並みの、驚くほどに愛らしい顔のうさぎさんだ。すごく可愛い、可愛いわ。私も抱きしめてもふもふしたい！

セリーネさんはフェルズさんが小さな足で何回も蹴りを入れているのにも構わず、幸せそうな顔で彼に頬ずりを繰り返している。レオンさんもさりげなく被毛《ひもう》が柔らかそうなフェルズさんのお尻の近くを撫で回していた。……なんて羨《うらや》ましいの。

二人に撫でられているフェルズさんに熱視線を向けていると、誰かに手を繋《つな》がれて私はハッと我に返った。ちらりと繋《つな》がれた手をたどり見上げると、予想の通り沈痛な面持《おもも》ちのアイル様がいた。

「ルミナは……狼よりもうさぎが好き？」

「お、狼が一番好きですよ！」

アイル様が泣いてしまうと思った私は、即座にそう答えた。

狼の被毛《ひもう》はすべすべで気持ちいいし、大きくてもふもふし甲斐があるものね！　それになんといってもアイル様なわけだし。

「嬉しい、ルミナ」

蕩《とろ》けるような笑みを浮かべたアイル様にぎゅっと抱きしめられ、私が長々と頬ずりをされている間に、フェルズさんは二人の手を逃れ人間の姿に戻ったようだった。

フェルズさんはシャツのボタンを留めながらこちらへと歩み寄り、そして……

「アイル様、ルミナ様。シェールブルン領の教会は、僕とレオンで壊滅させました！」

……曇り一つない笑顔で、恐ろしいことを言った。

「教会を……かい……めつ？」

呆然とした声を漏らしたのは、床に転がったマリウスだった。そんなマリウスを見下ろしながら、フェルズさんは腰に手をやり得意気にふんぞり返った。

「シェールブルン領の教会の討伐隊は全員倒しましたよ。そして囚われていた獣人たちも解放しました！　ざまーみろです！」

言っていることはとても恐ろしいのだけれど、得意げな様子のフェルズさんはとても可愛らしい。

ふふん、と彼が頭を揺らすと、うさぎのお耳がふわりと揺れた。

「フェルズ様、さすがです！」

セリーネさんが頬を染めながら手をぱちぱちと叩く。普段は無表情なセリーネさんだけれど、フェルズさんのことになるとかなり表情豊かだ。

「そんなバカな！　教会には何人の討伐隊がいたと――」

「そうですね。アイル様を襲撃するために大層な数を集めていらっしゃいましたねぇ。五十人以上いましたっけ？　僕と可愛いレオンにはなぁんの意味もありませんでしたけど」

フェルズさんはそう言うと、レオンさんの顎《あご》の下を猫にするように優しく撫でた。レオンさんは少し困ったような顔をしつつも、満更でもなさそうに受け入れている。それを羨《うらや》ましそうにセリーネさんが眺めていると、フェルズさんはセリーネさんも手招きしてその顎《あご》の下を優しく撫でた。

「セリーネもお疲れ様です。アイル様が怪我をしているのがとても気になるけれど」

「――ッ。フェルズ様、申し訳ありません！」

フェルズさんの言葉にセリーネさんはびくりと身を震わせ青い顔になった。

「注意深くやれば、セリーネならちゃんとお二人をお守りできましたよね。まさか油断したのですか？　後でお仕置きをするから、覚悟していてください」

そう言ってフェルズさんは茶色の瞳を昏《くら》く光らせ、セリーネさんのおとがいに手をかける。そして鋭い視線で彼女を射貫いた。

「はい、フェルズ様……」

お仕置き、と言われたのに、セリーネさんは嬉しそうだ。頬を紅潮させ恍惚《こうこつ》とした表情になっており、息も少し荒い。……二人の間のお仕置きってなんなのだろう。気になるけれど訊《き》いたらいけないことのような気がする。

「フェルズ。これくらいの怪我、すぐに治るのは知ってるでしょう？　あんまりセリーネを虐《いじ》めないであげてね」

アイル様が苦笑しながらなだめるようにフェルズさんに言う。

「今回はその程度で済んでも次回はそうとは限りませんので。再教育は大事です」

けれどフェルズさんは素っ気なくそう答えた。……フェルズさんから見てもアイル様のお怪我は『その程度』なんだ。獣人さんたちは、本当にお体が丈夫らしい。少しほっとするけれど、やっぱり怪我はして欲しくないな。

そう思いながらそっとアイル様の包帯を撫でると、優しく微笑まれ頭をふわりと撫でられた。

「さて。どうしようかな」

アイル様は腕組みをしながらマリウスを見下ろした。

「誰か屋敷の捜索を。他の獣人の貴族が暗殺された証拠も出てくるかもしれないし、入念にね。シェールブルン領で行方不明になった獣人は多いから」

「はい、アイル様。レオン、お願いしても？」

「はっ！」

フェルズさんの言葉を受けて、レオンさんが素早く部屋を出る。

「セリーネ。マリウスとこの傭兵たちをヴィクトリア様のところに連行してもらっても？　ライラックに連れて行くと調書を取る間もなく引き裂かれてしまいそうだからね。運ぶ方法は君に任せてもいいかな」

「そうですね。ルミナ様もいらっしゃいますし、穏便な方法で運ぶとなると……」

……穏便じゃない方法ってなんなのだろう。怖いからあまり考えないようにしよう。

セリーネさんは少し思案すると、例のバッグを取り出し中をしばらく探る。そして緑色の液体が入った大瓶を取り出した。

「人を小さくできる薬がありますので、それを使えば転移で一緒に運べるかと。……難点は元のサイズに戻す薬がないことですけれど、証言ができればかまいませんよね」

「ああ、それでいい。夜分すまないとヴィクトリア様に伝えておいてくれ」

アイル様の言葉にセリーネさんは頷くと、マリウスに歩み寄る。そして緑色の液体をその体に容赦なく振りかけた。

「うっ……うわぁあああああああ！」

部屋に恐ろしい絶叫が響き、じゅうじゅうとまるで肉を焼かれているかのような煙がマリウスから立ち上る。怖くなって思わずアイル様にしがみつくと、あやすように額《ひたい》に何度も口づけられた。

「ルミナ、ごめんね。少しだけ我慢してね」

抱きしめられ視界からマリウスを隠される。その間にも彼の絶叫は部屋に響いていた。ぎゅっと目を瞑《つぶ》りアイル様の胸に顔を押しつけていると、絶叫の音量が少しずつ小さくなる。恐る恐るマリウスの方へ目を向けると……

そこには、元の身長の十分の一程度のサイズに縮んだマリウスの姿があった。セリーネさんは無表情でまだなにか喚《わめ》いている彼を掴《つか》み、例のバッグの中に放り込む。そして傭兵たちにも同じことを繰り返した。その光景を私は呆然と眺めていた。まるで現実じゃないみたいだわ。

「では、少し外しますね」

セリーネさんはそう言うと一礼をして片手を空間に翳《かざ》す。すると空間にぽっかりと黒い穴が開き、彼女は迷いなくその穴に身を滑り込ませる。その華奢《きゃしゃ》な体が穴の中にすべて入った瞬間、穴は綺麗に閉じて元から存在しなかったかのように消えてしまった。

「……頭がパンパンです」

今晩はいろいろなことがありすぎて、頭がなんだかくらくらとする。ふらりと倒れ込みそうになった私の体をアイル様がそっと支え、横抱きに抱え上げようとする。

「もう追手は来ないと思うから、ルミナはゆっくり寝て？」

「僕も見張りますので。安心して寝てくださいませ、ルミナ様！」

アイル様とフェルズさんの声に応《こた》えようと頑張るのだけれど、意識は朦朧《もうろう》としていく。そして体が抱き上げられたのを感じた次の瞬間、私の意識は途切れた。

§　§　§

愛おしい番《つがい》は私が抱き上げた瞬間、気絶するように眠りについてしまった。ああ、疲れさせてしまったからね。私の怪我で驚いてしまっただろうし……

肩に巻いてある包帯を私は顔を綻《ほころ》ばせて見つめた。ルミナが手当てをしてくれたものだ。不謹慎だけど嬉しいな。

この包帯の下の傷はそろそろ快癒しているだろう。セリーネがくれた薬のおかげもあるけれど、獣人の回復力は人より遥かに高いのだ。この包帯を取り去るのはもったいないが、塞《ふさ》がった傷を見せてルミナを早く安心させてあげたい。

ルミナの頬を撫で、綺麗な額《ひたい》に口づける。深い眠りについている彼女が安らいだ顔をしているので、私は心から安堵した。シェールブルン領の女神スーシェの教会は壊滅したから、残りの旅路は安全に進めるだろう。そしていよいよ、ライラックに着く。彼女を正式に……私の妻として迎えられるのだ。

ああ、やっとルミナと繋《つな》がれる。そう思うと心が沸き立つ。けれど、私はこの旅でルミナの肉体のか弱さを知った。番《つがい》ができたと喜び勇む獣人に抱き潰されて、死んでしまう人間は少なくはないから、細心の注意を払って宝物のように扱わないと。あくまで彼女が第一だ。

教会は極端な例だけれど、獣人を憎み、忌《い》む人間は多い。だけどルミナは私を受け入れてくれた上に……愛しているとまで言ってくれた。これは本当に奇跡だ。

本能に負けずゆっくりと、彼女を大事にしながら過ごしたい。

「アイル様。ご報告をしても良いですか？」

ルミナの頬に触れようとした時、明るく愛らしい、けれど容赦のない声がその動作を止めた。

「……フェルズ」

つい恨みがましいような気持ちを込めてフェルズを見てしまったが、報告はきちんと聞かねばなるまい。

「教会でなにがあったか、聞かせてくれないか」

長椅子に深く腰を下ろし足を組む私の前で、フェルズがぺこりと優美な一礼をした。

「地下に囚われていた獣人たちは解放し、レオンに手配させた馬車でライラックへと送りました。アイル様を挟み撃ちにするために用意していた『戦士』に邪魔をされましたが……すべて排除しました。証言を取りたかったので神父は生かして捕らえ、教会には火を放ちました」

にこにこと愛らしい笑みを浮かべながら報告をするフェルズだが、その内容には一切の可愛げなんてものはない。

「ご苦労様。よくやったね」

「お褒めに預かり、恐悦至極」

フェルズは芝居がかった仕草で言うと、またぺこりと一礼をした。

「アイル様。後日、ルミナ様の生家――マシェット子爵家へセリーネと『訪問』する許可を」

顔を上げ――口の端を吊り上げながら言うフェルズの瞳は、黒く淀《よど》んでいる。

――マシェット子爵家、ね。私の可愛いルミナを長年苦しめた、憎きあの家。フェルズに任せれば悪くない『処理』をしてくれるだろう。ルミナに無体を働いたフットマンへの罰の執行は、『訪問』の前にセリーネにやってもらおうかな。

「いいよ、行くといい。ルミナが生まれ育った家だ。失礼のないように、速やかにすべてを済ませてね」

「わかりました、アイル様！」

私の言葉を聞いたフェルズはにこりと笑ってから、大きな耳を揺らした。

☆　☆　☆

さらさらと髪を撫でる優しい気配がする。その気配にするりと頬を擦《す》り寄せると、頬を撫でられ、そっと額《ひたい》に柔らかいものが押し当てられた。

「……アイル、様？」

うっすらと目を開けると、アイル様の美しい白皙《はくせき》の顔が目に入る。それが嬉しくてふにゃりと笑うと、彼も優しく笑ってくれた。いつの間に一緒に寝ていたんだろう。まだ夜らしく、部屋は薄闇に包まれている。そしてあの血塗《ちまみ》れの部屋ではなく、別の部屋へと移動させられていた。

「起こしてしまったね、ルミナ」

アイル様は優しい声音で言いながら、白い指で私の頬を軽く撫でた。意識を覚醒させ、彼をじっと見つめる。部屋のランプに照らされて光るオレンジ色の瞳が美しくて、私は思わず見惚れてしまった。

「……あれ、アイル様」

彼の体を見て、私はふと気づく。包帯が取り去られ、傷が塞《ふさ》がっているのが見える。

「傷が、塞《ふさ》がって」

不思議な気持ちになって手を伸ばし、するりと傷を撫でるとアイル様は嬉しそうに笑った。

「獣人の回復力は強いと言ったでしょう？　ルミナに見せたくて、包帯は外してしまったんだ。

せっかく君に巻いてもらったのに……ごめんね」

「いいえ！　……本当によかった」

泣きそうになりくしゃりと顔を歪めると、綺麗な手が伸びて優しく頬を撫でてくれる。その心地よさにうっとりと身を任せていると、アイル様の綺麗な唇が私の唇に重ねられた。

ただ触れ合わせるだけの口づけなのに。アイル様に気持ちいいことを教えられた私の体は甘い熱を持ってしまう。それが恥ずかしくて彼から身を離そうとすると、逃がさないと言うように優しい力でそっと引き寄せられてしまった。

「アイル様、その」

「どうしたの？　ルミナ」

「離れてください……」

私の言葉を聞いてアイル様は顔面蒼白になった。銀色の被毛《ひもう》に覆われたお耳がへにゃりと垂れて、オレンジ色の瞳は涙で潤《うる》んでいる。ああ、違うの、そうじゃないの！

「アイル様、違うんです！　その、あまりくっつかれると……触って欲しくなってしまうので。……だから、離れて」

「なら、私が離れる理由はないよね？」

アイル様は目を丸くした後に、嬉しそうに身を擦《す》り寄せた。ああ、ベッドだし抱きしめられているから逃げ場が！

「り、理由はありますよ！　お怪我に障《さわ》ります！」

「もう治っているでしょう？」

「ここは、危険な反獣人派のお屋敷で……」

「シェールブルン領の教会は壊滅したし、フェルズたちが交代で警備をしているからね。その、私もついているし。もう平気だよ」

「……アイル、さま」

言い訳を失った私は、アイル様を見つめることしかできない。いいのかな、気持ちいいことをして欲しいと……彼に言ってしまっても。

「……君を守り損ねた私が平気だと言っても、説得力がないかな」

そう言いながらアイル様は悲しそうなお顔で私の頬を撫でた。それは、違う。

「いいえ！　アイル様は私を守ってくれました！」

アイル様は私をちゃんと助けてくれた。あんなに血塗《ちまみ》れになって、ひどい怪我を負ってまで。人間よりも治りやすいといっても痛みがなくなるわけじゃない……なのに、私なんかのために。

アイル様の薄くなりつつある傷に指で優しく触れる。傷は確かに塞《ふさ》がっているけれど、大きく開き血を流す傷口を見た記憶は、しっかりと私の中に残っている。それを思い返すと胸がなんだか苦しくなって、私はそっと傷に舌を這わせた。

「アイル様……ごめんなさい。私なにもできなくて……セリーネさんみたいに魔法が使えたら、きっとあの罠も解除できたのに。ヴィクトリア様のように強ければ、守ってもらうだけの存在にならずに済んだのに」

きちんとした教育を受けておらず、魔法も剣術も使えない私は本当に役立たずだ。ごめんなさい、と繰り返し謝罪しながら傷を舐める私を、アイル様は穏やかな瞳で見つめていた。

「……ルミナ、君がいるだけで私は救われているんだよ」

彼の手のひらがそっと頬を包み、額《ひたい》に優しい口づけが降ってくる。アイル様の言葉は私の心を優しく癒《いや》してくれるけれど、それに甘えてしまっていいのかわからなくて、私はいやいやと弱々しく頭を振った。

「君が生きて側にいてくれるだけでね。私は幸せなんだ」

アイル様が囁《ささや》きながらそっと唇を重ねてくる。彼は軽い口づけを繰り返し、大きな手で優しく私の頬を撫でた。

「あいる……さま」

その心地よさにふっと息を漏らすと、愛おしそうに微笑まれ今度は深い口づけをされる。舌がゆるりと口中に入り込んでくる感触。その舌が甘やかな疼《うず》きを与えてくれると知ってしまった私は、強欲にもそれに自分の舌を絡めてしまう。

くちゅくちゅと猥雑《わいざつ》な音を立てながら拙《つたな》い動きで彼の舌を貪《むさぼ》る私の頭を、アイル様の手が優しく撫でた。そうしながらも、もう片手で私の服をするすると脱がせていく。

「はっ……んっ。んっ」

アイル様の舌が丁寧に口内を嬲《なぶ》り、蕩《とろ》かせていく。その動きに置いていかれないようにと必死に舌を動かすけれど、いつの間にか彼に翻弄《ほんろう》されるばかりになってしまう。

「あいる、さま」

口からは止めどなく甘い声が漏れる。いつの間にか剥《む》き出しにされた乳房にそっと手を添えられると、体にじわりと疼《うず》きの波紋が広がった。

柔らかな力で指を沈み込ませるように乳房を揉まれ、貪《むさぼ》られるような口づけを受けていると、くちゅりと蜜壺が潤《うる》んだ。

「んっ……」

思わず股を擦《こす》り合わせる私を、唇を離したアイル様が嬉しそうに見つめる。その瞳を見ているだけで体が熱くなってしまう。

「ルミナ、いっぱい気持ち良くしてあげる。両想いになってからはじめての行為だものね」

「りょう、おもい……」

そうだ、私はアイル様に「愛している」と告げたのだ。

「す、すごい！　私、アイル様と両想いなんですね……！　どうしよう、嬉しい」

仲良くしてくれる数少ないメイドに聞いた、素敵な恋物語。

あの素敵な物語は私の人生には訪れるはずがないと、そう思っていた。

それが現実になったのだと今さらながらに理解して、思わずにこにこと笑ってしまう。

私の言葉を聞いたアイル様は真っ赤になって固まってしまった。

「はぁ……可愛い。どうしよう、今すぐ奪ってしまいたい。だけどこんな縁起の悪い屋敷ではダメだ。……早く国に帰りたい」

彼は深いため息をついた後になにかを堪《こら》えるような顔をする。

――奪って、しまいたい？　前にも彼にはそんなことを言われた。

少し怖いけれど、アイル様にならなんだって奪われたい。私のぜんぶを、もらって欲しい。

「アイル様、我慢しないで……？　アイル様が奪いたいのなら、奪ってください」

囁《ささや》いて頬を撫でるとアイル様の体がびくりと震えた。真っ赤な顔で困ったように首を傾げる彼が愛おしくて、もっと彼に触れたくなってしまう。手を伸ばしてふわふわのお耳を数度撫で、その付け根をこしょこしょと指でくすぐると、アイル様は気持ち良さそうに目を細めた。アイル様のお耳はやっぱりふかふかで気持ちいいわ。

「ルミナ、君を愛してるから、もう少しだけ私に我慢をさせて」

そう言って熱い息を吐くと、アイル様は私の胸に顔を埋《うず》めた。ドレスはすっかり彼の手で脱がされ、ベッドの下に落とされている。私は今、下着だけの姿で彼の前にいるのだ。

アイル様はゆっくりと舌を私の肌に這わせていく。綺麗な唇が胸の頂《いただき》に触れ、優しく小さな蕾《つぼみ》を吸われると、お腹のあたりがきゅっと切なくなる。その感覚に体を震わせ甘い吐息を漏らし、私はアイル様の頭を抱きしめた。

「んっ……ん」

アイル様は胸を揉みしだきながら、同時に舌でぬるぬると頂《いただき》をいたぶる。何回も、舌で丁寧に転がされた蕾《つぼみ》は、唾液で光ってピンと上を向いた。それに軽く歯を立てられ強く吸われると、体は刺激を喜ぶように大きく震える。気持ちいい、どうしよう。体が甘い甘い痺《しび》れに支配されていくみたい。

震える指先でさらさらとした彼の髪を乱すと、アイル様は少し顔を上げ妖艶《ようえん》な笑みを浮かべた。アイル様の綺麗な稜線《りょうせん》のような腰の付け根あたりから生えた尻尾が、嬉しそうに左右に揺れている。それを私は快楽で潤《うる》んだ瞳で、ぼんやりと見つめた。

「ひゃんっ」

両の頂《いただき》を指で強めに摘まれ、私は大きな声を漏らしてしまった。指は蕾《つぼみ》を押し潰すように捏《こ》ね、時には乳輪をなぞるように優しく撫で、間断なく緩急《かんきゅう》をつけた刺激を送り込んでくる。頭がじんじんと痺《しび》れ、涙で視界が歪む。だらしなく涎《よだれ》を零《こぼ》しながら、アイル様にすがって体を震わせることしかできない。

「あっ……あうっ！　あいる、さまぁっ」

「ルミナ、お胸を触られるのは好き？」

アイル様は囁《ささや》き、胸への愛撫を続けながら、首筋に、耳に、丁寧に舌を這わせる。少しざらりとした舌で優しく耳を舐められて、喉の奥から震える吐息が漏れた。

「好き、大好きっ」

もっと、と刺激を欲しがるように、アイル様の足に自然に花芽を擦《こす》りつけてしまう。擦《こす》りつけた花芽から生まれる甘い刺激。宝物を扱うように丁寧に胸を愛撫する指。優しく体を舐めとっていく舌。ぜんぶぜんぶ気持ちいい。でも、もっと、もっと欲しい。

下着が用をなさないくらいに濡れているのは、きっとアイル様に気づかれている。でもそれが恥ずかしいと思う理性は、とっくに気持ち良さに塗り潰されていた。

「アイル様、もっと、もっと欲しい。私、もっと気持ち良く、なりたい」

甘えるような声を上げてアイル様を見つめる。お願いや、わがままを言うなんて昔は考えることすらしなかった。だけどアイル様には……たくさん、甘えてしまっても、いいのよね？

「ああ、なんて愛らしいんだ。私の可愛い番《つがい》……」

アイル様はうっとりとした表情で言って私から体を離す。それが寂しくて私は思わずアイル様の手を、ぎゅっと握ってしまう。すると彼は困ったような顔をして、だけど嬉しそうに笑って大きく尻尾を振った。

「大丈夫……ここをね」

掴《つか》まれていない方の手で、アイル様は蜜壺に触れた。布の上からなのに、そこはくちゅりと卑猥《ひわい》な水音を漏らす。すりすりと動かすと蜜壺はまた蜜を垂らして、綺麗な形の長い指にまとわりつく。

「あいる、さま」

「ふやけるほどに舐めてあげるから。少しだけ手を離して？」

「ふやける、ほど」

その気持ち良さを想像するだけで体の芯が熱くなる。私は名残《なごり》惜しい気持ちをこらえながら、アイル様の手を離した。

「すごい。下着の上からでも形が見えるくらい、濡れてるね」

彼は両手で私の足を開くと感嘆の声を上げた。濡れた部分に空気がまとわりついて、ひやりと少し冷たい。アイル様は顔を近づけじっくりと眺めながら、布の上から蜜壺に触れる。花びらに触れ、蜜穴に軽く指を入れ――だけどその刺激は、布越しなのもあってひどくもどかしい。

「……アイル様、その」

ちゃんと、触れて欲しいの。

そう言いたいのに、なんだかそれは恥ずかしくて、私は真っ赤になった顔を両手で覆ってしまう。甘えていいとわかっているのに、甘えることにはまだ慣れないので、こんな時はどうしていいのかわからない。指の隙間からアイル様を見つめると、優しく内腿に口づけされた。

「ルミナごめんね、わかってるから」

彼は笑って足から下着をするりと抜き取った。下着はくちゅりと銀色の糸を引きながら、私の体から離れていく。

「ルミナ……いっぱい気持ち良くなってね」

アイル様はそう囁《ささや》いて、宝物にするかのように、花びらに恭《うやうや》しく口づけた。アイル様の舌が、ゆるゆると花弁を嬲《なぶ》る。その舌の感触は気持ちいいのに、反射的に腰を引いてしまう。

「ルミナ、逃げちゃダメだよ。気持ち良くなりたいんでしょう？」

「……ふぁい、アイル様。ひゃっ！」

悪戯《いたずら》っぽいお顔で言われた後、ふっとあそこに息を吹きかけられてから、またゆっくりと舐められる。

ぴちゃ、ぴちゃ、とアイル様が蜜壺を舐め回すいやらしい音が鼓膜を打つ。舌は表面を満遍《まんべん》なく舐めるのだけれど、蜜を垂らす穴や、気持ち良くなる粒には触れてくれない。

「あっ……んっ」

気持ちいい、けれどもどかしい。体はじわじわと少しずつ高められていき、暴力的なくらいの熱が体の中に溜まっていく。もっとと言うように蜜をとろとろと流す蜜壺を、丁寧にアイル様の舌が拭《ぬぐ》い取り、時には啜《すす》る。私は足の先をきゅっと丸め、敷布を手繰《たぐ》り寄せるようにしながらこもる熱に耐えようとした。

「ひゃうっ！」

アイル様の高い鼻梁《びりょう》が花芽に触れる。その刺激に腰が大きく跳ね、蜜がぴしゃりと彼のお顔に跳ねる。

「ルミナの……いやらしい雌の匂いがたくさんするね」

「そんなこと、言わないでっ」

彼のお顔にお漏らしをしてしまったかのようで恥ずかしい。涙目になる私に、彼がさらに嬉しそうな声音で追い打ちをかける。雌の匂い、なんてものがどんなものかはわからないけれど、恥ずかしいもののように思えていたたまれない。

「……可愛い、私のルミナ」

「ひっ！　やぁぁあっ」

アイル様は囁《ささや》くと、そっと優しく花芽を吸い上げた。その刺激だけで今まで高められていた体の熱が一気に放出されて、視界がチカチカと明滅し私の意識は弾けてしまう。蜜壺から先ほどよりも多い蜜が漏れて、アイル様のお顔をまた濡らした。

「やぁう……っ」

私が達したことがわかってるはずなのに、アイル様は蜜壺を愛撫するのを止めてくれない。またゆるりと這いはじめた舌の感触に、私の体は再び震えた。

「舐められるの、気持ちいい？」

アイル様は一旦蜜壺から唇を離して囁《ささや》くと、また花びらを舐めとった。

「きもちいっ……あいるさま」

「気持ちいいのは、好き？」

「す、好きです。でも……でも」

脳裏に、屋敷のフットマンにされたことや、マリウスにされたことがよぎる。これは……アイル様じゃないと、嫌だ。これからする一生分のすべて、彼と一緒じゃないと嫌。

「アイル様だから、気持ちいいの。アイル様を、愛してる、から。アイル様と、だけがいいっ」

うわ言のように言う私を、アイル様が驚いたような顔で見つめる。そして幸せそうに微笑んでから、また蜜壺に吸いつき優しく吸い上げた。

このまま、快楽に流されてしまいたい。……けれどすぐにでも、彼に言いたいことができてしまったのだ。

「アイル様……ま、待って」

声をかけるとアイル様はきょとんとした顔で蜜壺から口を離した。そして私の次の言葉を待つ。私は、少し深呼吸をした。

私を望まない家族に囲まれて唯々諾々《いいだくだく》と従いながら過ごし、アイル様に急に番《つがい》だと言われ連れ出されて……嵐のように愛されて。私の人生は誰かの選択に委《ゆだ》ねられっぱなしで、私自身が選んだ選択というものがほとんどなかったように思う。

私は上半身を起こして、アイル様をしっかりと見つめた。オレンジ色の綺麗な瞳の中に私が映る。私の番《つがい》――アイル様に手を伸ばして、そっとその綺麗な頬を撫でた。手のひらに伝わる感触は、なんて温かくて愛おしいものなのだろう。

「これからの私の人生は……アイル様と一緒にいるためのものです。自分自身の意思で、心からそう思っています」

これは誰かに流されているのではない、明確な私自身の選択。

「ルミ、ナ」

アイル様は身を起こすと、強く私を抱きしめた。獣人である彼に強めに抱きしめられると、体が軋《きし》んで少し痛い。だけどその痛みですら、アイル様の気持ちの強さのように感じて幸せなものに思える。……痛みが幸せなんて、今までの人生で思ったことがなかった。アイル様に愛されて与えられるものは、なんだって幸せを生むのだろう。

少し汗の匂いがする彼の体に頬を擦《す》り寄せる。その感触が心地よくて、私は思わず口元をゆるませてしまった。

「ああ、痛いよね、ルミナ！」

力が入ってしまったことに気づいたアイル様が、慌てて抱きしめる力を弱くした。そんな彼が愛おしくなり、私はそっと彼の唇に唇を重ねる。するとアイル様は顔を両手で隠してため息をついた。

「幸せすぎて、どうしていいのかわからない……」

アイル様のお耳がせわしなくぱたぱたと動き、尻尾もすごい勢いで振られている。その尻尾を掴《つか》んでぎゅっと抱きしめると、アイル様が困ったような顔でこちらに目を向けた。抱きしめた腕の中でも尻尾は動きたそうにしていて、その様子がとても可愛らしい。豊かな感情表現をしてくれる、アイル様のお耳や尻尾が……そしてアイル様自身が私は大好きだ。

「私も、幸せです。アイル様」

へらり、としまりのない顔で笑う私を見つめてアイル様も嬉しそうに笑う。

「……可愛いお顔を見ながら気持ち良くさせたいから、舌じゃなくて指にしようね」

そう言いながらアイル様は私をベッドにそっと倒した。

「私の人生もすべてルミナのものだよ。愛しい私の番《つがい》。私たちは、互いに互いのものだ」

アイル様は囁《ささや》きながら、そっと優しく、誓うようなキスをした。

互いに、互いのもの。アイル様のその言葉が心に深く沁《し》みていく。

少し前までの私にはなにもなかったのに。なにかを手に入れることすら、考えたこともなかったのに。今では、こんなにも大事な人が側にいる。

「つふ……」

涙が溢《あふ》れて私は思わず顔を覆った。嬉しくて嬉しくて、涙が止まらない。

亡霊のように生きてきた。こんな人生、自《みずか》らの手で終わらせてしまってもいいんじゃないかと思ったこともある。けれど、生きていてよかった。アイル様に会えて本当によかった。

「ルミナ？」

「……幸せです、アイル様」

「私も、幸せだよ」

アイル様は嬉しそうに、顔を覆った私の手に口づける。私もそれにお返ししたくて、彼の頬や唇にたくさんの口づけを返した。綺麗な手に手を伸ばすと、指を優しく絡められ、美しいかんばせに蕩《とろ》けるような笑みを浮かべられ、オレンジ色の瞳で愛おしそうに見つめられる。

……ああ、この綺麗な瞳が、私を見つけてくれたんだ。

「アイル様、私を見つけてくれて……ありがとう」

あの日彼が屋敷に来たことは、たくさんの砂粒の中から小さな宝石を見つけるような、そんな偶然だったに違いない。それが起きたのは、本当に奇跡だ。

「私に見つけられてくれてありがとう、ルミナ。助けるのが遅くなって、本当にごめんね。出会ってからも怖い目に遭わせてしまって、本当にごめん」

涙が伝う私の頬を、アイル様の舌が優しく拭《ぬぐ》う。

彼は涙を追うように頬を舐め、軽い口づけをし、絡めた手を離して私の薄い腹を撫でた。その柔らかな感触に再び体の熱が呼び戻されていく。アイル様の指を誘うように腰を動かすと、意図を理解した指はゆるりと下腹部へと近づいていった。

「んっ……」

指が触れると彼に舐められ潤《うるお》っていた蜜壺は、くちゅりと水音を漏らす。その音に先ほど舐められた時の感触を思い出してしまい、蜜口からまたとろりと蜜が零《こぼ》れた。

「んっ！　やぁっ！」

花芽に触れられた私は、声を漏らしながら体を震わせる。アイル様の指は丁寧に何度も粒を転がし、時には優しく摘まんだ。

「あいるさま、だめ。きもちいいの、よすぎるの、いや」

その強すぎる刺激に喘《あえ》ぎ悶《もだ》える私の顔を、アイル様の瞳が優しく見つめている。じっくりと見られているのが恥ずかしくて彼の胸に顔を埋《うず》めると、蜜壺に触れていない手で優しく頭を撫でられた。

「ルミナ、感じてるお顔が見たい」

「……でもっ、恥ずかしい顔をしているから」

「恥ずかしくなんかないよ？　君はいつでも、可愛らしいから」

「ひゃ！」

強めに花芽を潰され、私は思わず悲鳴のような声を上げてしまう。気持ち良さで思考は焼かれ、触れられるたびに荒い息を吐きながら甘い声を漏らし、指から与えられる感覚に翻弄《ほんろう》される。

「ルミナ、口づけたいからお顔を上げて？」

アイル様の言葉になにも考えられず反射的に顔を上げると、にんまりと嬉しそうに笑う彼がそこにいた。ああ、顔を見たくてそう言ったのね。ずるい、だまされた、と思う間もなく思考はまた指先に翻弄《ほんろう》される。そして快楽でぐずぐずになった私をさらに溶かすように、アイル様が深い口づけを与えてきた。

「や……う。ひゃんっ」

舌と、指と。両方の刺激にわずかに残った理性さえ蹂躙《じゅうりん》される。アイル様にだらしない顔をたくさん見せて、情けない声もたくさん上げて。それが嫌なのに、恥ずかしいと思う時が一瞬ですらない。

「……ルミナ、本当に可愛い」

「やぁっ、あいるさま、あいるさま。きもちよすぎて、こわいの……」

「大丈夫だよ、ルミナ。なにも怖くないから」

優しく声をかけられながら粒を包む皮を引き下ろされて。

「ひ……ぅっ！」

その強すぎる刺激に情けない声を漏らしながら、アイル様にすがりつき体を震わせて——私の意識は、また真っ白になってしまった。激しいくらいの気持ち良さと一瞬の緊張、そして次に訪れる柔らかくじわりと体に馴染むような心地よさと弛緩《しかん》。蜜壺からは信じられない量の蜜が零《こぼ》れている。上から下へと急高下するその感覚からようやく抜け出して、私は全力疾走した後のような激しい呼吸を繰り返した。

「こ、こわいって言ったのに」

「でも、気持ち良かったでしょう？」

息を切らせる私に悪びれない様子で言うアイル様が憎らしい。だけどその悪戯《いたずら》っぽいお顔も、とても可愛くて素敵で、見つめていると胸の奥がぎゅうっと締めつけられてしまう。……アイル様のお顔を見ているとなんでも許せてしまいそうになるから、本当にずるいと思うの。これもアイル様を愛しているから、なのかしら。

なにも言わずにじっと見つめていると、彼の表情が悪戯《いたずら》を咎《とが》められた子供のようなものに変化していく。

「……怒った？　ルミナ」

私よりも年上の彼がばつが悪そうな顔をしているのが、おかしくて。思わず笑うと、彼も安堵の表情になった。

「怒ってないです、アイル様。でも……」

私は深呼吸すると、先ほどから体に触れていたアイル様の硬いものに……そっと手を触れた。その存在感と熱量はトラウザーズ越しでもよく感じられて、なぜだか口から熱い息が零《こぼ》れた。

「ル、ルミナ！」

「アイル様、一緒に。アイル様も気持ちいいのが、いいです」

私はそう言いながら、彼のトラウザーズのボタンを少し震える指で外した。

トラウザーズを下ろし、大きく膨らんでいるもので押し上げられている下穿《したば》きに手をかけ、ゆっくりとそれも引き下ろす。するとアイル様の大きくて凶暴な剛直が勢いよく飛び出した。

「……大きい」

熱い息を吐きながらそれに手を触れ、優しく握ってみる。熱杭は手の中でびくりと震え、張り出している部分から透明な液体が零《こぼ》れた。その先端はぱくりと開いており、そこから液体が滲《にじ》み出ているようだ。液が出るところが、気持ちいい場所なのかな？　優しく液体を掬《すく》い取りながら指先で撫で回してみると、アイル様の口から吐息が漏れた。

「アイル様、どうやったら気持ちいいですか？　教えてください」

「……正直、君に触れてもらっているだけで情けないことになりそうなんだけど」

アイル様はそう言うと真っ赤な顔で大きなため息をつく。それは、気持ちいいということで……いいのだろうか。アイル様の尻尾を確認するとそれはせわしなく揺れていて「これは間違っていない」ということが確信できた。……獣人さんたちの体での表現は、その感情を知るのにとても便利だ。それとも、狼族だけがこうなのかしら。

体をずらしてお腹につきそうなくらいに立ち上がっている熱杭と向かい合い、ゆっくりと両手で包み込む。そして上下に手を動かして刺激してみた。

ばふばふと大きく揺れるアイル様の尻尾。恥ずかしそうに、潤《うる》んだ瞳で私を見つめる彼の表情。手の中で気持ち良さそうに震える、それ。大丈夫、アイル様を気持ち良く……できている、たぶん。

嬉しくなって、グロテスクなのになんだか愛らしく見えてきた熱杭の先に、そっと顔を寄せ口づけをした。一、二度唇を合わせると、ふにりと押し返すような感覚が伝わってくる。三度目はぺろりと舐めてみたら、なんだかしょっぱいような味が舌に残った。

「ルミ、ナ……」

「この子にキス、しちゃダメでした？」

「……ううん、嬉しい。だけど大事な君にそんなこと、させちゃいけない気がして」

アイル様はそう言うと大きく息を吐きながら身を起こし、手招きして私を抱きしめた。

「アイル様の喜ぶことは、なんでもしたいんですよ？　その……愛してる、ので」

言い慣れない愛の言葉をぎこちなく言いながら、優しい彼の胸に頬を寄せる。

愛してると口にするのはまだ少し気恥ずかしい。そのうち慣れるのかしら。もっとたくさん、アイル様に愛してると言いたいな。

剛直に指を這わせ、優しく撫でると、アイル様の熱い吐息が零《こぼ》れる気配がした。

その白い滑らかな肌に、そっと唇を寄せて吸ったり舐めたりしてみる。少ししょっぱい。でもその味は不快じゃなくて、私は何度も舌を這わせた。

窺《うかが》い見たアイル様の表情は妖艶《ようえん》な熱に浮かされたように、上気して甘く蕩《とろ》けていた。

「ルミナの成長は恐ろしいなぁ。あっという間に私を骨抜きにする方法を覚えていくね」

アイル様は微笑んでそう囁《ささや》きながら、指で唇に触れて少し弄《もてあそ》んだ後に、何度か唇を食《は》んで離れた。

「またルミナのここで気持ち良くしてもらっていい？」

囁《ささや》かれ、ぬかるんだ蜜壺にそっと指を這わされて、私はこくこくと頷く。断るなんて選択肢はない。一緒に気持ち良くなれるなら……それが一番嬉しいのだから。

アイル様は私の足の間に体を割り込ませると、熱杭を私の腹部に乗せた。熱く脈打つ大きな、少しだけ怖いそれは、美しいアイル様の、愛おしい体の一部だ。

足を抱え上げられ、蜜壺に熱杭を添えられると……私の体は期待に震えた。

「……愛してる、ルミナ。一緒に気持ち良くなろう？」

アイル様の美しいかんばせが、私に向けられている。銀色の髪が艶《つや》めきながら揺れ、白い頬は赤く染まり、オレンジ色の煌《きら》めく瞳は一心に私を見つめている。

そんなアイル様を見ていると、どうしようもなく胸がいっぱいになって。また泣きそうになる自分を叱咤《しった》して私は微笑んだ。

「アイル様。私と一緒に気持ち良く、なってください」

そう言って彼にめいっぱい手を伸ばす。すると優しく抱きしめられて、頬を擦《す》り寄せられ、優しい口づけをされた。彼の美しい唇を舐めると舌を絡められ口中に導《みちび》かれる。

舌を絡めながらアイル様はゆっくりと腰を動かした。

「ふっ……」

ぐちゅり、と擦《こす》れる部分から粘度が高い水音がした。あの逞《たくま》しいものが私に触れている。そう思うと蜜がどんどん零《こぼ》れてしまう。くりくりと幹や先端で敏感な粒を擦《こす》られ、そこからは止めどない甘さが生まれて――

「あいる、さま……」

うっとりと甘い声を上げる私を、アイル様は両手の指を絡めながらベッドに縫い付けるような体勢にした。そのまま激しく腰を動かされ、強くなる心地よさに大きく腰が跳ねる。

ぐちゅぐちゅと卑猥《ひわい》な蜜音が耳を打つ。その音に気持ちを高められて、アイル様を貪《むさぼ》ることにさらに夢中になる。潤《うる》む瞳で彼を見上げると、欲に濡れた肉食獣の双眸《そうぼう》と視線が絡んだ。

——ああ、食べられてしまいそう。

出会った頃は彼に食べられるのが怖かった。だけど今は、頭から食べられても幸せかもしれない。そんな馬鹿な考えが浮かんだ。

ぽたり、と白い頬を伝う汗が肌に落ちて、傷だらけの私の体を流れていく。

「ルミナ、気持ちいい」

アイル様の美しい唇から、感極まったようなつぶやきが漏れる。それが嬉しくて仕方ない。

「嬉しい。私で、もっと気持ち良くなって」

荒くなっていく息を吐きながら、私も気持ち良くなろうとアイル様の熱に蜜壺を擦《こす》り付けた。

アイル様と抱き合って、夢中で互いを貪《むさぼ》り合う。触れ合う部分からは常に熱が溢《あふ》れ、それは背筋を甘く痺《しび》れさせる。

彼がその剛直で私の花芽を激しく擦《こす》り上げて刺激すると、その刺激に体は跳ね、足先はぎゅっと敷布を掴《つか》む。そして私は嬌声《きょうせい》を上げながら、体を震わせた。

もうどれだけ、彼のもので達したのかわからない。気持ち良すぎて辛いくらいなのに、体はアイル様からもらえる甘い刺激を貪欲に求めてしまう。

蜜壺を擦《こす》りつけまた震える私を、アイル様は愛おしそうに眺め、そっと口づけをした。

「ルミナ、気持ちいい？」

囁《ささや》かれ、喉を舐め上げられる。その淡い刺激が心地よくて、返事の代わりに私は吐息を漏らした。アイル様は何度も私を気持ち良くさせてくれたけれど、彼自身はまだあの白いものを吐き出していない。それがなんだか申し訳なくて、私は彼の瞳を見つめた。

「……アイル様は、気持ちいい？」

たぶんあの白いものは、アイル様が気持ち良くなると出るものなのだ。気持ち良くなってたくさん出して欲しい。私だけ気持ちいいのなんて嫌だ。

「私の体をいっぱい使って……白いの、たくさん出してください、アイル様…………っ」

私はアイル様のものを太腿でぎゅっと締めつける。すると逞《たくま》しいそれの存在が、肌で強く感じられた。熱杭の先端を数度撫でると、アイル様のものから零《こぼ》れた液体が指先を濡らす。

「ルミ……ナ」

アイル様は苦しそうに眉を顰《ひそ》めながら、白い頬を赤く染めた。綺麗な形の唇が薄く開いて熱い吐息が漏れる。オレンジ色の瞳は甘く潤《うる》みながら私を見つめ、銀色の髪が汗で濡れた額《ひたい》に張り付いた。

……色気がすごいです、アイル様。見つめているだけで胸の奥がぎゅっと締めつけられてしまいます。

「あっ！」

彼は突然、私の足を抱きしめる体勢になって激しい抽送を開始した。

そこにはいつもの気遣うようなアイル様の姿はなく、欲に支配された美しい狼がいた。捕らえられた獲物を組み敷き、捕食するかのように、時折犬歯を甘く私の喉に立てながら激しく腰を振り続けるアイル様に、私は翻弄《ほんろう》されてしまう。

「あいる、さま、あいるさまっ……」

夢中で彼の名前を呼びながら、体を揺さぶられる感覚に浸《ひた》る。犬歯が肌を掠《かす》め浅く裂ける感触がしたけれど、不思議と怖くはなかった。

「……あいるさま、たくさん、食べてっ」

彼から与えられるものがもっと欲しくて、私は熱に浮かされたように言葉を紡《つむ》いだ。

「――ッ！」

アイル様の体が大きく震えて、お腹に生温かい感触が散った。ああ、アイル様が……あの白いものを出したんだ。私は荒い息を整えながら、彼に手を伸ばしその頬を撫でる。

何度かアイル様の頬を撫でているうちに、彼の瞳に理性の光が戻り、その顔が泣きそうなものになった。彼は私の喉元を、凝視している。そこには血を流す浅い傷口があった。

「……ごめん、ルミナ。傷つけるつもりは」

「大丈夫です、アイル様」

私は安心させるように、彼に微笑んでみせる。獣人さんたちは力がとても強く、人によっては鋭い牙も持っている。アイル様は私を傷つけないようにいつも細心の注意を払ってくれていたんだろう。それを一瞬でも忘れるくらいにアイル様が夢中になってくれたこと――私はそれが嬉しかった。

それにアイル様は、優しすぎる。こんな明日には薄くなっているだろう傷くらいで、そんなに泣きそうな顔をするなんて。私の体には一生消えないかもしれない傷だって、たくさんあるのに。

「アイル様が私で気持ち良くなってくれて……本当に嬉しいんです」

「……私が、怖くなかった？」

「怖くないです、アイル様」

アイル様は喉元に顔を寄せると、舌でざりざりと傷口を舐める。少しだけ傷口に沁《し》みたけれど、アイル様があまりに申し訳なさそうな顔をしているので、私は彼のするままに任せた。

彼を抱きしめて、髪や耳を撫でる。ふわふわとしていて気持ちいいお耳を撫でていると、つい頬が緩《ゆる》んでしまった。

「ふふ。ふわふわ」

アイル様の耳の先端を食《は》むと彼の口から吐息が漏れて、私の肌をくすぐる。

「……お腹も、触る？」

これはきっと、狼の方だろう。彼の言葉に私の気持ちは急上昇した。

「触ります！　いいんですか？　アイル様」

「うん。傷つけてしまった……お詫びにもならないかもしれないけれど」

アイル様の瞳から、ぽろりと一筋の涙が零《こぼ》れた。その涙を手で掬《すく》って、私は彼の首筋に、少し強めに齧《かじ》りついた。獣人さんは丈夫だから、私が強く噛んでも歯型すらつかないけど。

「ルミナ!?」

突然の私の行為に、アイル様は驚愕の表情で私を見つめる。

「これでおあいこです、アイル様」

アイル様に微笑んでみせて、またその耳をもふもふと食《は》んでいると彼から深い吐息が漏れた。

「……一生大事にする。絶対」

……わかってますよ、アイル様。貴方が私を大事にしてくれることくらい。そしてそれが、一生続くことも。

その後、狼になったアイル様のお腹に顔を埋《うず》めているうちに私は眠りについてしまった。私が朝起きた時もアイル様はお腹を上にしたままの体勢で。私のために夜中ずっとこの姿勢だったのだと思うと、少し申し訳なくなった。……そのまま、朝の撫で撫でをさせてもらったけれど。

「よかった、痕にはならなそうで」

すっかり薄くなった私の首筋の傷を撫でながら、アイル様はほっとした顔をする。

……そんなに心配しなくてもいいと思うんだけどな。

§　§　§

前妻の娘であるルミナが嫁に行った。

相手はたまたま我が家を訪れていた、獣人の国のアストリー公爵だ。彼は一目で娘を見初《みそ》め、そのまま連れて行ってしまった。

私は中立派とはいえ獣人に好意的というわけではない。中立派貴族のほとんどが、そんなものだろうが。

獣人に嫁ぐ者を家から出すなんて、非常に不名誉なことだ。なので最初は躊躇《ためら》ったのだが……。倍額で麦を買い取ると言われ、私は一も二もなくその話に乗った。

近頃マシェット子爵家の内証は苦しく、あちこちから借財もしている。不出来な娘と引き換えにそれがある程度返済できるのなら、獣人に娘を嫁がせる不名誉も致し方がない。

獣人の国では昨年麦が不作だったそうだ。だからわざわざ、麦の産地で獣人の国からも割合近いマシェット子爵家まで、彼は買いつけにやって来たのだ。そんな事情だったので吹っかけてやろうと思ってはいたのだが……。まさか二倍の値が付くなんてな。

ルミナを送り出した後、メイド姿の人間の女が現れ、約束通りの額を置いていった。すると倉庫からは取り引き分の麦がいつの間にか消えていた。あんな大量の麦を転移できるような魔法は存在しないはずなので、私は首を傾げた。

実はルミナには、アストリー公爵が来る少し前に別の人物からも婚姻の申し入れがあった。

それは、金は持っているがやや評判の悪い……有《あ》り体《てい》に言ってしまえば女を虐《いじ》めて悦《よろこ》ぶ類《たぐい》の老伯爵からのものだった。屋敷を訪れた時、彼はルミナをたまたま見たらしい。

伯爵に「美貌のメイドを嫁に寄越せ」と言われた時には、最初は誰のことだと思ったが……彼が口にした容姿が前妻のものと似ていたことから、「ああ、ルミナのことか」と私はようやく気づいた。そして妻がルミナはメイドたちと一緒に働かせている、と言っていたことも思い出した。

前妻の死後、ルミナの扱いをどうしていいのかわからずにいた私は、新しい妻にルミナのことを任せきりにしていたのだ。

「ルミナは大変に出来が悪い子です。躾《しつ》けても躾《しつ》けても、なかなか賢くなりませんのよ。あれじゃお嫁になんて出せません。だから将来メイドとしても身を立てられるように、働かせていますの」以前ルミナのことを訊《たず》ねた時、妻はにこりと笑ってそう言った。「ああ、そうなのか」と私は思い、妻に躾《しつけ》を丸投げしていることを申し訳なく感じたものだ。

もう何年もまともに顔も見ていない、すっかり家のお荷物になっているらしい前妻との娘。

そんなルミナを、娶《めと》ってくれるのならそれは大変ありがたい話だ。なので伯爵のところに嫁にやろうと水面下で話を進めていたのだが……獣《けもの》が娘を連れて行くことになるとはな。

アストリー公爵に連れ出される際に、数年ぶりに見た娘の姿を思い浮かべる。

前妻に似た妖精のような儚《はかな》げな美貌。華奢《きゃしゃ》な体に不似合いな大きな胸。娘は驚くほどに美しく成長していた。とはいえ、実の娘という実感なんてもうない程度の関係だ。

伯爵には、ルミナは死んだと伝えた。野蛮な獣人のところに嫁に行くのだ。死んだも同然と考えていいだろう。

ルミナがいなくなって数日経った頃。

シェールブルン領の女神スーシェの教会から、捕らえていた獣人たちが逃げ出す騒ぎがあったと聞いた。

そして、その騒ぎの翌日。親獣人派筆頭ミラー女伯爵が、獣人の違法奴隷売買に関する数々の証拠を手に、教会の罪を告発した。奴隷売買には多くの有力貴族が絡んでいることが明確になり、王宮の議会は紛糾しているらしい。

さらにしばらくして——

奴隷売買に関わっていた貴族たちは、重い処罰を受けると耳にした。

……今の王家が獣人にどういう感情を持っているかはわからない。しかしきちんと見せしめを作ることで、獣人国との戦争を回避しようとしているのだろう。

獣人たちの身体能力は人よりも遥かに高い。戦争になれば国が大きな疵《きず》を負うことは、目に見えている。……王宮で大きな勢力になりつつあった、教会派貴族の排除をしたかった、という理由もあるのだろうが。

我がマシェット子爵家は、直接的には獣人の奴隷売買に関わってはいない。だからこの件で、火《ひ》の粉《こ》がこちらに降りかかることはないはずだ。

そう『直接的』には。

奴隷商人から袖の下をもらい領内での取り引きを黙認する、その程度のことは私もやっていた。だけどそんなことはどこの領主もやっているだろう。

念のため証拠が残っていないことを確認すべく、書斎に向かった私が目にしたのは……

書斎の机に腰を掛け、紙束に目を通している一人のメイドと、うさぎの獣人だった。

「貴様ら、一体どこから！」

「はじめまして、マシェット子爵。僕はフェルズ。アストリー公爵の従者をしております」

そう言ってうさぎの獣人がぺこりと頭を垂れた。

アストリー公爵の従者⁉　それがなぜこんなところに。よく見るとメイドの方も、先日麦の支払いにやって来た女ではないか。

「公爵の縁者とはいえ無礼にもほどがある！　今すぐに出て――」

「先月、奴隷商人から八千メル。先々月は、五千メルでしたっけ。その前は……まだ、お聞きしたいですか？」

そう言ってうさぎの獣人は、あどけない顔でにこりと笑った。

私は呆然としながらうさぎの獣人を凝視した。

ヤツが口にしたのは私が奴隷商人からもらった袖の下の正確な額だ。しかし私はもらった額を書面に残すような真似はしていない。ハッタリ、これはハッタリだ……

「……なんのことか、わからないな」

口の中がひどく渇く。絞り出すように紡《つむ》いだ声は、情けないくらいに掠《かす》れていた。

「セリーネ」

「はい、フェルズ様」

うさぎの獣人の呼びかけに答え、メイドが持っていたバッグから小瓶を取り出し私の方へと歩み寄る。そして眼前に瓶を突きつけた。

瓶の中では……『なにか』が蠢《うごめ》いていた。

――よく見ると、その中身は瓶に押し込められた数人の『人』……？

それは瓶の中で必死にガラスを叩き、私に向かってなにかを叫んでいる。しかしその声はこちらまでは届かない。この顔は……まさか。

「このお顔に見覚えありませんか？　貴方の『取り引き相手たち』のはずなのですけど」

「ヒッ！」

恐怖で思わず後ずさる。

そうだ、この場から逃げよう。すると背中が硬い扉に触れた。

私は慌てて扉の取っ手に飛びついた。ガチャガチャとそれを回してみるが、取っ手はビクともしない。

「結界を張っておりますので、この『交渉』が終わるまで、部屋から出ることも助けを求めることもできませんよ、子爵」

メイドが無表情で軽く瓶を振りながら平坦な声で言った。

「くっ！」

私は慌てて炎の魔法を練り上げる。そして結界を破ろうとしたが……あの女はどれだけ高位の魔法師なのか、結界には針の穴程度の綻《ほころ》びさえできなかった。

「……なにが、望みだ」

背中を大量の汗が伝う。全身に震えが走り、歯の根が合わない。私は、怯《おび》えていた。

「アイル様は、ルミナ様のこの家での扱いに激怒していましてね。その償《つぐな》いを、貴方に求めております」

そう言ってうさぎの獣人は両手を広げてくるりとその場で回る。そして私に無邪気に微笑んでみせた。

……あの女は高位の魔法師のようだが、うさぎの獣人はただの少年のように見える。コイツを人質にして、この場を切り抜けられないだろうか。私は壁際にある戸棚の方へとにじり寄った。戸棚には細剣が収納されている。それを手にしてなんとか、あの少年を人質に取れば……

「不審な動きは、しないように」

うさぎの獣人から、地の底から響くような低い声が発せられた。そして私の背後の壁に数本のナイフが鋭く突き刺さる。

投げる動作も見えなかった。けれどその銀の閃《ひらめ》きは、たしかにあの獣人から発せられたものだった。

私はへなへなとその場に崩れ落ちる。股の間がじわりと生温かくなり、不快なアンモニア臭が漂《ただよ》った。

「こちらの者たちから、マシェット子爵家の領地での奴隷売買に関する証言はすでに取っております」

メイドは瓶を振ったり、ひっくり返したりと手の中で弄《もてあそ》びながら不敵に笑う。

「税に関する不正の証拠もありますよ？　調べたらポロポロとよくもまぁ出てきますねぇ」

そう言ってうさぎの獣人はケタケタと、腹立たしいくらいに楽しそうに笑った。

「だから、どうして欲しいんだ！」

私は苛立ち、ヤツらに大声で怒鳴った。するとうさぎの獣人とメイドは、ニマリと笑って顔を見合わせる。

「僕らがこれらを告発すれば家の取り潰しは免《まぬが》れない。それはわかっていますね？」

「あ、ああ。理解している。どうすれば告発を止めてくれるんだ」

もう、言うなりになるしかない。私は覚悟を決めた。

「ではまず……義理の娘二人を、身ぐるみ剥《は》がして国外に放逐《ほうちく》してください」

「わかった」

私が即座に頷くと、うさぎの獣人は微《かす》かに不快そうな顔をした。娘を犠牲にしても恥だと思わない、卑《いや》しい男だとでも思っているのだろう。

愛着もない、血の繋《つな》がらない娘たちだ。どんな目に遭おうと私には関係ない。

「そして貴女の奥方。彼女にはスラムで殿方の慰安でもしてもらいましょうか。どうせ複数の男との関係がある女です。それくらい簡単でしょう」

「複数の……男と？」

うさぎの獣人の言葉を聞いて、私はポカンと口を開けた。

「不貞の証拠です。ご覧になりますか？」

メイドが持っていた紙束をバラバラと床にばら撒いた。私は急いでそれを拾い集め、目を通す。

レイモンド卿、セーニア卿……書類に記された男たちは、どれも私の知人だった。

目の前が真っ赤に染まり、激しい怒りが心に湧く。

奔放《ほんぽう》で、我儘《わがまま》で、気性の激しい私の妻。そんな妻でも私は愛していたのだ。

だから彼女が家の経済状況に見合わない浪費を重ねているとわかっていても、放っておいた。

怒りに震える手で書類を握り潰す私を、ヤツらは楽しそうに眺めていた。

「貴方に任せると約束を守らない可能性がありますし、お嬢様方と奥方の処理は、今晩こちらでいたします」

「……わかった」

妻も、娘もどうでもいい。

家から膿《うみ》を出せたと思えば……今回のことも悪いことばかりではない。

「これで、奴隷商人や不正の件は内密にしてもらえるのか？」

私は猫撫で声を出しながら、ヤツらに笑みを浮かべてみせた。

「――ええ、内密にします。だって不正の件を報告して、家の取り潰しだけで済ませるなんて……生温《なまぬる》いじゃないですか。現在の借財の状況ですと、数年後にはこの家は潰れてしまうでしょうし。未来に起きることを今起こすだけなんて、つまらないですよね」

表情が抜け落ちたうさぎの獣人の口から発せられたのは、非情な宣告だった。

「ルミナ様は十四年間、誰にも助けを求めることができず、お一人で虐待に耐えていたのです。だから貴方も、十四年間、誰にも助けを求めず……」

うさぎの獣人が目線で合図を送ると、メイドが指を軽く鳴らした。

喉を締め上げられるような感覚。それと同時に『なにか』が奪われたような気がした。

私は叫び声を出そうとする。けれど声は出せずに、ヒューヒューと掠《かす》れた吐息が漏れるだけだった。

――声が、奪われたのだ。

「……痛みに耐えてくださいませ」

うさぎの獣人の言葉に続けて、メイドがまた軽く指を鳴らす。すると体中に鞭《むち》で打たれているかのような衝撃が走った。

「――ッ！」

痛みに耐えきれず、私は床を転がり回る。

十四年。十四年これに耐えろと言うのか!?

「十四年後にきちんと魔法は解けますので、ご安心ください」

そう言ってメイドはちょこんと軽く頭を下げた。

「ふふ、命も家も取らないんですから、僕たちは優しいですよねぇ」

「こんなものには耐えられない！」――そう口から発したつもりだった。けれど言葉は声にならず、荒い息遣いのみが口から零《こぼ》れる。

「子爵、失礼しますね。不正の件などはちゃーんと内緒にしておきますので。では、奥方たちのところに行きましょうか、セリーネ」

「はい、フェルズ様」

「万が一貴方が痛みに耐えられなくても……弟君がいらっしゃいましたよね。貴方と違ってずいぶんまともな方だとか。彼が家を継げば問題ないですね」

楽しそうに会話を交わしながら、軽《かろ》やかにヤツらは去って行く。

私はただ体中に走る痛みに耐え、うずくまることしかできなかった。

## 第五章

馬車は車輪を軋《きし》ませながら、悪夢のような出来事があった、そしてアイル様と両想いになった夜を過ごした屋敷を離れていく。

「残りの旅路は追っ手もかからないだろうから、のんびりと過ごせるね」

そう嬉しそうに言いながら、アイル様は私の頭を優しく撫でた。私は当然のようにアイル様のお膝の上に乗せられている。これにはもう慣れたもので、アイル様の体温が側にない方が不自然に思えるくらいだ。

アイル様のお顔を盗み見ようと後ろを振り返ると、彼も私のことを見ていたらしく、オレンジ色の瞳と目が合って微笑まれた。そんな彼に微笑み返して、こつりと彼の胸に頭をつける。すると大きな手が優しく頭を撫でてくれた。

……幸せ……

そんな言葉で、心がいっぱいになる。

「幸せです、アイル様」

はにかみながらつぶやいた私の頬に、アイル様の柔らかな唇が繰り返し落ちてくる。

「幸せだね、ルミナ」

アイル様は甘く囁《ささや》いて、私の体を強く抱き込んだ。愛おしい人の大きな体。それに包まれる安心感に私は安堵の息を漏らす。

……本当に、幸せ。

私はまたその言葉を心の中でつぶやき、そっと噛みしめた。

「ルミナ様」

「あ、セリーネさん」

空間の裂け目からセリーネさんがにゅっと現れる。そして布で包《くる》まれている、ずしりとしたなにかを私に持たせた。

セリーネさんの突然の登場にも、だいぶ慣れてしまったなぁ。

「これは？」

「ベーグルサンドです。具材はクリームチーズとスモークサーモンとなっております」

「なにかはわからないけれど、ご飯なんですね！」

「そうです、ご飯です。お二人分入っておりますので。それでは……」

セリーネさんはまた裂け目へと帰っていく。いいなぁ……本当にあの魔法は便利そうだ。

ライラックに着いたら、いっぱいお勉強をしよう。セリーネさんみたいにはなれないかもしれないけれど、私も魔法を学びたい。そしてアイル様の隣に立っても恥ずかしくないような、立派な淑女になろう。

私は今までの人生で、まともになにかを学んだことがない。それが悲しかったり、惨《みじ》めな気持ちになったりするけれど、これからの人生には学ぶことしかないと考えれば、楽しみばかりのようにも思える。

「ライラックに着くのが、楽しみです」

本当に、そう思う。私の未来には希望ばかりだ。

「そうだね。私も……ルミナと婚姻するのが、とても楽しみだよ」

そう言ってアイル様は楽しそうに笑い、私の頬に繰り返し頬ずりした。

「私も、アイル様のお嫁さんになるのが楽しみです！　あと、その……」

「ん？」

体をずりずりと動かし向かい合って座ると、オレンジ色の綺麗な瞳に見つめられる。言葉の先を促《うなが》すようにアイル様が首を傾げると、白銀の髪がさらりと頬にかかった。

綺麗な旦那様に見惚れて言葉を失いそうになり、私は慌てて首を横に振った。

「その！　アイル様と……最後までするのが、楽しみです」

「ルミナ！」

銀の睫毛《まつげ》に縁取《ふちど》られた瞳が大きく開く。その瞳の中に映っているのが私だけで、それがなぜだかとても嬉しい。

アイル様は白い頬を薄紅色に染めながら妖艶《ようえん》に笑うと、そっと私の額《ひたい》に口づけをした。

「私も、とても楽しみだよ。愛してる、ルミナ」

「私もです、アイル様」

口づけをたくさん交わして、微笑みあって。

互いの体温を染み込ませるようにぴったりと抱きしめ合いながら、私たちは柔らかな時間に身を委《ゆだ》ねた。


馬車はシェールブルン領に入ったばかりの時とは打って変わり、ゆっくりと道を進んでいく。何度か休憩を挟みながらの、のんびりとした旅路は体に負担がかからず、虚弱な私にはとてもありがたかった。

「見えてきましたよ～」

うとうととアイル様の腕の中で眠っていると、フェルズさんの朗《ほが》らかな声が聞こえた。

……見えてきた？　なにがだろう。

そんなことを、なかなか覚醒しない意識の中でぼんやりと考える。

「アイルしゃま、なにが見えたのです？」

一生懸命に目を開きながら訊《たず》ねるとアイル様の笑う気配がして、優しく頭を撫でられた。

そんな手つきで撫でられると、また寝ちゃいますよ……

「……私たちの住む国、ライラックが見えてきたんだよ」

「えっ！」

私の意識は一気に覚醒する。とうとう、着いたんだ！

アイル様が私の腰を支えていない方の手で窓を開けてくれた。私は胸を踊らせながら、その窓から顔を出す。

すると前方には検問所のような建物が見え、獣人の見張り兵が数人で警備をしている様子が窺《うかが》えた。その検問所の向こうには街道沿いにぽつぽつと人家が建っていて、それが自国とは違う建築様式であることに私は気づいた。

本当に、別の国なんだ。

目の前の風景を見ていると、そのことをしみじみと感じる。

街道はずっと遠くまで伸びていて、その先になにがあるのかはまだわからない。

だけど先にあるものを想像すると、心が自然と浮き立った。

「さ、検問所を通ればライラックだ。そして君と私が暮らす王都へ行くんだよ」

「王都へ！」

「また日数が少しかかるけどね。だけど今度は安全で楽しい旅だ。いろいろなところを見て、いろいろなものを知ろう」

アイル様が楽しそうに笑う。私もその笑顔に微笑みを返した。

アイル様は、王都への道中でいろいろなところに連れて行ってくれた。

大きな湖畔《こはん》の側にある街、猫の獣人が住民のほとんどを占める街、独自の染め物が有名な街……

それらのすべてが物珍しくて、楽しくて。私はずっとキョロキョロして、笑ってばかりいた気がする。

「私の故郷にも連れて行きたいのだけどね。王都を越えた場所にあるから今回は無理なんだ」

オレンジ色の瞳を夜闇の中で煌《きら》めかせながら、アイル様が私の前髪を弄《もてあそ》ぶ。そして彼は啄《ついば》むように数回唇を合わせてから微笑んだ。

「いつか、行こう？」

「はい、連れて行ってください！」

私は返事をして、アイル様の胸に頬を擦《す》り寄せた。

……アイル様とは、まだ『最後』までしていない。「王都に戻ってからね？」とアイル様は言うけれど、私はまだ完全にアイル様のものではないんだと思うと、少し寂しい。

今泊まっているのはとても立派なお宿で、ここでしてしまってもいいんじゃないかと思うのだけれど、『はじめて』は一度だけだから大事にしたいとアイル様が言うから、私も無理にねだるのは止めた。

「初対面で食べようとした狼さんなのに、紳士ですね」と以前からかったら、アイル様は大きなお耳を下げてしょんぼりしてしまったので、私は二度と言わないことにした。

あれは本能によるもので、アイル様はいたく反省しているそうだ。

「……愛しています、アイル様」

「私も、愛してるよ」

囁《ささや》き合って唇を合わせて、幸せを実感しながら微笑み合う。

……大好き、この人が。アイル様の番《つがい》でよかった。

体をベッドに沈める私の頭をアイル様が優しく撫でる。

「今日はなにもせずにお休みしようね。気づかないうちに無理は積もっていくものだから」

「ふふ、わかりました。——そうだ！　アイル様」

私は勢いよく起き上がると、サイドテーブルに置いていたあるものを手に取った。

それはライラックに入国してから買った、獣人さん用のブラシ。

近頃は獣化したアイル様のブラッシングをするのが夜の習慣になっているのだ。

「今日もしたいの？」

「はい！　これをしないと一日が終わった気がしません！」

アイル様の毛並みはブラッシングの必要がないくらいに綺麗だ。だけどブラッシングをするとさらに輝いて美しくなる。アイル様の毛艶《けづや》を美しく保つこと、それが今の私の使命だ。

「ルミナは、本当に狼の私が好きだね」

アイル様は少し困ったように笑ってから狼の姿に変化した。人が狼になる光景は、見慣れた今でも不思議で神秘的なものに思える。

私がポンポンと膝を叩くと、アイル様はベッドに上がりのしりと膝に頭を乗せた。巨大な狼であるアイル様の頭はとても重い。だけどそれは幸せな重みだった。

「ふふふ。痒《かゆ》いところはないですか～？」

訊《たず》ねながら銀の被毛《ひもう》に櫛《くし》を通す。するとアイル様のオレンジ色の瞳が気持ち良さそうに細められた。耳をこしょこしょとしながら頭の毛を優しくブラッシングした後に、体をずらして背中の毛の手入れをはじめる。

ああ、すごい。今日も素敵なもふもふ……！

「うう~我慢できない！」

思わずぼふりと背中の被毛《ひもう》に顔を埋《うず》めると、アイル様が少し不満げに「きゅうん」と一声鳴いた。

……王都まで、あと少し。


翌日も私たちは馬車に揺られていた。

街道には少しずつ、だけど確実に行き来する馬車の台数が増えている。

この先に大きな街――獣人の国ライラック王国の王都があるのだ。その実感に私は胸をときめかせた。

「今日、王都に着くんですね！　アイル様」

「そうだよ。着いたら私のタウンハウスに行こう」

王都勤めのアイル様は領地にあるものとは別に、王都に屋敷を構えているのだと教えてくれた。

領地経営は信頼できる家令に任せているそうで、アイル様の暮らしは王都中心なのだという。

当たり前だけれど、私も王都に住むのよね。

……王都といえば華やかなイメージだし、社交の機会がたくさんあったりするのだろうか。

私はきちんとした教育を受けていないから、たくさん勉強しないといけない。……アイル様に恥はかかせられない。

「ルミナ？」

きょとんとしたアイル様が私の顔を覗《のぞ》き込んでくる。彼は相変わらず私をお膝の上に乗せているから、顔を近づけられると頬を擦《す》り合わせるようになってしまう。それがくすぐったくて笑うと、アイル様も楽しそうに笑った。

「私、頑張りますね」

「頑張る？」

「お勉強や、社交です。ちゃんとした淑女になりますね」

アイル様は目を丸くした後に、私をぎゅっと抱きしめる。そして少し拗ねたように馬車の椅子を尻尾で叩いた。

「……しばらくはお勉強なんてせずに、私と二人でのんびりとして欲しいなぁ？　ようやくルミナと安全なところで二人になれるのだし」

「安全な場所で、二人きり」

――最後まで、という言葉が頭をよぎり、はしたないとわかっていつつも胸が期待で疼《うず》いてしまう。私はそんな視線をアイル様に向けた。

「……ルミナ、君の期待している通りだよ。最後まで私としよう？」

アイル様は甘い声で囁《ささや》くと私の手を取って口づけた。彼に躾《しつ》けられた体はその小さな刺激にすら反応して甘く下腹部を痺《しび》れさせる。こっそり太腿を擦《こす》り合わせる動作もアイル様にはバレているようで、彼はふっと笑うと私の指に丁寧に舌を這わせた。

「アイル、さま。ダメ。そんなことをされると……まだ王都じゃないのにしたくなっちゃいます」

「ふふ、そうだね」

ちゅぷりと音を立てながら吸い上げた後に、アイル様はようやく口から指を離してくれる。そして私を横抱きに抱え直すと、頬や唇に口づけた。

「嬉しいな。ルミナとずっと一緒だね」

「はい！　私も嬉しいです」

私からも口づけを返すと、さらにアイル様からも返ってくる。

笑い合いながら、そんな応酬を繰り広げていると――

「お二方。そろそろ王都です」

空間からにゅっとセリーネさんが現れて、相変わらずの無表情で王都への到着を告げた。

「……セリーネ、君はちょっと気遣いが足りないよね」

「申し訳ありません。早くご報告した方がいいかと思ったもので」

アイル様がふてくされたように言うと、セリーネさんは少しだけ眉尻を下げる。

これは、しょんぼりしているのだろうか。

「うん、ごめん。むしろ気を回してくれたんだよね。教えてくれてありがとう」

アイル様は苦笑しながらセリーネさんにお礼を言う。するとセリーネさんは安堵したように息を吐き、一礼をして馬車から消えた。

「セリーネさんの魔法は本当にすごいですね！」

いつもながらの鮮やかな魔法に私は感嘆の声を上げてしまう。セリーネさんを見ていると、私も魔法を習いたいという気持ちがどんどん湧き上がってくる。

「フェルズが許可してくれたらだけれど、セリーネに魔法の先生をしてくれないか訊《き》いてみようね」

「本当ですか!?」

セリーネさんに魔法の先生をお願いできないか、以前から訊《たず》ねてみようと思っていたのだ。年齢が近いセリーネさんともっと仲良くなれるかもしれないし、なにより落ち着きある彼女は教えるのがとても上手そうに見える。先生をしてくれたら嬉しいわ！

「セリーネは順序立てて物事を考えるのが上手だから、きっといい先生になるよ。そんなセリーネから習ったら、ルミナも大魔法師になるかもしれないね」

そう言ってアイル様はニコニコと笑うけれど、大きすぎる期待は少しプレッシャーです……

「さて、そろそろかな」

アイル様がそう言って馬車の窓を開ける。私はその窓から少しだけ顔を出して外の景色を眺めた。

馬車の前方に、高い城壁に囲まれた城塞都市が堂々とした姿を見せている。

その城塞都市へと続く道には、馬車や徒歩の人々の長い検問の列ができていた。周囲の人々はもうほとんどが獣人だ。背中に羽根が生えている人、皮膚に鱗《うろこ》が浮き出ている人……その見目の多彩さに私は目を奪われた。

他の馬車は検問である程度足止めされているようだったけれど、アイル様の馬車はほぼ素通りで王都に招き入れられる。私が不思議そうな顔をすると「公爵家の紋章がついているからね」とアイル様は笑った。


「着いたよ、ルミナ」

優しくアイル様に揺り起こされ、私は目を開けた。

馬車に揺られながら、アイル様の肩でうとうととしているうちに目的地に着いたらしい。

「ふ、ふわぁ」

小さくあくびをする私を見て、アイル様はくすりと笑う。そして頬に優しく口づけをした。

「屋敷に着いたから、起きて」

「屋敷にですか!?」

アイル様の言葉を聞いて私の目はぱっちりと開いた。

「ほら、行こう?」

先に馬車から降りたアイル様は手を広げて待っている。その胸に飛び込むと、いつも通りに軽々と縦に抱き上げられた。

アイル様に抱えられながら煉瓦《レンガ》造りの重厚な屋敷を見上げる。それはとてつもない大きさの屋敷だった。しかも見るからに古い歴史を感じさせる。

「すごい」

私はぽかんとした顔で、それを見つめた。これからここに住み、妻としての役目を果たさなければばならないのだと思うと、今から重圧を感じてしまう。

お屋敷の人やご家族からすると、私は突然現れた異種族の女だ。最初から諸手《もろて》を挙げて歓迎されるだなんて、浮かれたことは考えていなかったけれど、認められるためには想像していた以上の努力をしなければならないだろう。そんな現実を屋敷の佇《たたず》まいに突きつけられて愕然とする。

(私に……公爵様の妻なんて務まるのかしら)

不安になって眉を下げていると、額《ひたい》に柔らかな感触が降ってくる。そちらに目を向けるとアイル様が優しく微笑んでいた。

「アイル様……」

「ルミナ、気負わないで。私は側にいてくれるだけでいい」

「でも……私、皆様に認めてもらえるように頑張りたいです」

小さくつぶやいた唇に、アイル様の唇がまた重なる。アイル様は啄《ついば》むような口づけを繰り返してから、額《ひたい》同士を擦《す》り合わせた。

「ルミナが頑張りたいのなら私もお手伝いをするよ。悩みを分け合いながら、一緒に頑張ろう」

甘く優しい声音。それは心に降り積もる不安を少しだけ溶かしてくれる。

アイル様と私が扉の前に立つと、フェルズさんがさっと扉を開けた。すると口ひげを生やした老執事と、数人のメイドたちが出迎えに現れる。ピンと立った耳にふさふさの尻尾……使用人の皆様も狼族らしい。彼らはアイル様の腕に収まった私を見ると、目が飛び出さんばかりに驚いた。

「お帰りなさいませ、ご主人様。もしや、そのご婦人は……」

「番《つがい》だ、テレンス」

恐る恐るという風情で話しかけてきた老執事に、アイル様は短くそう言った。

「ああ、なんということだ。ご主人様が番様《つがい》を連れてきたぞ！　お部屋を早く準備しなさい！　歓待の準備もだ」

老執事――テレンスさんは大きな声でそう言うと、パンパンと手を叩いた。メイドたちもきゃあきゃあとはしゃぎながら散っていく。私はその光景をぽかんとしながら見守った。

「番《つがい》様、はじめまして。テレンスと申します。アストリー公爵家には先代の頃からお仕えしております。番《つがい》様は人族なのですねぇ。このたびは坊っちゃん、いえ、ご主人様のお手を取ってくださり、本当に――」

テレンスさんは涙目で、早口気味に話しかけてくる。その勢いに私は気圧《けお》された。

「テレンス、ルミナが困っているよ」

そんなテレンスさんにアイル様は苦笑を向ける。テレンスさんはぽかんとしたままの私の顔を見て、少し照れた表情で口ひげをいじった。

「いやはや、申し訳ありません。坊っちゃんが番《つがい》様を連れて帰るとはまさか思わず、年甲斐もなく興奮してしまいました」

「テレンスさん、ルミナと申します。これからお世話になります」

「ようこそ、ルミナ様。ご主人様の番《つがい》様は私たちにとっても大事なお方です。ルミナ様が快適な毎日を送れるよう、精一杯努めさせていただきますね。まずはおくつろぎになって旅の疲れを癒《いや》してください」

綺麗な白髪《はくはつ》の頭をテレンスさんはぺこりと下げ、「私も歓待の準備に」と言って去っていく。その大きな尻尾はブンブンと左右に激しく揺れていた。フェルズさんも鼻歌を歌いながらその後に続く。ああ、フェルズさんには旅のいろいろなお礼を、まだ言えていないのに！

「騒がしくてごめんね。獣人にとって番《つがい》を得るということは、とても大きな出来事だから」

「いえ、その、すごく嬉しいです」

私が微笑むと、アイル様も笑う。それが嬉しくて彼の胸に頬を擦《す》り寄せると、何度も優しく頭を撫でられた。

準備ができたと通されたのは、青を基調とした寝室だった。それは重厚な屋敷の外観と違《たが》わず、上品な風格を漂《ただよ》わせている。クローゼットを開けると、フォルト領で買ったドレスがきちんと整理されしまわれていた。

「無骨な部屋だけど、少し我慢してね。数日中には女の子に似合う可愛い部屋を用意させるから」

「ふふ。この部屋も素敵ですけど、わかりました」

アイル様は申し訳なさそうに言うけれど、私にはもったいなさすぎるお部屋だ。……だけど、可愛いお部屋も楽しみだわ。

「ルミナ」

ベッドに腰を下ろしたアイル様が、私の名を呼びながら手を差し出す。近づいてその大きな手を取ると引き寄せられ、力強く抱きしめられた。

「嬉しいな。私の屋敷に君がいるなんて夢みたいだ」

「私も嬉しいです。アイル様と出会えて、今ここにいられることが」

アイル様と出会うまでの私は、ただ意味もなく生きているだけだった。けれど彼と出会ってから、ようやく人生の一歩を踏み出せたような気がする。

「本当は婚姻まで待った方がいいのかもしれないけれど……今夜、ルミナのすべてを奪わせて」

その熱を持った囁《ささや》きに、心臓が大きく跳ねた。アイル様の瞳は獣欲に満ちて鈍い輝きを放っている。

「私と最後までしよう、ルミナ」

「は、はい」

答える声が思わず震える。待ち望んでいたことなのに、なぜか少しだけ怖い気もする。身をこわばらせていると、大きな手で背中をゆっくり撫でられた。

「ルミナ、そんなに緊張しないで。絶対に優しくするから」

「はい。楽しみに、してますね」

囁《ささや》いてアイル様の背中に腕を回す。するとぴったりと体同士が密着して、人肌の心地よい温かさが伝わってくる。彼の胸に頬を擦《す》り寄せると、アイル様の少し速い鼓動が聞こえた。

そのまま私たちはベッドの上で抱き合いながら微睡《まどろ》んだ。私が人の気配を感じて目を覚ました時には、日はすっかり落ちていた。アイル様はもう起きていて、ベッドに腰を掛けて大きく伸びをしている。アイル様の前にはフェルズさんが、いつものように愛らしい笑みを浮かべて立っていた。

「ふぇぅずさん」

寝起きで回らない呂律《ろれつ》のまま名前を呼ぶと、フェルズさんがこちらを向く。

「ルミナ様、旅の疲れが取れていないところ申し訳ありません。夕食ができたのでお呼びしに来たのですが、いかがでしょうか？　コック一同腕をふるって作りましたので、ぜひ食べていただければなぁと」

「夕食！」

フェルズさんの言葉に私は飛び起きた。するとアイル様にくすくすと笑われてしまう。うう。旅の時から意地汚いところばかり見せてしまって、なんだか恥ずかしい。

「あ、フェルズさん！」

「なんです？　ルミナ様」

部屋を出ようとしていたフェルズさんを呼び止めると、不思議そうな顔をされる。

「旅ではいろいろありがとうございました。セリーネさんも、レオンさんも」

私の言葉を聞いてフェルズさんは、ふっと優しい笑顔になる。

「それがこの可愛いうさぎの役目ですので。お役に立てて嬉しいです」

ぴょこりと可愛く一礼しお耳を揺らした後に、フェルズさんは去っていく。それと入れ替わりで、三人のメイドが部屋へ入ってきた。

「さて、じゃあ夕食に行く準備をしようか。そのドレスは昼寝でよれてしまったからね。さ、皆、ルミナを着替えさせてあげて」

アイル様が私のドレスを指差しながら笑う。たしかにドレスは皺《しわ》だらけだ。うう、結構気に入っていたのに……。

「そんなに悲しそうな顔をしなくても。百でも千でも。可愛いドレスを買ってあげるね」

……アイル様、そんなにドレスはいらないです。千なんてドレスで屋敷が埋まってしまいそうな数です。

その後私はメイドたちの手によってお風呂に入れられ、ドレスを着替えさせられ、化粧を顔に施《ほどこ》された。生家では自分で着替えていたので、人に手伝ってもらうのはちょっと恥ずかしい。

「ふぁ〜とってもお綺麗です！　こんなに可愛い番《つがい》様と巡り会えるなんて、ご主人様も幸せ者ですねぇ」

茶色の狼耳のメイドが砕けた口調で楽しそうに言う。お世辞でも綺麗と言われるのは嬉しい。

「その、私もアイル様と出会えて幸せなので。二人で幸せなんですよ」

「いいなぁ！　私も早く番《つがい》と会いたいです！」

「私も！　できればいい男で！」

「いい男じゃなくてもいいわ。出会えればそれでいい」

メイドたちは口々に番《つがい》について語る。マシェット子爵家のメイドたちと比べて、アストリー公爵家のメイドたちはかしましい。それがとても可愛らしかった。

「さ、できましたよ！　番《つがい》様！」

メイドたちに鏡の前に連れていかれたので、そっと覗《のぞ》き込む。

すると鏡の中には、胸元が大きくあいた青のドレスを身に着け、髪を高く結い上げた、令嬢のような姿の私がいた。薄化粧を施《ほどこ》されているおかげか、いつもよりも目鼻立ちがはっきりしている気がする。

「……なんだか恥ずかしいですね。似合っていますか？」

照れくさい気持ちになって頬を染めながら訊《たず》ねると、メイドたちの目が丸くなった。

「似合ってますよ！　とても綺麗です！　美の妖精かと思いましたよ！」

「水色の目がぱっちり大きくて、睫毛《まつげ》もとても長くって！　お肌は本当に真っ白で……お化粧がとても楽しかったです！　自信作ですよ！」

「髪も煌《きら》めく金色で美しくて、青のドレスに本当に映えていますよ」

……皆様、褒めすぎだと思うの。マシェット子爵家を出てからは、容姿を褒められる機会が増えた気がする。世間の人々って優しいのね……。

「その、嬉しいです。ありがとうございます」

お礼を言ってへらりと笑う。するとメイドたちはなぜか真っ赤になって胸を押さえた。

「ルミナ。可愛い笑顔をあまり他の人に見せないで？」

アイル様の声がした、と思ったらふわりと後ろから抱きしめられた。

「アイル様」

鏡を見るとアイル様は少し頬を膨らませている。メイドたちは皆、そんなアイル様を怖がるように視線を逸らしていた。どうして怖がるのかしら？

「ああ、ルミナ。可愛い、似合ってる。この世で一番綺麗だね」

蕩《とろ》けそうな笑顔でアイル様が言うので、頬が熱くなってしまう。

「あのご主人様がデレデレよ」

「……あの腹黒ご主人様が、心の底からデレデレね」

「番《つがい》様ってすごい」

メイドたちはなにかひそひそと言っていたけれど、アイル様がひと睨《にら》みすると蜘蛛《くも》の子を散らすように、そそくさと部屋を出て行った。

「じゃあルミナ、夕食にしようね」

アイル様に手を引かれ、広い屋敷の広い食堂へと導《みちび》かれる。廊下もとても長くて、「こんなに長い廊下だと掃除が大変そう」なんてことを考えてしまう。窓もたくさんあるなぁ、これを拭くのは何時間かかるのかな。

「ルミナ、どうしたの？」

「えっと……お掃除が大変そうだなぁって」

私の言葉を聞いてアイル様は眉尻を下げる。そして「うちではしなくていいんだよ？」と悲しそうに言った。さ、さすがにしませんよ。いや、掃除自体は割と好きなので、ちょっとしたいかもしれない。

長い廊下を抜けると大きな扉が開かれており、その先には驚くほどの数の料理が並べられた長机が用意されていた。

「食べきれないなら残してもいいからね。うちにはよく食べる使用人たちがたくさんいるから」

アイル様の言葉に頷きつつも、私の目は湯気の立つ料理に釘づけになっていた。

「アイル様、食事の作法を教えてくれますか？」

「いいよ、ルミナ。おいで」

そう言ってアイル様は席に着くと、いつものように私を膝の上に乗せた。……この時点で作法的におかしい気がするの。だけどそれからは丁寧にナイフやフォークの使い方を教えてくれて、私は使用人の方々が驚くほどの量の料理を平らげたのだった。

……だって、とっても美味《おい》しかったんだもの。

☆　☆　☆

「お腹いっぱいです、アイル様」

お部屋に帰った私とアイル様は、のんびりと長椅子に腰を掛けてお話をしていた。相変わらず私はアイル様のお膝に乗せられていて、アイル様は私のお腹をなぜかよしよしと撫でている。……ちょっと、恥ずかしいです。

「ルミナはよく食べたもんねぇ。コック長が喜んでいたよ」

「ローストビーフに海老のオーロラソース添えにお野菜のスープに……ぜんぶぜんぶ、美味《おい》しかったです」

「嬉しそうだね、ルミナ」

「はい！　だけど、一番嬉しかったのは」

私は、少し言葉を切った。するとアイル様が少し首を傾げる。

「屋敷の皆様が私に優しく笑ってくれるのが、嬉しかったです」

私にとって『家』という場所は、常に怯《おび》えながら生きる場所だった。だけどここは皆様が温和な笑みを浮かべながら、私と接してくれて……とても温かい。

「アイル様の番《つがい》だから、皆様が優しくしてくれてるだけだってわかってるんです。それでも……嬉しいんです」

そう。皆様が優しいのは私がアイル様の番《つがい》だからだ。それを勘違いしないようにしながら、私自身を好きになってもらえるように努力をしないと。

「いくら主人の番《つがい》でも、好意のない人間に優しくできるほど、皆できた人間じゃないよ。ルミナがいい子だから、皆優しくしたいんだ。番《つがい》としては妬《や》けるけど、鼻が高いね」

アイル様は私をぎゅっと抱きしめながら、耳元で囁《ささや》いた。

……アイル様も、皆様も本当に優しいな。

すると、アイル様はなぜか小さくため息をついた。

「……わかってない気がする。でもまあ、おいおい、ね」

そんな風にアイル様とお話ししていると、メイドがホットココアを持ってきてくれた。口にすると温かくて、甘くてとても美味《おい》しい。こんなに美味《おい》しい飲み物を飲んだのははじめてだ。驚きに目を瞠《みは》る私を見て、アイル様はすぐさまおかわりを頼んでくれた。

「さて、ルミナ。夜も更《ふ》けてきましたが」

「はい、アイル様」

唇についたココアをお行儀悪くぺろりと舐めてから、私はお膝の上でもぞもぞ動いてアイル様と向き合った。

「えっと、私でよければ、ぜんぶアイル様のものにしてください」

「うん。私のものになって、ルミナ」

私たちは笑い合って、甘い唇を触れ合わせた。軽く唇を触れ合わせて離し、そしてまた引かれるように触れ合わせて。そうしているうちに、口づけは深いものになっていく。

「ん……」

呼吸までも食べ尽くすような肉食獣の口づけをしながら、アイル様は私を抱き上げベッドへと向かう。その口づけに翻弄《ほんろう》されつつ、私は懸命に舌を動かした。彼の舌を甘く吸い、鋭い牙に舌を這わす。するとアイル様は眉尻を下げて唇を離した。

「牙は危ないから、舐めちゃダメ」

叱るように言い、アイル様は私をベッドに下ろす。

牙、ツルツルで舐めると気持ちいいのにな……

アイル様はふっと小さく息を吐くと上着を脱ぎ、シャツのボタンを外す。神々が手ずから丹精を込めて作り上げた彫刻のような、美しい筋肉に纏《まと》われた裸体が現れ、それに目を奪われた。

邪魔だとばかりに綺麗な手で銀色の前髪をかき上げて、オレンジ色の瞳が細められる。アイル様のそんな仕草は、匂い立つような色香に満ちていた。

「……綺麗」

そんな言葉がつい口から零《こぼ》れる。アイル様はふっと笑って、私に覆い被さり再び唇を重ねる。

淫靡《いんび》な水音を立てながら舌を絡め合っていると、アイル様の手が私のドレスに伸びた。そして背中のボタンを器用に外していく。ドレスはあっという間に引き下ろされ、パニエとともに床に投げられた。しかし下から出てきたコルセットに、アイル様は渋い顔をする。

「コルセットなんだね。ごめんね、ルミナ。余裕がないから……」

ビリッと、なにかが裂ける音がしたと思ったら、真っ二つに裂けたコルセットがベッドの下に落ちていった。それを見て私は目を丸くする。獣人の方々の力は本当に強い。

「ああ、ルミナ。可愛い」

アイル様の囁《ささや》きが聞こえたかと思うと、コルセットの下から現れた二つの丘が大きな両手によって揉みしだかれた。少し乱暴なくらいの愛撫。だけど肌を合わせる気持ち良さを知っている体は、その強い愛撫にも反応してしまう。

「あっ、んんっ」

深い口づけを与えられながらぐにぐにと胸を揉み込まれ、私は小さな喘《あえ》ぎを漏らす。綺麗に結い上げられていた髪は乱れ、金糸が敷布に広がった。

アイル様は指先で胸の蕾《つぼみ》を摘まむ。そして捏《こ》ねたり引っ張ったりと、優しい手つきで弄《もてあそ》ばれた。

「ふ、んんっ」

「ルミナの声は甘いね」

「アイル様、そんなこと」

「甘くて、心が蕩《とろ》けそうになる」

そう言うアイル様の声音の方が、私からするとよほど甘くて蕩《とろ》けそうになるのだけれど。心の奥にじわりと染み込むようなその声は、体の熱を高めていく。

アイル様の声を欲しがるように唇を見つめていると、笑みを湛《たた》えた端整な美貌が近づきそっと唇を塞《ふさ》がれた。口内に侵入する、アイル様の舌。それに自身の舌を絡め取られ優しく翻弄《ほんろう》される。

「ふぁ、んっ」

胸への刺激、口づけの甘さ。頬に触れるアイル様の髪の感触。鼻腔に舞い込むアイル様の爽《さわ》やかな香水の香りと、それに混じった汗の香り。貪《むさぼ》り合いにより乱れた、互いの荒い呼気。

五感に届くすべてに官能を刺激され、蜜壺はじんわりと甘く蜜を孕《はら》む。

アイル様の片手が太腿へと伸ばされ、手のひら全体で感触を楽しむように柔らかな力で揉み込んだ。

「柔らかいね、ルミナ」

アイル様は嬉しそうに笑いながら、指先で肌をひと撫でする。その刺激に身を震わせる私を見て、彼はまた嬉しそうに含み笑いを漏らした。

「アイル、様」

「もっと可愛いルミナを見せて」

「かわ、いい？　ぁあっ」

耳元で囁《ささや》かれ、舌を耳穴に差し込まれる。ぐちゅりという濡れた音が響いて、体中にむず痒《がゆ》いような感覚が走った。

「お耳、いやですっ」

「気持ち良さそうに見えるけどな」

ぐちゅぐちゅと水音を立てながら、舌がいやらしく耳穴を出入りする。

耳を弄《もてあそ》ばれると、そのひどく直接的な感触だけではなく、いやらしい音に侵食をされているような気持ちになった。

アイル様は時間をかけて耳を嬲《なぶ》りながら、太腿や胸を愛撫した。

だけど……蜜を孕《はら》んでいる中心には、まだ触れようとしない。

「あいる、さま」

「どうしたの」

「触っていないところが、あり、ます」

おずおずと言う私に、アイル様は少し意地悪に笑ってみせる。

そして、唾液で濡れて光る耳に息を吹きかけながら囁《ささや》いた。

「どこを触って欲しい？　ちゃんと私にわかるように言って？」

ぞくり、と体が震えて蜜がまた溢《あふ》れる。

こんなにも、ここは触って欲しそうにしているのに、言わせるなんて。アイル様は時々意地悪だ。

「アイル様、ここ、触って……ください」

大きな手を取ると、自《みずか》らの濡れた下腹部に導《みちび》く。アイル様の指を触れさせたそこは、恥ずかしいくらいに濡れて下着の色が変わっている。

「いい子だね、わかったよ」

にっこりと笑ったアイル様に下穿《したば》きの横紐が解かれ、頼りない布切れはいともたやすく脱がされた。

飼い慣らされた体は快楽に甘く溶けていて、濡れた下穿《したば》きと花びらとの間には、だらしのない銀色の糸が引いた。

アイル様の指が蜜壺を探る。しばらく花びらや芽の周辺を弄《もてあそ》んでいた悪戯《いたずら》な指先は、つぷりと蜜口に入り込んだ。

やっと訪れた蜜壺への刺激。それが嬉しくて、私はほうっと熱い吐息を漏らした。

「今日はルミナの膣にね……私のものを挿《い》れるんだ。そして中でいっぱい擦《こす》って、たくさん子種を出すんだよ」

ちゅぷちゅぷとアイル様の指が中を出入りする。舌や指でふだんは嬲《なぶ》られているその場所。ここに、アイル様の……あの大きいものが入るの？

「ちょっと怖いです、アイル様」

涙目でそう言う私にアイル様は爽《さわ》やかに微笑んでみせた。

「そうだね。だからじっくり解《ほぐ》そうね。いつもよりたっぷり時間をかけて、内側をたくさん解《ほぐ》すんだ」

「いつもより……」

アイル様はいつもじっくりと私を蕩《とろ》かせてくれる。あれ以上じっくりされてしまったら……気持ち良さでおかしくなってしまわないかしら。

「ルミナ、足を開いて」

甘える声で耳に囁《ささや》かれ、体がぞくりと震える。秘められた場所をアイル様に晒《さら》け出すのは、何度肌を重ねていても恥ずかしい。だけどその先にある快楽を想像すると、私の理性は脆《もろ》く崩れてしまうのだ。

ゆっくりと、羞恥心《しゅうちしん》を押しのけるようにして足を開く。そして私は、ねだるようにアイル様へと蕩《とろ》けた視線を投げた。

「いい子、ルミナ。可愛い」

顔を笑ませながらアイル様が褒めてくれる。そして柔らかな媚肉に指を這わせた。指はゆっくりとした動きで花芽に触れ、その下にある花弁へと下りていく。私は胸を高鳴らせながらその動きを見守った。

「たくさん舐めて、奥を開いてあげる」

宣言するとアイル様は花弁に顔を近づけ、ふっと息をかける。ぞくりとする感覚に体を揺らす間もなく花芽を口に含まれ、私は全身を大きく跳ねさせた。

アイル様は花芽を虐《いじ》めながら、指で花弁をかき分ける。そしてゆっくりと時間をかけて、一本の指を沈めた。

「あっ……」

浅く指を挿《い》れられたことは何度もある。だけどこんなに深く挿《い》れられたことは今までなくて。自分でも知らない場所に侵入される感覚に、私は戸惑いを覚える。自分の体にこんな風になにかを受け入れるようなところがあるなんて、想像もしていなかった。ゆっくりと内側の肉を探る感触、花芽に唇や舌で与えられる刺激。そのどちらもが体を昂《たか》ぶらせ、蜜壺の奥から止めどなく蜜を滲《にじ》み出させる。

アイル様はささやかな包皮を指先で丁寧に剥《む》いて、濡れて光る紅玉を吸い上げた。

「きゃあ！」

私はたまらず悲鳴を上げながら、アイル様のふわふわのお耳を強く掴《つか》んでしまった。アイル様はそんなことには構いもせずに、舌全体を使うようにして紅玉を舐め、時折チロチロと舌先で転がし、吸い上げ、丁寧に愛撫を続ける。

「やっ、それ、刺激つよくてぇ」

思わず泣き言のような声が零《こぼ》れる。そんな私に向けて一瞬ふっと表情をゆるませた後に——アイル様は、花芽に軽く歯を立てた。

頭のてっぺんから足先まで、突き抜けるような快感が走り抜けた。

「あっ、あああっ！」

その快感に体を震わせながら私が達している間にも、指は一本から二本に増えていた。存在感を増した指は優しく内壁を擦るようにして出入りを繰り返す。最初はその抽送に違和感があったけれど、花芽や花弁を食《は》まれながら繰り返されるうちに、それも蕩《とろ》けていった。ぐちゅぐちゅと淫靡《いんび》な音を漏らしてかき出される蜜が、アイル様の指をどろどろに濡らし内腿を伝って流れていく。

「すごいね、ルミナのここがきゅうきゅうと指を締めつけてる。離したくないって言ってるみたいでとっても可愛い」

「や、う」

「ほら、まるで乳飲み子みたいに必死だ」

アイル様の言う通りに、隘路《あいろ》はアイル様の指を締めつけていた。まるで内壁のすべてを使ってでも、アイル様を感じたいと言うかのように。

「はっ、あ。だって、きもちい……」

私の言葉に満足したように笑ってから、アイル様は三本目の指を埋める。それは圧迫感と少しの痛みを伴ったけれど、その痛みすらも愛おしいとばかりに泥濘《ぬかる》んだ狭い道はきゅっと指を締めつけた。

「あ、あん。あっ」

やわやわと内側を開かれながら、絶え間なく甘い声を漏らす。アイル様の熱を受け入れるための準備はとても甘美な時間だ。

蜜が指にかき混ぜられ、泡立ちながら敷布を濡らす。

「すごいぐずぐずになっているね。蜜もいっぱい零《こぼ》れて、本当にいやらしい」

「あっ、あっ！」

指をバラバラに動かされ、肉壁を甘く捏《こ》ねるように刺激され――アイル様の手によって、私は何度目かの絶頂を迎えた。寄《よ》る辺《べ》を求めるように伸ばした手は優しく取られ、何度も指先に口づけられた。

「可愛いルミナ。私のものにしてもいい？」

指の一本一本を口に含み、舌を絡めて淡い刺激を与えながらアイル様が耳に囁《ささや》く。そのオレンジ色の瞳は熱を孕《はら》んですっかり蕩《とろ》けている。

「アイル様、もちろん、です」

未知の行為が怖いと思う気持ちを、アイル様が欲しいと思う気持ちが簡単に凌駕《りょうが》してしまう。私は逞《たくま》しい胸に、熱い体を擦《す》り寄せた。

「あいるさまの、いれて欲しい」

呂律《ろれつ》の回らない舌で必死に訴える私に、アイル様はうっとりとした笑みを浮かべてみせる。そして長い時間私の内側を開いていた指を、ぐじゅりという猥雑《わいざつ》な音を立てながら、一気に引き抜いた。

指の存在が消えた蜜口は、ひくひくと寂しがるように震えて蜜を零《こぼ》す。

性急な動作でトラウザーズと下穿《したば》きが一気に引き下ろされ、逞《たくま》しい熱が飛び出し眼前に晒《さら》された。

（これが、私に……）

その大きさを改めて目の当《まあ》たりにして私は唾を呑んだ。

体を割り入れるようにしながら足を広げられ、熱の先端が花弁に押しつけられる。粘膜同士が触れ合う感触はあまりにも生々しくて、少しの恐怖と大きな期待をかき立てた。

「ルミナ。痛くても止めてあげられない」

熱のこもった吐息混じりの声を漏らすアイル様に、私は微笑んでみせた。

「大丈夫です。奥まで、ください」

了承した瞬間、アイル様のものが蜜口を一気に押し開いた。体を裂かれる痛みに、私は小さく悲鳴のような声を漏らす。

そんな私を宥《なだ》めるようにアイル様の唇が頬に、鼻先にと降ってくる。

「ルミナ、大きく息をして」

「は、い。あいる、さま」

ひっと引《ひ》き攣《つ》った息を漏らす唇は、アイル様の優しい唇で塞《ふさ》がれた。

「あっ、んっ」

内壁を擦《こす》りながらアイル様の熱が時間をかけて進む。自分の内側がみっしりとアイル様でいっぱいになり「ああ、一つになっているのだ」と、余裕のない思考の片隅で私はそんな感動を覚えた。

アイル様の熱はじわじわと鈍い痛みを与えてくる。だけど……こんな幸せな痛みは、はじめてだ。

熱を奥まで収めたアイル様が私を抱きしめながら腰を軽く動かす。アイル様と私の肌がぴたりと隙間なく触れて、なんだか不思議な気分になる。

「血が、出てしまったね。辛い？」

少し身を離し、結合部を見て眉尻を下げたアイル様が悲しそうに言う。こちらからは見えないけれど、どうやら出血しているらしい。私はふるふると首を横に振った。

「少しだけ痛いけど、平気です。そして、幸せです……」

「ルミナ！」

感極まった声を上げながら、アイル様が再び抱きしめてくる。その急な動作で熱がより奥に進み、その圧迫感で私は「きゅう」と変な声を上げてしまった。それに気づいたアイル様は申し訳なさそうに眉尻を下げ、今度はあまり刺激を与えないように、そろそろと私を抱きしめた。

――アイル様の、高めの体温が心地いい。

それに安心したのか、少し緊張していた体から、ふにゃりと力が抜ける。内側に熱を収めたまま、私とアイル様は時折口づけを交わして抱き締め合った。

「痛いかもしれないけれど、ルミナの内側で擦《こす》ってもいい？」

ぎゅうぎゅうと私を抱きしめながら、アイル様が少し苦しそうな声で言う。自分のことでいっぱいだったけれど、この状態はアイル様も辛いのかもしれない。

「はい、いっぱい擦《こす》って、私の中で気持ち良くなってください」

「ありがとう、ルミナ」

アイル様は頬を染めオレンジ色の瞳を煌《きら》めかせると、ゆっくりと腰を動かした。アイル様の大きなものが中で擦《こす》れて、ぐちゅりぐちゅりと水音が立つ。それはアイル様が抽送をするたびに大きく耳に響いた。

「番《つがい》の中は、本当に気持ちいいね」

うっとりと言うアイル様の銀色のお耳はふにゃりと垂れて、大きな尻尾がバフバフと揺れている。

ああ、彼は気持ちいいんだ。それが嬉しくてたまらない。

最初は快感よりも違和感と鈍い痛みが強かった。だけど私の気持ちいいところを探るようなアイル様の優しい腰つきのおかげか、快感が徐々に増していく。

「あっ、あ！　あいるさまっ」

「ここ、気持ちいい？」

「あんっ！」

私の表情を窺《うかが》いながら感じる場所を擦《こす》り上げるアイル様に、私は返事の代わりに喘《あえ》ぐ。もっと欲しいと自然に腰が揺れて、熱を奥へ奥へと誘う。するとアイル様の表情が嬉しそうにゆるんだ。

「欲張りなルミナも可愛いね」

囁《ささや》かれ、唇を合わせられたので舌を伸ばすと、乱暴な動作で絡めとられる。アイル様も、少し余裕がないのかもしれない。唇でも蜜壺でも水音を立てながら繋《つな》がり合い、貪《むさぼ》り合う。胸も優しく愛撫され、声を零《こぼ》すと愛おしげに髪を乱された。

（ああ、ぜんぶアイル様でいっぱい）

全身で感じるアイル様の存在が愛おしくてたまらない。そしてもっと、アイル様を感じたい。

「アイル様、もっと動いてっ……」

「ルミナッ！」

アイル様は体を起こし私の裏腿を両手で掴《つか》むと、先ほどよりも速く腰を揺すりはじめた。圧倒的な質量が私の中を往復する。肉がぎゅっと熱に絡み、蜜を垂らしながら締めつける。

見上げると、銀色の髪が汗で白い頬に張りつき、紅い唇から悩ましげな吐息を漏らすアイル様がいた。結合部に目を向けると、アイル様の赤黒いものがぐちゅぐちゅと、蜜を泡立たせながら出入りしている。その光景があまりに卑猥《ひわい》すぎて、私は頬を熱くし思わず目を逸らした。

「気持ちいい、信じられないくらいに……」

アイル様がそんなことを言うから、単純な私は嬉しくなってしまう。私がアイル様にあげられるものは、心と体くらいしかない。それでアイル様が喜んでくれるのなら、それ以上に嬉しいことなんてない。

「嬉しい、もっとして。アイルさまの、好きなようにっ」

大きな手が頬に触れる。その手に手を重ねて私はアイル様を見つめた。

「……ダメ。そんなことを言われたら、壊してしまうよ」

動きを止めて、辛そうな顔でそんなことを言う優しい貴方が好きだ。

「大好きな貴方だから好きにして欲しい。好きに動いて、気持ち良くなって。アイル様にだったら、私は壊されてもいいの」

「ルミナ、もう！　優しくしたいと思ってるのに」

「あっ！　あいるさ、ま」

強く抱きしめられ、貪《むさぼ》るように穿《うが》たれる。その激しい律動に、私は絶え間なく声を漏らした。大きな熱で抉《えぐ》られてお腹が熱い。頭が真っ白になって、アイル様を感じることしか考えられない。心臓がドクドクと脈動し、呼吸が激しく乱れる。もっと、もっとアイル様が欲しい――

「すき、あいるさま」

「ルミナ、私もだよ。大好きだ」

「あいしてる、だいすき……」

自然に零《こぼ》れる涙は彼の舌で拭《ぬぐ》われる。言葉にならない声の合間に「愛してる」と言うと、アイル様も同じ言葉を返してくれる。

「あいるさま、あいるさま。あっ、あああっ――!」

最奥を抉《えぐ》られ、アイル様の背中に爪を立てながら私は達した。

荒い呼吸を吐いてアイル様の体に縋《すが》っていると、アイル様も私を強く抱きしめて小さく身を震わせた。お腹の中になにかが吐き出され、奥を満たしていく。いつもはお腹に出される白いもの。あれが、私の中に出されたんだ。

「ふふ。ルミナと最後までしてしまったね」

アイル様は嬉しそうに言って、ぎゅうぎゅうと私を抱きしめる。そうしながらも腰をゆるゆると動かしていて、最後の一滴まで中に注ごうとしているようだ。ぐちゅりと粘度が上がった音が耳に入って、なんだか気恥ずかしい。

「アイル様」

「ん? なに、ルミナ」

甘い声で返事をしながら、アイル様は汗ばむ私の額《ひたい》に繰り返し口づける。そして蕩《とろ》けるような笑みを浮かべた。

「これでアイル様の……子供ができるんですか？」

「ふふ。一回でできるかはわからないなぁ」

「じゃあ、その、いっぱいしたいです」

気持ち良かった。心の底から満たされる感じがした。……私はアイル様とする、この行為が好きだ。

素直に告げると、アイル様のオレンジ色の瞳がまんまるになる。するとまだ中に入ったままのアイル様のものが大きく膨らんで、私の目も丸くなった。

「ア、アイル様。その」

「そうだねルミナ、いっぱいしよう。愛してるよ。私に……溺れて欲しい」

「お手柔らかに」と言おうとした唇は間に合わず、アイル様の体が先に覆い被さってくる。

そしてアイル様は柔和な、だけどなにか企《たくら》んでいるような笑みを浮かべた。

「ルミナ、今度は後ろからしてもいい？」

「うし、ろ？」

言葉の意味が呑み込めずきょとりとした顔をしていると、悪戯《いたずら》っぽい表情のアイル様に体を軽々とうつ伏せにされた。

……そう。

中にアイル様の硬いものが入ったままで、反転させられたのだ。

「ひゃぁ！」

回転の際に中をかき回されて、私は悲鳴を上げながら達した。突然のことに意識が明滅して、呼吸が浅く速くなる。体をひくひくと引《ひ》き攣《つ》らせていると、大きな手で落ち着いてと言うように背中を優しく撫でられた。

「あいるさま、とつ、ぜんっ。きもち、よく、て」

「はぁ……可愛いね、ルミナ。いくらでもできそう」

アイル様はうっとりとした声で言いながら、私の腰を下から支えるようにして持ち上げる。そして膣内に入っているものを前後させた。

深く口づけするかのように奥まで挿《い》れられ、入り口ギリギリまで引き抜かれて、また最奥まで押し込まれる。まるでそれは、蜜壺にしっかりと形を覚え込ませるような動きだと思った。

……ううん。アイル様は、覚え込ませようとしてるんだ。

「あっ、ぁあんっ、あっ、あ、あ……」

一度は収まった官能が、アイル様にまたかき立てられていく。

腰を動かされるたびに先ほど中に出されたものが撹拌《かくはん》されて、太腿を汚しながら零《こぼ》れ落ちてくるのが視界に入る。それがなんだか気恥ずかしくて私は目を逸らした。

（あ……白いのが、外に出ちゃったら、赤ちゃんが……）

せっかく中に出していただいたのに、こんなに零《こぼ》してしまったら、アイル様との子供ができないんじゃないだろうか。

今からでもかき集めて、中に戻すべきなの？　だけどそんなこと……

「ルミナ、なにを考えてるの？」

「ひぁんっ！」

アイル様に一際《ひときわ》強く腰を叩きつけられ、私は高い喘《あえ》ぎを上げた。

「上《うわ》の空《そら》になるなんて、悪い子。そんなことをする余裕なんてないようにしないとね」

からかうような声とともに、パンパンと互いの肉を打ち付け合うような激しさで内側を抉《えぐ》られる。

身を起こす余裕がなくなった私はへたりとベッドに上体を預け、お尻を上げた恥ずかしい格好でアイル様に揺さぶられるままになった。

――そんなに激しくすると、また子種が零《こぼ》れてしまう。

抗議をしようと、私は必死で口を開いた。

「らって、さっきの、白いのが、外にこぼれ……ああ、あんっ」

「ああ、そうか。もっとたくさん中に注ぐから、少しくらい零《こぼ》れても大丈夫だよ――だから、もっと私に、集中して」

最奥まで熱を押し込まれながら耳元で囁《ささや》かれ、背筋がぞくりと震えた。

アイル様の手が胸に触れ、頂《いただき》をくりくりと弄《もてあそ》ばれる。そうされながら穿《うが》たれているうちに、私の理性は快楽に呑まれていった。

「あ、ぁあ、あんっ」

「ルミナ。後ろからだと、もっと深く刺さって気持ちいいでしょう？」

「はい、奥まで、ぎゅーって入って、きもち、い、です」

「私も気持ちいいよ、可愛いルミナ」

アイル様は嬉しそうに言うと、私の首筋をぺろりと舐め、肉を唇で優しく食《は》む。出会った頃は捕食されると感じて恐ろしかったその行為。だけど今は、それが気持ち良くてたまらない。

「ふふ、もっと深く刺しちゃおうか」

「ふぇ？」

問い返す間もなく、腰を抱えられて後ろへ体を引かれた。

体からぬぽりとアイル様の熱が抜け落ちて、それが寂しいだなんて思ってしまう。だけどお別れは、一瞬だけのことで――

「あ、ぁあんっ！」

背後から抱き込まれながらアイル様のお膝の上に乗せられるような形で、熱杭の上に落とされた。

「――っ、は、ぁ、あ」

圧倒的な質量がずりずりと壁を擦《こす》りながら、無遠慮に奥まで侵入する。それは一気に進んで、行き止まりをコツンと叩いたはずなのに、私の自重《じじゅう》でさらに奥まで進もうとする。

「あいりゅ、さ」

串刺しにされたまま、はくはくと唇を戦慄《わなな》かせていると、アイル様の大きな手がおとがいに触れた。そして頬や首筋に、口づけが降ってくる。

「辛い？　ルミナ」

お腹がいっぱいで苦しい。だけど……貫《つらぬ》かれている箇所から、じわじわと甘い熱が這い上がってくるのを感じる。

アイル様の問いに、私はふるふると首を横に振ってみせた。

「動いてもいい？」

「は……い」

答えを聞いたアイル様は背後から両足の膝裏を持つようにして、私の体を持ち上げる。ずるる、と途中まで熱杭が引き抜かれ、それに縋《すが》るかのように媚肉が絡む。

アイル様は私を抱えた状態で、くぷくぷと下から浅く突き上げはじめた。

「あ、ぅ、あんっ」

熱が良いところに当たると、思わず甘い声が漏れる。アイル様はそれを見逃さず、私の感じるところをぐりぐりと刺激しだした。

「あっ、あ、はぁっ。アイル、さまっ」

「ふふ。可愛いね、ルミナ。さっきまで処女だったのに、下から突き上げられてこんなに感じて」

「だって、きもちよくて、あっ、あっ」

アイル様の抽送は少しずつ激しくなっていく。

浅瀬で遊んでいた熱は時折奥まで侵入し、最奥にぷちゅりと口づけしてからまた浅瀬へと戻る。

蜜壺からは絶えず湿った音が聞こえ、先ほど出された白濁と蜜とが混ざりあった飛沫《しぶき》となって敷布を汚した。

「あんっ、ああっ！　ああっ！」

「ルミナ、どうして欲しい？」

アイル様が耳に囁《ささや》く。それは、愛しい悪魔の囁《ささや》きだ。

気持ちいい。だけど足りない。もっと、もっと、激しくして欲しい。

奥まで突いて、揺さぶって。そして中を子種で満たして欲しい。

「もっと、奥まで激しくかき混ぜて、あいるさまぁ」

「うん、わかった」

アイル様は両足を抱え込むようにして私を抱きしめると、体を密着させて腰を揺すりはじめた。

それは先ほどよりも熱を帯びた、乱暴なくらいの動き。肉杭は最奥をゴツゴツと打ち付け、肉壁は蜜を垂らしながら熱杭を締めつける。

食欲旺盛に、もっと、とねだるみたいに。

「ぁん！　あいるさま、あいるさまぁっ」

「ルミナ……本当に可愛い、愛してる」

アイル様は熱に浮かされたように言いながら、ごちゅごちゅと膣内を抉《えぐ》り続ける。そんなに必死に貪《むさぼ》られることが、求められていることが嬉しくて、なんだか泣きそうになった。

「はっ、あいりゅさまも、きもちい？」

「うん、気持ちいいよ。ルミナ。私の……愛する番《つがい》」

「あんっ！　あ……あっ、あ——！」

奥に届く一突きで、私は達してしまう。だけどアイル様の動きは止まらなくて、またすぐに高みへと導《みちび》かれた。

「あいるさま、あいるさまっ、あんっ」

「ルミナ……！　奥に、注がせて」

大きな手がゴツゴツと穿《うが》たれているお腹を上から撫でる。その手に私はそっと自分の手を添えた。

「はい、いっぱい。いっぱい出してっ……！」

「ルミナ！」

ぎゅうっと一際《ひときわ》強く私を抱きしめながら、アイル様が体を震わせる。びゅくびゅくと内側に子種が吐き出され、満たされていく感覚。それは蜜壺では呑みきれずに、熱杭を伝って外へと流れていく。

力をなくしていく熱を奥まで押し付けるようにしながら、アイル様はまだ子種を注ぎ込もうとする。そんなアイル様の様子からは、私を孕《はら》ませようとする強い本能を感じた。

「あいるさま、おなか、いっぱい」

「そうだね、ルミナ」

息を切らせながら言う私の額《ひたい》に、アイル様は何度も口づけをする。

その幸せな感触を受けて、私はへにゃりと笑った。

もう少し、この余韻に浸《ひた》っていたい——そう、思っていたのに。

「……ルミナ、もうちょっとだけ、いいよね」

ぎゅうと大きな体で抱き込まれ、また力を取り戻した熱で蜜壺の表面を撫でられる。アイル様の体力は、無尽蔵なのかしら。いや……無尽蔵な、獣人さんだったわね。

「アイル様、きゅうけ――」

「ちょっとだけ、ね？」

甘えるように言われて、ベッドに再び押し倒される。大きく足を割り開かれた蜜壺からは、アイル様の白濁が生々しい感触を残しながら流れていく。

「あいるさ――」

「もう、少し」

熱を押し当てられ、再び刺し貫《つらぬ》かれ――

私は再び、愛おしい狼の下で甘い声を上げた。

☆　☆　☆

「ルミナ様はか弱いお方なのに。無茶をさせすぎですよ、アイル様」

私の頭に乗った氷嚢《ひょうのう》を取り替えながら、フェルズさんが頬を膨らませた。体力の限界に達してしまった私は倒れ、熱を出してしまったのだ。そしてそのまま二日が過ぎた。

「……浮かれて、しまったんだ」

アイル様は狼の耳をぺたんと下げる。そんなアイル様をフェルズさんがジト目で睨《ね》めつけた。アイル様は私のベッドの横に置かれた椅子に腰を掛けたり立ったりと、周囲をウロウロして落ち着かない。

「大丈夫ですよ、アイル様」

掠《かす》れた声でそう言って手を差し出すと、大きな両手にぎゅっと包まれる。

「すまないルミナ。私は……ただの獣《けもの》だ」

銀色の耳が元気なくぺたりと下がり、オレンジ色の瞳からはほろほろと涙が零《こぼ》れた。

「私こそごめんなさい。私が人間じゃなくて獣人の番《つがい》なら、もっとたくさん、アイル様と抱き合えたのに」

メイドたちから聞いた話によると、獣人は番《つがい》ができると数週間……人によっては数ヶ月の蜜月休暇を取るらしい。そしてその間は、寝食以外を愛し合う時間に使うのだそう。それを聞いて、私は申し訳ない気持ちになってしまった。私じゃなくても、人間だとその期間中ずっと愛し合うのは難しいと思うけれど。

「ルミナ、そんなことは気にしないで。私になにかして欲しいことはない？」

綺麗な手が伸びて私の頬を何度も撫でる。その心地よさに私は目を閉じた。

「あの、じゃあ、狼の姿で添い寝……」

私が言い終える前にアイル様は狼の姿に身を変じた。ああ、服がビリビリに！　フェルズさんはため息をつきながら破れた服を回収する。そしてぺこりと一礼してから部屋を出て行った。

銀色の狼はするりと上掛けの中に入ってくる。そしてその大きな体をすりすりと寄せてきた。

ぎゅっとその体を抱きしめると安心する温かさが伝わってきて、私は頬をゆるめた。

「大好きです、アイル様。ずっと一緒にいてくださいね」

そう囁《ささや》くと狼は黒い鼻を擦《す》り寄せてくる。その鼻先に何度か口づけをしてから私は目を閉じた。

——大好き。綺麗で、素敵で、優しくて、時々愛らしいアイル様が。

私を闇から救ってくれた恩人で、世界で一番大事な人。

アイル様の隣で胸を張っていられるように、私はたくさんの努力をしながら、生きていこうと思う。

（……まずは、アイル様に恥ずかしくない妻になれるよう、努力をしなくちゃ）

そんなことを思いながら微睡《まどろ》む私の頬を、狼の温かな舌が拭《ぬぐ》ったような気がした。

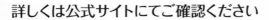

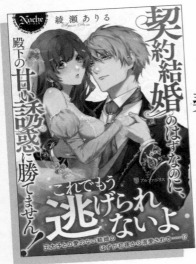

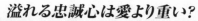

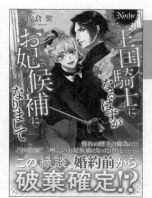

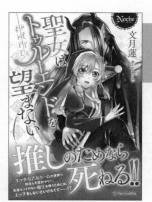

この作品に対する皆様のご意見・ご感想をお待ちしております。
おハガキ・お手紙は以下の宛先にお送りください。

【宛先】
〒150-6008 東京都渋谷区恵比寿4-20-3 恵比寿ｶﾞｰﾃﾞﾝﾌﾟﾚｲｽﾀﾜｰ 8F
（株）アルファポリス　書籍感想係

メールフォームでのご意見・ご感想は右のＱＲコードから、
あるいは以下のワードで検索をかけてください。

アルファポリス　書籍の感想　検索

ご感想はこちらから

本書は、「アルファポリス」（https://www.alphapolis.co.jp/）に掲載されていたものを、
改稿、加筆のうえ、書籍化したものです。

孤独《こどく》な令嬢《れいじょう》は狼《おおかみ》の番《つがい》になり溺愛《できあい》される

夕日（ゆうひ）

2020年 8月 31日初版発行

編集－羽藤瞳
編集長－太田鉄平
発行者－梶本雄介
発行所－株式会社アルファポリス
〒150-6008 東京都渋谷区恵比寿4-20-3 恵比寿ｶﾞｰﾃﾞﾝﾌﾟﾚｲｽﾀﾜｰ8F
TEL 03-6277-1601（営業） 03-6277-1602（編集）
URL https://www.alphapolis.co.jp/
発売元－株式会社星雲社（共同出版社・流通責任出版社）
〒112-0005 東京都文京区水道1-3-30
TEL 03-3868-3275
装丁・本文イラスト－緋いろ
装丁デザイン－ansyyqdesign
印刷－中央精版印刷株式会社

価格はカバーに表示されてあります。
落丁乱丁の場合はアルファポリスまでご連絡ください。
送料は小社負担でお取り替えします。

ISBN978-4-434-27511-1 C0093